Joshua Harris

Frosch trifft Prinzessin

Wie gehts weiter,
wenns gefunkt hat?

Joshua Harris

Frosch trifft Prinzessin

Wie gehts weiter, wenns gefunkt hat?

Schulte & Gerth

Für meine Frau Shannon

Dieses Buch ist die Frucht deiner Ermutigung,
Demut und Opferbereitschaft.
Ich liebe und schätze dich sehr!
Und für die Menschen der Covenant Life Church.
Euer Leben inspiriert mich zum Schreiben und eure Gebete
machen alles möglich!

Die amerikanische Originalausgabe erschien im Verlag
Multnomah Books, Sisters, Oregon,
unter dem Titel „Boy meets Girl".
© 2000 by Joshua Harris
© der deutschen Ausgabe 2001 Gerth Medien GmbH, Asslar

Best.-Nr. 815 748
ISBN 3-89437-748-8
1. Auflage September 2001
2. Auflage Dezember 2001

Umschlaggestaltung: Hanni Plato
Umschlag-Photo: David Sacks
Satz: Die Feder GmbH, Wetzlar
Druck und Verarbeitung: Ebner Ulm
Printed in Germany

Inhalt

Einleitung – Füreinander geschaffen............... 7

Teil 1: Romantik neu überdenken 11
  1. Frosch trifft Prinzessin 13
  2. Warum es nicht um Begriffe geht 27
  3. Romantik und Weisheit:
     Ein himmlisches Paar! 41
  4. „Sag mir quando, sag mir wann ..." 61

Teil 2: Die Zeit der Prüfung 77
  5. Mehr als Freunde, weniger als Liebende 79
  6. Was man mit seinen Lippen anfängt 91
  7. Wenn Jungs Männer wären,
     wären Mädchen dann Frauen?................ 107
  8. Beziehungen sind Gemeinschaftsprojekte 125
  9. Wahre Liebe wartet nicht einfach nur 143

Teil 3: Bevor ihr „Ja" sagt 169
  10. Wenn die Vergangenheit zur Hintertür
      hereinschleicht 171
  11. Bist du bereit für ein „Immer und ewig"? 193
  12. Der große Tag 209

Anhang 219
Dank... 221

Einleitung – Füreinander geschaffen

Wie oft ist Adam wohl gebeten worden, die Geschichte noch einmal zu erzählen? Wie viele seiner Enkel (besonders seiner Enkelinnen) haben ihn immer wieder angebettelt, die Details seiner ersten Begegnung mit Eva zu berichten?

Kann man es ihnen verübeln? Würdest du nicht auch gern mal diese Geschichte aus Adams eigenem Mund hören? Bestimmt konnten sich Adams Nachfahren nicht beherrschen, ihn immer wieder deswegen zu löchern. Wer hätte ihnen ihre Fragen zum Thema Liebe auch besser beantworten können als derjenige, der beim allerersten „Frosch trifft Prinzessin"-Ereignis live dabei gewesen ist?

Ungefähr so stelle ich mir eines dieser Gespräche vor:

„Als du sie das erste Mal gesehen hast, was hast du da gesagt?"

Die Augen des alten Mannes funkelten, als er antwortete: „Ich sagte zuerst mal gar nichts! Ich bin über eine Wurzel oder so etwas gestolpert und sie hat gelacht. Sie hat mich immer gern ausgelacht!"

Das Mädchen zog lächelnd an seinem Arm. Ihr Name war Elanna und sie war unter all seinen zahllosen Urenkeln sein Liebling. Inzwischen war auch sie eine junge Frau voller Leben – und voller Fragen!

„Aber dann hast du doch etwas gesagt." Elanna war nicht leicht zu beirren.

„Ich war hingerissen", sagte er kopfschüttelnd. „Mein Kopf schwirrte vor Neugier und einer ganz neuen Art von

Freude. Da stand ein Geschöpf von meiner Art. Jeder Zug, jedes Glied von ihr erfreute meine Sinne und lud mich ein, näher zu kommen. Ihre Augen schienen mir direkt in meine Seele zu blicken."

Der alte Mann hielt inne und Elanna sah ihn eindringlich an.

„Du wirst diesen Augenblick sicher besser nachvollziehen können, wenn du ihn selbst erlebt hast", fuhr er fort. „Wenn du deinen Seelenpartner findest, was für Worte wären da passend? Manchmal kann die Freude so groß sein, dass man fast daran erstickt. Als Eva und ich uns zum ersten Mal ansahen, wollte ich flüstern und schreien und lachen und tanzen ... alles auf einmal!"

„Aber du hast doch etwas gesagt! Du hast eine ganze Rede gehalten!", neckte Elanna ihren Urgroßvater, der auch ehrfürchtig der „Erste" genannt wurde. Er war weithin bekannt für seine Reden.

„Na ja, nun, man könnte es so nennen. Meine ersten Worte in ihrer Gegenwart müssen irgendwie fehl am Platze gewirkt haben. Aber der Anlass erforderte auch eine gewisse Formalität. Es war ein großer Moment. Die Tiere versammelten sich und der Schöpfer erwartete meine Reaktion."

Elanna hakte sich bei ihrem Urgroßvater ein, während sie weitergingen. „Nun, wenn du es so beschreibst, sind deine ersten Worte schon viel verständlicher", sagte sie. „Es war also so ein sehr feierlicher Moment."

„Ja. Es war eine Widmung an sie, an uns, an den Schöpfer. Ich habe ihr einen Namen gegeben, so wie ich den Tieren Namen gab, aber ihr Name war ein Hinweis darauf, dass der Schöpfer wieder einmal und besser denn je wusste, was gut ist. Er hatte uns füreinander geschaffen!"

Er hielt an und richtete sich auf. Seine Stimme wurde tiefer, als er die Worte wiederholte, die er vor so langer Zeit ausgesprochen hatte:

„Das ist doch Bein von meinem Bein
und Fleisch von meinem Fleisch;
man wird sie Männin nennen,
weil sie vom Mann genommen ist!"

Danach schwiegen sie beide eine Weile.

„Das ist schön", sagte sie schließlich leise und ehrfürchtig.

„Elanna ..."

„Ja, Urgroßvater?"

„Du stellst mir all diese Fragen, weil du selbst deinen Seelenpartner finden willst. Tu nicht so, als würde ich dich nicht kennen, Kind! Du hast die Augen deiner Urgroßmutter. Sie hat genauso geschaut wie du jetzt, wenn sie sich nach dem Garten gesehnt hat. Aber du vermisst jemanden, den du noch gar nicht kennen gelernt hast. Du möchtest die Zeit überspringen und schon einmal einen Blick darauf werfen, wie es sein wird. Du willst wissen, wie du ihn erkennen kannst. Aber mach dir keine Sorgen."

„Ich finde das nicht gerecht", sagte Elanna mit einer gewissen Frustration. „Für dich war es ja ganz klar, schließlich hat der Schöpfer dir die erste Mutter gegeben. Sie war die einzige Frau für dich, weil sie überhaupt die einzige Frau war!"

„Kind ..."

„Aber hier und jetzt ist das anders. Es ist so verwirrend ..."

„Es ist nicht verwirrender als bei mir, es scheint dir nur so. Unsere erste Begegnung war vielleicht wirklich klar und einfach, aber nicht, weil wir die einzigen Menschen auf der Welt waren, sondern weil wir in diesen wundervollen Tagen vor unserem Ungehorsam dem Schöpfer vorbehaltlos vertrauten, dass das, was er uns gab, durch und durch gut war!"

Er streckte seine Hände aus und hob ihr Kinn, sodass sie ihm in die Augen sehen musste. „Mein liebes Kind, du musst versuchen zu verstehen, dass sich nichts geändert hat. Wenn der Schöpfer dich und deinen Ehemann zusammenführt, dann wird dir bewusst werden, dass er euch füreinander geschaffen hat und dass er eure Begegnung wollte. Und in diesem Moment wirst du genau wie wir damals das Bedürfnis haben, ihm ein Loblied zu singen!"

Teil 1
Romantik neu überdenken

1. Frosch trifft Prinzessin

Was ich gelernt habe, seit ich kein ungeküsster Frosch mehr bin

Die Uhr stand auf fünf nach fünf am Nachmittag. Shannons Arbeitstag war vorbei. Ihr Job bei der Kirchengemeinde gefiel ihr, aber jetzt hatte sie für den Tag genug getan und wollte nach Hause.

Also begann sie mit ihrer vertrauten Tagesabschluss-Routine: den Schreibtisch aufräumen, den Computer runterfahren, den Mantel holen und den anderen Tschüss sagen.

„Mach's gut, Nicole", sagte sie zu dem Mädchen im Büro nebenan. „Bis morgen dann, Helen", rief sie der Rezeptionistin zu.

Sie ging durch das stille Foyer und stieß eine der schweren Glastüren auf. Der Winterwind blies ihr eisig entgegen, als sie über den beinahe leeren Parkplatz eilte. Schnell kletterte sie in ihren alten blauen Honda Accord und schlug die Tür zu.

Sie wollte gerade den Schlüssel ins Zündschloss stecken, da hielt sie inne. Hier draußen, allein in der Stille, fielen plötzlich alle Gefühle wieder über sie her, die sie im hektischen Tagesgeschehen so schön verdrängt hatte. Tränen stiegen ihr in die Augen, sie stützte den Kopf aufs Lenkrad und ließ ihren Tränen freien Lauf.

„Warum, Herr?", flüsterte sie. „Warum ist das so schwer? Was soll ich mit diesen Gefühlen anfangen? Nimm sie weg, wenn sie nicht von dir kommen!"

Von meinem Bürofenster aus schaute ich Shannon immer zu, wenn sie über den Parkplatz zu ihrem Auto ging. *Was denkt sie wohl gerade?*, fragte ich mich auch an diesem Tag. Ich wollte so gern mehr über sie erfahren und über unsere Smalltalks als Arbeitskollegen hinauskommen.

Aber war es der richtige Zeitpunkt? Mein Herz hatte sich schon so viele Male getäuscht. Konnte ich meinen Gefühlen diesmal trauen? Würde sie mein Interesse erwidern?

Aus meiner Sicht schien Shannon Hendrickson ein fröhlicher, zufriedener Mensch zu sein, der mich meist völlig übersah! Ich war sicher, dass sie einen Freund hatte. Und als ich sie wegfahren sah, sprach ich mein eigenes Gebet: „Was ist dein Wille, Gott? Ist sie ‚sie'? Hilf mir, geduldig zu sein. Zeig mir, wann ich handeln soll. Und hilf mir, dir zu vertrauen!"

Wie hätte ich wissen sollen, dass das Mädchen im blauen Honda weinte und dass ich der Grund für ihre Tränen war?

Drei Monate später ...

Ich war 23 Jahre alt, aber meine Hände schienen noch nie eine Telefonnummer gewählt zu haben. Ich umklammerte den Hörer, als wäre er ein wildes Tier, das mir zu entkommen versuchte.

Du kannst das!, versicherte ich mir immer wieder selbst.

Das Telefon klingelte dreimal, bevor sich ein Anrufbeantworter einschaltete. Sie war nicht zu Hause. Ich knirschte mit den Zähnen. Sollte ich eine Nachricht hinterlassen? Der Apparat piepte und ich stürzte mich kopfüber ins kalte Wasser.

„Hey Shannon, hier ist Josh ... äh, Joshua Harris."

Ich war mir ganz sicher, dass man meiner Stimme meine Nervosität deutlich anhörte. Ich hatte sie noch nie angerufen und ich hatte auch keinen Vorwand, warum ich es jetzt tat. „Ähm ... vielleicht kannst du mich ja mal zurückrufen, wenn es dir passt? Danke! Ciao!" Ich legte auf und fühlte mich wie ein Vollidiot.

Anschließend musste ich 64 qualvolle Minuten lang analysieren, ob meine Nachricht wohl cool und locker geklungen hatte oder nicht. Dann klingelte das Telefon. Ich atmete tief durch und ging dran.

Es war Shannon.

„Hey, schön, dass du zurückrufst. Wie läuft's?"

Wir plauderten ein paar Minuten lang über ihren Tag und gaben uns die größte Mühe, eine ganz natürliche kleine Unterhaltung zu führen, obwohl uns beiden sonnenklar war, dass es völlig unnatürlich war, dass ich sie angerufen hatte. Endlich kam ich zum Punkt und fragte sie, ob sie mich am nächsten Tag im „Einstein's" treffen wollte, einem angesagten Café in der Nähe. Sie stimmte zu.

Bevor wir auflegten, gab ich noch eine lahme Erklärung für dieses Treffen ab: „Ich muss mit dir über ... über einen Typen reden, der an dir interessiert ist."

Gute Fragen

Mein Anruf bei Shannon mag für die meisten Leute nicht wie eine große Sache ausgesehen haben, aber für mich war er monumental.

Warum? Weil ich fünf Jahre zuvor das Beziehungsspielchen aufgegeben hatte. Das klingt komisch? Dann lass es mich erklären. Ich bin damals zu der Überzeugung gelangt, dass unser Lebensstil mit wechselnden Beziehungen eine Sackgasse ist, wenn man als Single ein gottgefälliges Leben führen will. Während ich also mein soziales Leben weiterführte, auch weibliche Freunde hatte und mich danach sehnte, eines Tages zu heiraten, hatte ich die Dating-Szene total verlassen.

Diese neue Perspektive war alles andere als charakteristisch für mich. Ich hatte schon immer gern geflirtet und das tolle Gefühl genossen, verknallt zu sein. Deshalb war es für mich eine Art Erdbeben von der Stärke 8 auf der Richterskala, als ich das alles aufgab.

Es kam zu diesem Wandel meiner Sichtweise, nachdem ich mich von meiner Freundin getrennt hatte, mit der ich zwei Jahre lang zusammen gewesen war. Unsere Beziehung war ein Bereich meines Lebens, den ich Gott nicht wirklich hatte anvertrauen wollen. Als diese Beziehung dann zu Ende war, zeigte mir Gott, wie selbstsüchtig ich mich verhalten hatte. Ich hatte das Mädchen benutzt, um meine eigenen Bedürfnisse zu befriedigen. Obwohl wir sexuell nicht bis zum Letzten gegangen waren, hatte ich sie zu einigen Dingen verführt, die nicht richtig gewesen waren. Ich hatte sie verletzt und eine Menge Versprechen gebrochen.

Zum ersten Mal begann ich wirklich in Frage zu stellen, inwieweit mein Glaube mein Liebesleben tangieren durfte. Es musste doch mehr dazu gehören als „keinen Sex vor der Ehe" und „nur mit einer Christin befreundet zu sein". Was bedeutete es, eine Frau wirklich zu lieben? Wie fühlte es sich an, wirklich rein zu sein – in Körper und Seele? Und wie sollte ich nach Gottes Willen meine Single-Jahre verbringen? War das einfach eine Zeit, in der man eben einige Mädchen in romantischer Hinsicht „durchmachte"?

Langsam und gegen meinen inneren Widerstand pellte Gott Schicht um Schicht an falschem Denken, verkehrten Sichtweisen und unguten Wünschen von mir ab. Er veränderte mein Herz und während das geschah, merkte ich, dass sich auch mein Lebensstil verändern musste.

Als ich 21 war, schrieb ich dann ein Buch über meine Erfahrungen und Gedanken mit dem Titel „Ungeküsst und doch kein Frosch". Ich wollte andere Singles herausfordern, ihre Sichtweise von Beziehungen noch einmal ganz neu zu überdenken. „Wenn wir nicht reif für die Verantwortung sind, was denken wir uns dann dabei, einfach nur so eine enge und intime Beziehung anzufangen?", fragte ich. „Warum nicht lieber nur platonische Freundschaften zum anderen Geschlecht aufbauen, aber unsere ganze Energie in die Beziehung zu Gott stecken?"

Zu meinem Erstaunen schickte mir Gott einen Verleger über den Weg, der bereit war, mein Buch mitsamt dem seltsamen Titel herauszubringen. Zu jedermanns Erstaunen verkaufte es sich auch noch richtig gut! Es stellte sich heraus, dass neben mir viele Menschen ebenfalls das ganze Thema Romantik, Singlesein und Beziehungen neu überdachten. Ich habe Tausende von E-Mails, Karten und Briefen von Singles aller Altersklassen und aus der ganzen Welt bekommen, die mir ihre Geschichten erzählten, Fragen stellten oder um Rat baten.

Ich stellte fest, dass Gott offenbar mein Buch dazu benutzt hatte, einige Leute aufzurütteln und ein paar gute Fragen aufzuwerfen.

Zum Beispiel: Wenn man nicht mehr flirtet und keine Verabredungen mehr hat, wie schafft man es dann, irgendwann zu heiraten? Ein Mädchen schrieb: „Ich möchte die Fallgruben unserer üblichen Form der ‚Beziehungsanbahnung' vermeiden ... aber wie soll ich dann jemals einen Jungen nah genug kennen lernen, um entscheiden zu können, ob er der Richtige für mich ist? Was passiert zwischen den Phasen *platonische Freundschaft* und *Ehe*? Da muss es doch noch einen Zwischenschritt geben!"

Gute Frage! Der Hauptpunkt von „Ungeküsst und doch kein Frosch" war die Aussage: „Wenn du für eine Ehe noch nicht bereit bist, dann stürz dich auch nicht in eine Beziehung, nur weil es so romantisch ist." Aber jetzt fragten mich meine Mit-Singles: „Woher weißt du denn, wann du für eine Ehe bereit bist? Und wenn du so weit bist, was machst du dann?"

Um ehrlich zu sein, hatte ich mir das noch nicht überlegt. Ich hatte ja auch nicht vorgehabt, Experte in Beziehungsfragen zu werden. Die Fragen, die meine Leser stellten, waren dieselben, die auch mich umtrieben.

Und deshalb war mein Anruf bei Shannon so eine große Sache. Ich hatte einen Punkt erreicht, an dem ich mich bereit fühlte, eine Ehe einzugehen, und ich fühlte mich extrem zu ihr hingezogen. Was nun? Fünf Jahre lang hatte ich Gottes Treue erlebt, während ich auf den richtigen Moment gewartet hatte; jetzt betrat ich unbekanntes Gebiet und vertraute darauf, dass er mir weiterhin helfen würde, wenn ich mich in die romantische „Wildnis" stürzte.

Der Typ, der sich vom Flirten verabschiedet hatte, war jetzt dabei, zum Umwerben einer Frau Hallo zu sagen.

Der Ecktisch

Am nächsten Abend kam ich früh zu meiner Verabredung mit Shannon. Das „Einstein's" ist nachmittags sehr beliebt, aber abends ist es meist ziemlich leer. Ich suchte mir einen abgelegenen Tisch in der hintersten Ecke aus. Er war etwas schmutzig, daher bat ich die Bedienung, ihn abzuwischen. Alles sollte perfekt sein. Dann eilte ich ins Bad, um meine Frisur zu überprüfen.

„Ach, was soll's", seufzte ich schließlich entnervt.

Zurück am Tisch rutschte ich unruhig auf meinem Stuhl hin und her. Ich fragte mich, ob ich meine Füße nicht ganz cool auf einen Stuhl legen sollte. Sah ich dann relaxter aus? Nein, das war wohl etwas zu lässig. *Wie wär's mit einem Fuß? Nein, dann wirke ich, als hätte ich einen verstauchten Knöchel.* Ich beschloss also schließlich, beide Füße schön auf dem Boden zu lassen.

Jede Menge Adrenalin kreiste durch meine Adern, während ich mir im Geiste das Gespräch vorstellte, das gleich beginnen würde. Ich konnte gar nicht glauben, dass ich das wirklich tat und dass sie in wenigen Minuten mir gegenübersitzen würde.

Shannon Hendrickson und ich kannten uns seit etwa einem Jahr. Sie arbeitete in demselben Bürogebäude wie ich; sie war Sekretärin und ich Pastoralassistent. Das

Erste, was mir an Shannon aufgefallen war, waren ihre Augen – sie waren bläulich grünlich grau und sprühten Funken, wenn sie lächelte. Das zweite Auffällige an ihr war ihre Größe beziehungsweise ihre Kleinheit! Sie ist nur knapp 1,55 m groß und sozusagen der Inbegriff des Wortes „zierlich". Das gefiel mir. Da ich selbst mit 1,65 m nicht gerade ein Riese bin, war es ein gutes Gefühl, einem Mädchen gegenüberzustehen, das zu mir aufschauen musste!

Meinen ersten Blick auf sie erhaschte ich an einem Sonntag, als sie im Gottesdienst nach vorn ging und erzählte, wie sie Christ geworden war. Zweieinhalb Jahre zuvor hatte sie noch nicht das geringste Interesse an Gott gehabt. Sie war gerade vom College zurück nach Hause gekommen und hatte dort das typische Studentenleben mit jeder Menge Partys geführt. Doch irgendwie war es leer und hohl gewesen. Zurück in Maryland konzentrierte sie sich mit aller Energie auf ihren Traum, als Sängerin den Durchbruch zu schaffen. Ein Umzug nach Nashville, der Hochburg der Plattenindustrie, erschien ihr deshalb ein sinnvoller Schritt zu sein. Ihre Eltern hatten sich scheiden lassen, als Shannon erst neun Jahre alt gewesen war, und ihr Vater hatte sie zu einer selbstständigen, zielstrebigen und unabhängigen jungen Dame erzogen. Sie fasste eine Sache ins Auge und tat dann alles, was nötig war, um diese zu erreichen.

Bevor sie nach Nashville ging, wollte sie jedoch erst noch ein bisschen Gitarrenunterricht nehmen. Also erkundigte sie sich nach einem Lehrer und ein Freund empfahl ihr einen gewissen Brian Chesemore. Was Shannon nicht wissen konnte, war, dass Brian ein überzeugter Christ war und jede Gelegenheit nutzte, um anderen von seinem Glauben zu erzählen. Die Gitarrenstunden erwiesen sich für Shannon also bald als „heilsentscheidend".

Nach einigen Wochen erzählte Brian Shannon, wie Jesus sein Leben verändert hatte. Sie hörte höflich zu, konnte sich aber überhaupt nicht vorstellen, auch so zu leben. „Ich respektiere deine Entscheidung, aber für mich ist das nichts."

„Meinst du, dass du nach deinem Tod in den Himmel kommen wirst?", fragte Brian daraufhin ganz sanft.

„Ich denke, dass ich eigentlich als Person ganz okay bin", gab sie zurück.

Aber diese coole Reaktion war nur geschauspielert. In Wirklichkeit gingen Brians Fragen Shannon ganz schön nach. Was, wenn es wirklich einen Gott gab? Wenn er existierte, wollte sie dann etwas mit ihm zu tun haben?

Heimlich begann sie, sich mit dem Christentum zu beschäftigen. Sie las den Römerbrief, der ihr klarmachte, dass sie als Person gar nicht so okay war, wie sie immer gedacht hatte, sondern dass sie eine Sünderin war, die einen Erlöser brauchte. In einer christlichen Buchhandlung fragte sie deshalb nach einem Buch „für einen Freund, der mehr über den Glauben wissen wollte". Dort riet man ihr zu dem bekannten Buch „More than a carpenter" (Mehr als ein Zimmermann) von Josh McDowell, in dem das Leben, der Tod und die Auferstehung Jesu historisch belegt werden.

Gott arbeitete an Shannon. Er rüttelte an ihrem Stolz und ihrer Unabhängigkeit und weckte in ihr eine Sehnsucht nach mehr. Eines Abends wandte sie sich allein in ihrem Zimmer von ihrem bisherigen Leben ab und vertraute Jesus als ihrem Retter ihre Zukunft an.

Etwas Besseres

Früher hatte ich immer gehofft, dass es Liebe auf den ersten Blick sein würde, wenn mir das Mädchen begegnete, das ich heiraten würde. Wie es sich herausstellte, verpasste ich aber ganz einfach die Chance für diesen großen Augenblick.

An dem Sonntag, als Shannon im Gottesdienst ihre Geschichte erzählte, war ich nämlich unpraktischerweise gerade an einem Mädchen namens Rachel interessiert.

Tatsächlich saß ich sogar just an diesem Morgen neben Rachels Mutter. Als Shannon fertig war, beugte sich Rachels Mutter zu mir herüber und stellte fest, was Shannon doch für ein nettes Mädchen sei ... eine Bemerkung, die ich im Nachhinein höchst ironisch finde!

Als ich da also so neben der Mutter von *meinem* Plan für die Zukunft saß, war Gott schon dabei, direkt vor meinen Augen *seinen* Plan zu entfalten! Er hatte eine wunderbare Route für mich ausgearbeitet und in diesem Moment stellte er klar, dass ich nie in Frage stellen würde, dass dieser Plan seinen Gedanken entsprungen war und nicht meinen.

Drei Monate später fingen Shannon und ich an, im Gemeindebüro zu arbeiten. Wir verstanden uns auf Anhieb super, aber ich dachte ehrlich nicht an etwas anderes als eine gute Freundschaft. Wenn mich irgendwer fragte, ob Shannon nicht jemand für mich wäre, fand ich den Gedanken total absurd. Shannon war ein tolles Mädchen, aber nicht die Art von Mensch, den ich mir als Ehefrau vorstellte. Unsere Hintergründe waren total verschieden: Sie war erst seit kurzem Christ und kam aus einer zerrütteten Familie. Ich würde vermutlich ein Mädchen heiraten, das wie ich aus einer christlichen Familie stammte und praktisch in der Gemeinde aufgewachsen war – wie Rachel.

Doch in den nächsten sechs Monaten ribbelten sich meine Pläne mit Rachel auf wie ein billiger Pullover. Ich erinnere mich noch gut an den Nachmittag, an dem ich herausfand, dass sie einen anderen Jungen mochte. Rachel und ich waren bisher nur Freunde gewesen und sie hatte mich ganz sicher nicht hingehalten, aber es tat trotzdem weh. Ich musste dringend mit Gott reden. Also schloss ich die Tür von meinem Büro; das schien mir aber nicht intim genug. Deshalb verkroch ich mich außerdem noch in den Wandschrank und zog von innen die Tür zu.

Dort im Dunkeln begann ich zu weinen. Ich war nicht sauer auf Rachel und fühlte auch keine Bitterkeit. Mir war nur zum Heulen, weil ich wusste, dass Gott hinter all dem steckte. Er war derjenige, der die Tür zu dieser Beziehung geschlossen hatte und er hatte es zu meinem eigenen Besten getan. Der Gedanke überwältigte mich, dass der Schöpfer des Universums bereit war, sich in die Details meines Lebens einzumischen.

Also begann ich ihm trotz meiner Traurigkeit zu danken. „Ich verstehe das nicht, aber ich danke dir! Du hast bestimmt etwas Besseres in petto!"

Dieser Tag war ein Wendepunkt in meinem Leben. Endlich hörte ich auf, meine eigenen sorgfältig ausgearbeiteten Pläne zu verfolgen, und bat Gott, mir seine zu zeigen!

Veränderung des Herzens

Um diese Zeit begann ich Shannon in einem neuen Licht zu sehen. Ihre Freundlichkeit beeindruckte mich. Sie hatte eine tiefe Leidenschaft für Gott und eine Reife, die ihre kurze Glaubenserfahrung Lügen strafte. Wie soll ich es erklären ... sie begann einfach, immer häufiger in meinen Gedanken und Gebeten aufzutauchen. Ich freute mich auf jede Gelegenheit, mit ihr zu sprechen. Was ich durch die Gespräche mit ihr erfuhr und das, was ich von anderen über sie hörte, klang sehr, sehr gut. Ich kapierte, dass meine Begründungen, warum sie angeblich „nichts für mich sei", alle ziemlich flach waren. Gott veränderte mein Herz.

All dies hatte die Monate vor meinem denkwürdigen Anruf ziemlich qualvoll gemacht. Ich hatte die „Ich sollte mich nicht dadurch ablenken lassen"-Phase hinter mir, dann die „Ich werde dagegen ankämpfen"-Periode. In dieser Zeit überlegte ich mir sogar einen neuen Weg durchs Büro, damit ich ihr nicht mehr so oft begegnete.

Zu dieser Zeit wohnte ich bei meinem Pastor, C. J. Mahaney. Meine Eltern lebten weit weg in Oregon und C. J. und seine Frau Carolyn waren so eine Art Zweiteltern für mich geworden. Ich erzählte ihnen von meinem Interesse für Shannon. Und ihre Beratung half mir, auf Kurs zu bleiben: „Lass dich nicht von Ungeduld hinreißen. Sei ihr Freund, aber sag nichts von deinen Gefühlen, bis du dich in der Lage fühlst, eine klar auf die Ehe ausgerichtete Beziehung zu beginnen. Spiel nicht mit ihrem Herzen!"

Es war nicht leicht. Ich sah ein, dass ich den Wunsch unterdrücken musste, ihr eindeutige Signale zu senden, nur um rauszufinden, ob da bei ihr auch etwas war. Es würde mir leichter fallen, Gott zu vertrauen, wenn sie mich zumindest mochte! Doch tief innen wusste ich, dass das eine faule Ausrede war. Ich musste mich zurückhalten. Einfach mal die Lage auszutesten, wäre ihr gegenüber nicht fair gewesen.

Ich suchte Rat bei den Menschen, denen ich am meisten vertraute: meinem Pastor, meinen Eltern und einigen Leuten aus der Gemeinde, die sowohl Shannon als auch mich gut kannten. War ich geistlich und emotional reif für eine Ehe? Konnte ich für eine Familie sorgen? War dies Gottes Zeitpunkt, um an eine Beziehung zu denken? Meine Gebete liefen auf Hochtouren.

Statt sich zu legen, blühten meine Gefühle für Shannon regelrecht auf und mein Beraterkreis ermutigte mich immer wieder dazu, eine Beziehung mit ihr einzugehen. Ich wusste nicht, ob Shannon und ich wirklich füreinander bestimmt waren, aber ich merkte ganz deutlich, dass Gott mich dazu anleitete, den nächsten Schritt zu tun.

Der Ecktisch im „Einstein's" war es dann. Endlose Gebete hatten mich und sie hierher geführt. Nach Monaten der Zurückhaltung war ich jetzt bereit, Shannon meine Gefühle offen zu legen.

Shannon kam genau pünktlich durch die Tür und wirkte ganz relaxt. Ich begrüßte sie und anschließend vertieften wir uns erst einmal in die Karte. Allerdings lag gerade kaum etwas meinen Gedanken ferner als Essen!

„Hast du Hunger?", fragte ich sie.

„Ach, nicht so richtig."

„Ich auch nicht. Willst du was trinken?"

„Gerne."

Wir bestellten uns beide ein Sprite.

Jetzt gab es keinen Aufschub mehr. Ich musste sagen, was ich mir vorgenommen hatte.

„Du ... du hast es dir wahrscheinlich schon gedacht", fing ich an, „aber der Typ, über den ich mit dir reden wollte ... also der, der an dir interessiert ist ... das bin ich!"

Eine neue Ära

Eine Kneipe ist nicht unbedingt der romantischste Ort, um einem Mädchen zu sagen, dass man sie mag. Aber Romantik war auch an diesem Abend nicht die erste Priorität. Es sollte nicht lauschig werden und ich machte ihr auch keinen Heiratsantrag. Und ich denke, sie stand auch nicht in der Gefahr, in Ohnmacht zu fallen.

Ich erzählte ihr, dass ich sie mochte und respektierte. Außerdem wusste ich nicht, ob wir „die Richtigen" füreinander waren, aber ich wollte es gern herausfinden. Deshalb bat ich sie, sich zu überlegen, ob sie den nächsten Schritt gehen und eine engere Beziehung mit mir eingehen wollte. Das Ziel dieser Zeit sollte sein, unsere Freundschaft zu vertiefen und festzustellen, ob wir uns eine Ehe miteinander vorstellen konnten.

Natürlich brachte ich das alles nicht so eloquent rüber. Ich stammelte, brach immer wieder in nervöses Lachen aus und machte insgesamt keinen sehr coolen Eindruck.

Aber zum Glück war es nicht das, was wichtig war. Es ging darum, dass unsere Freundschaft ein klar definiertes Ziel haben sollte. Ich wollte nicht mit ihr spielen und obwohl ich natürlich auch mit ihr ausgehen wollte, ging es nicht eigentlich darum. Ich wollte Gott gehorchen und herausfinden, ob eine Ehe mit Shannon sein Plan für uns war. Und ich wollte, dass dieser Prozess eine Zeit würde, auf die wir später ohne Reue zurückblicken konnten, und zwar ganz egal, wie es letztlich ausging.

„Du musst mir nicht gleich antworten", sagte ich dann. „Nimm dir so viel Zeit, wie du willst."

Shannon sagte einen Moment lang gar nichts. Schließlich meinte sie: „Na ja, ich könnte dich jetzt quälen und eine Weile zappeln lassen. Dann würde ich bestimmt auch geheimnisvoller wirken. Aber weißt du was? Ich bin mir jetzt schon sicher, dass ich es mit dir versuchen will. Denk nicht, dass ich das mal eben schnell so sage; ich habe schon lange darüber nachgedacht und viel gebetet."

Sie hatte über mich nachgedacht und gebetet? Am liebsten wäre ich aufgesprungen und durch das Lokal getanzt. Aber ich nickte nur und sagte: „Das ist gut."

Hinein ins Abenteuer

In diesem Buch geht es um viel mehr als um das, was ich in meiner Zeit des Werbens um Shannon Hendrickson über Liebe, Romantik und Gott gelernt habe. Es ist für Leute geschrieben, die das Gefühl haben, dass etwas mit der Art nicht stimmt, wie man in unserer Kultur mit Beziehungen umgeht, die aber auch nicht so recht wissen, was sie stattdessen tun sollen. Das Buch ist voll von Geschichten ganz normaler Leute, die Gott in ihrem Leben an die erste Stelle setzen wollen. Und es geht um biblische Prinzipien, die Leben verändern können.

Ich habe das Buch in drei Teile gegliedert.

Im ersten Teil soll es darum gehen, was in Beziehungen zwischen Christen das Wichtigste ist: dass wir zu Gottes Ehre leben! Wir werden sehen, was passiert, wenn wir der Weisheit erlauben, unsere Gefühle zu leiten. Die Geschichten von anderen Paaren werden uns helfen zu sehen, ob wir für eine Beziehung bereit sind und mit wem. Und wir werden merken, dass Gott dieses Geschehen genau wie alles andere dazu benutzt, uns wieder ihm selbst ein Stückchen ähnlicher zu machen.

Teil 2 dreht sich um die ganz praktischen Fragen dessen, was ich als „Werben" oder „Prüfungszeit" bezeichne. Wie können wir uns näher kommen in wichtigen Bereichen wie Freundschaft, Kommunikation, geistlicher Gemeinschaft und Romantik ... und trotzdem noch unsere Herzen bewahren? Wir werden gemeinsam unsere Rollen als Männer und Frauen neu überdenken. Und wir werden ehrlich über Sexualität sprechen. Was bedeutet eigentlich Reinheit und was ist wichtig für ein geniales Sexleben in der Ehe?

Teil 3 hilft besonders den Paaren weiter, die langsam ernsthaft auf eine Ehe zusteuern. Wir werden sehen, wie Gottes Gnade uns dabei helfen kann, uns unserer Vergangenheit zu stellen. Wir werden uns vor der Verlobung ein paar unbequeme Fragen stellen, einschließlich der alles entscheidenden: „Sollen wir miteinander den Bund der Ehe schließen oder unsere Beziehung hier beenden?" Und schließlich werden wir daran erinnert, dass Gottes Gnade die größte Sicherheit ist, wenn wir uns gegenseitig das Jawort geben.

Wie du siehst, ist das Hauptziel dieses Buches, dass du Gott mitten in dein Liebesleben hineinlässt und so die ganze Reise von „Wer bist denn du?" bis „Ja, ich will" als eine große Gelegenheit betrachten kannst, sowohl die Liebe selbst als auch ihren Schöpfer viel tiefer kennen zu lernen.

Ich war fünf Jahre jünger und solo, als ich „Ungeküsst und doch kein Frosch" geschrieben habe. Heute bin ich jung verheiratet und dieses Buch soll Gottes Idee von der Romantik feiern. Ich habe erlebt, wie schön das ist, und ich möchte dich ermutigen, deine Träume von der wahren Liebe in seine Hände zu legen.

26

2. Warum es nicht um Begriffe geht

Von einer wilden Diskussion und dem, was wirklich wichtig ist

Mein Freund Andy ist bis über beide Ohren verknallt. Man kann kaum zwei Minuten mit ihm reden, ohne dass er dich an den Schultern packt, dich schüttelt und schreit: „Ich bin verliebt! Ist es zu fassen?" Seine Begeisterung ist ansteckend.

Der nette blonde Biologiestudent trägt sich gerade mit dem Gedanken, seine Freundin Lori zu fragen, ob sie ihn heiraten will. Aber wann? Und wo? Er hat die Ringe schon besorgt und wartet nur noch auf den richtigen Augenblick.

„Sie versucht dauernd, mir aus der Nase zu ziehen, wann ich sie frage", lacht er. „Das macht mich ganz verrückt und ich sage dann: ‚Kannst du nicht einfach still sein und überrascht tun?'"

Die beiden haben eine Menge Pluspunkte in ihrer Beziehung. Sie verbindet eine tiefe Freundschaft, die schon lange bestand, bevor sie ihr romantisches Interesse aneinander entdeckten. Beide lieben Gott von ganzem Herzen und möchten ihre Beziehung so führen, dass es ihm Freude macht. Und drittens haben sie eine Menge guter Freunde, die Christen wie sie sind und sie in ihrem Bemühen unterstützen.

Das klingt doch gut, oder?

Aber nicht gut genug. So kommt es Andy jedenfalls manchmal vor. Warum? Irgendwie hatte er schon zu Beginn ihrer Beziehung das Gefühl, dass er zuerst heimlich mit Loris Vater sprechen und ihn fragen sollte, ob es von seiner Seite her okay wäre, mit Lori auszugehen. Einige seiner Freunde hatten das so gemacht, damit ihre Beziehungen sozusagen gleich den Segen der Eltern hatten.

Nun hatten sich Andy und Lori aber an der Uni kennen gelernt und waren fast unmerklich von einer sehr guten Freundschaft bei „mehr" angelangt. Loris Eltern lebten weit weg und waren keine Christen. Als Andy sie also brav anrief, um zu fragen, ob er ihre Erlaubnis hatte, ganz offiziell mit Lori auszugehen, war ihr Vater völlig verwirrt und beinahe ein bisschen abgestoßen. „Wozu rufen Sie uns denn an, junger Mann?"

Jetzt ist Andy irgendwie ein bisschen verwirrt. Haben sie auch alles richtig gemacht? Fehlt nicht irgendwas? „Ich weiß nicht mal, wie ich unsere Beziehung nennen soll. Ist es eine enge Freundschaft? Mache ich ihr den Hof? Hm, irgendwie läuft das nicht so richtig *richtig*!"

Gibt es eine „richtige" Art?

Haben Andy und Lori irgendetwas falsch gemacht? Ich glaube kaum! Trotzdem wirft ihre Geschichte eine interessante Frage auf: Gibt es so etwas wie die „richtige" Art, eine Beziehung zu führen? Und wenn ja, wer definiert sie dann? Wer bestimmt, wie sie aussieht? Sollten wir sie „miteinander gehen" nennen? Zusammensein? Beziehung? Werben? Vorbereitungszeit?

Wenn ein Pärchen wie Andy und Lori sich umsieht und schaut, wie andere Christen ihre Beziehungen leben, bekommen sie ein ziemlich gemischtes Bild zu sehen. Sie werden Paaren begegnen, die das Ganze genauso angehen wie Nichtchristen. Sie probieren es halt einfach mal miteinander, überschreiten Grenzen und sind nur um ihrer selbst willen zusammen.

Dann gibt es aber auch Paare, die eine ganz klar ausgearbeitete Checkliste von „richtig" und „falsch" haben.

Ihr „Werben" folgt strengen Gesetzen. Obwohl manche ihrer Ideen sicher hilfreich sein können und sogar biblisch sind, kann ihr restriktives Verhalten dazu führen, dass sie irgendwann einmal nur noch auf menschengemachte Regeln vertrauen und nicht auf Gott selbst. Dann ist nicht mehr die Liebe zu Gott der Kern ihrer Beziehung, sondern der Stolz auf ihre Methode und ihre Leistung.

Was ich eben beschrieben habe sind zwei Extreme: Gesetzlosigkeit und Gesetzlichkeit. Gesetzlosigkeit schüttelt Gottes Gebote einfach ab und lebt für sich selbst. Gesetzlichkeit vertraut selbstgerecht auf menschliche Kraft. Diese beiden Extreme sind wie Gräben rechts und links vom Weg. Traurigerweise verbringen viele von uns unser ganzes Leben damit, vom einen Graben in den anderen zu taumeln!

Gottes empfohlene Route hält sich jedoch auf dem Weg zwischen diesen beiden Extremen. Sie verlässt nicht die Prinzipien der Bibel und ihre Gebote, aber sie verlässt sich auch nicht auf leere Formeln.

Probleme mit Begriffen

Ich hoffe, dass im Lauf dieses Buches eines ganz deutlich wird: Gesetzlosigkeit und Gesetzlichkeit zu vermeiden ist viel, viel wichtiger als das Wort, mit dem wir nun unsere andere Art der Beziehung betiteln.

Ich mag den Begriff „werben" oder auch „den Hof machen". Klar, das klingt absolut altmodisch, aber auch romantisch und irgendwie ritterlich, oder? Ich möchte mit diesem Begriff kein Regelpaket beschreiben, sondern eine bestimmte Phase in einer Liebesbeziehung, in der ein Mann und eine Frau ernsthaft über die Möglichkeit nachdenken, einander zu heiraten. Ich finde es hilfreich, zwischen unspezifischen „Mal sehen, wie es mit uns läuft"-Beziehungen und einer romantischen Freundschaft, die zielgerichtet auf eine Ehe hinsteuert, zu unterscheiden. Allerdings macht mich die Tatsache, dass ich den Begriff „werben" für die Beziehung zwischen Shannon und mir benutze, noch kein bisschen heiliger als Leute, die das nicht tun. Man könnte diese Phase einer Beziehung auch „Prüfungszeit" nennen, denn es geht darum zu checken, ob zwei Menschen für eine Ehe miteinander in Frage kommen.

Wir sollten nicht zulassen, dass uns eine Diskussion über Begriffe vom eigentlichen Thema ablenkt, nämlich dem, worauf es in Beziehungen wirklich ankommt. Ich kenne „Serienwerber", die ständig irgendwelchen Frauen die Ehe versprechen, und andere, die ihre Freundschaften absolut heilig und gottgefällig führen, ohne dass sie das irgendwie groß beschreiben müssten. Eigentlich sind solche Begriffe ohne den entsprechenden Inhalt ja auch schlicht und einfach leer. Unser Lebensstil ist vielmehr das Entscheidende!

Viel zu viele Christen sind heute entmutigt von der Art, wie Beziehungen allgemein gelebt werden. Wir suchen verzweifelt nach etwas Besserem. Aber das passiert nicht einfach, weil man einen neuen Namen auf ein altes Verhalten klebt. Wir selbst müssen uns verändern! Wir brauchen ganz neue Sichtweisen und Gewohnheiten, die auf der Bibel basieren und Gott in den Mittelpunkt unseres Lebens und unserer Beziehungen stellen.

Ich werde oft gefragt: „Wie geht denn das nun eigentlich mit dem *Werben*? Wie sind die Regeln?" Darauf kann ich nicht antworten, weil es die falsche Frage ist. Viel besser wäre es zu fragen: „Was ist meine Motivation, eine Beziehung zu beginnen? Wie kann ich in Gottes Sinne auf eine Ehe hinleben? Wie kann ich aufhören, nur für mich selbst zu leben? Wie kann ich anderen Menschen dienen?"

Siehst du, was passiert, wenn jemand die wichtigen Themen überspringt und versucht herauszufinden, „wie das Werben *funktioniert*"? Damit verpasst man den allerwichtigsten Prozess, nämlich herauszufinden, wofür man lebt und wie man das tut!

Was sagt Jesus dazu?

Ich glaube fest daran, dass unser Umgang mit Beziehungen deutlich macht, wie sehr wir Gottes Ehre in den Mittelpunkt unseres Lebens stellen. Jesus hat uns das gelehrt. Obwohl er nie direkt das Thema „Liebesbeziehungen" angesprochen hat, hat er unsere Frage nach dem richtigen Weg in Beziehungen durchaus beantwortet, indem er generell zum richtigen Weg zu leben einiges zu sagen hatte.

In der Bibel lesen wir die Geschichte eines Gesetzeslehrers, der Jesus mit den Pharisäern debattieren hörte. Er war beeindruckt von Jesu Weisheit und stellte ihm eine ernsthafte Frage: „Welches der Gebote ist das wichtigste?"

Der Mann fragte nach der Essenz von Gottes Anweisungen. Er wollte, dass Jesus das Ganze für ihn zusammenfasste – ihm half, das Herz des Gesetzes zu begreifen. Ist das nicht eigentlich genau das, was wir auch brauchen, wenn es um das Thema Beziehungen geht? Wir wollen doch wissen, was für Gott wirklich zählt. Wenn wir nun also mal all die menschlichen Sitten und Gebräuche und Meinungen zum Thema Beziehungen beiseite schieben, was bleibt dann noch übrig? Jesus hat die folgende Antwort gegeben:

Das wichtigste Gebot ist dieses: (...) „Der Herr ist unser Gott (...). Darum liebt ihn von ganzem Herzen, mit ganzem Willen und ganzem Verstand und mit allen Kräften." Gleich danach kommt das andere Gebot: „Liebe deinen Mitmenschen wie dich selbst." Es gibt kein Gebot, das wichtiger ist als diese beiden. (Markus 12,29–33)

Jesus sagte hier, dass es zwei Dinge gibt, die im Leben wirklich zählen: Gott mit jeder Faser unseres Seins zu lieben ... und diese Liebe dann auf andere Menschen überfließen zu lassen. Er sagte uns, dass wir unser Leben um Gott herum und auf Gott aufbauen müssen, wenn wir es *richtig* machen wollen. Etwas Ähnliches ist auch gemeint, wenn es in 1. Korinther 10,31 heißt: „Wenn ihr esst oder trinkt oder sonst etwas tut, so tut alles zur Ehre Gottes."

Beziehungen auf Gottes Art

Siehst du schon, welches Licht Jesu Aussagen auf unsere Art, Beziehungen zu leben, wirft? Wenn wir seine Worte auf unsere Frage anwenden, sehen wir schnell, dass es Gott in unseren Beziehungen vor allem darauf ankommt, dass wir ihm gefallen wollen. Und was bedeutet das praktisch? Die folgende leicht zu merkende Definition hilft mir in dieser Frage immer weiter:

Für Gott zu leben bedeutet, alles
- für ihn,
- auf seine Art,
- auf seine Größe hinweisend,
- und seine Güte reflektierend zu tun.

Wie sieht das dann im wahren Leben also für einen Mann und eine Frau aus, die auf eine ernsthafte Beziehung zusteuern? Ich möchte einmal fünf Charakteristiken aufzählen, die ich diesbezüglich als „essentiell" ansehe. In den späteren Kapiteln werden wir diese natürlich noch erweitern, aber für den Moment tut's mal die grobe Unterteilung. Natürlich prägen sie sich im Leben unterschiedlicher Leute auch ganz verschieden aus. Aber wenn unser Leben sich wirklich und wahrhaftig um Gott dreht, sind die Grundlagen die gleichen.

Freudiger Gehorsam gegenüber Gottes Wort
Wenn wir vorhaben, in Gottes Sinne zu leben, dann ist Gehorsam gegenüber seinem Wort selbstverständlich. In 5. Mose 4,2 steht: „Beachtet seine Anordnungen genau und hütet euch, irgend etwas daran zu verändern. Fügt nichts hinzu und nehmt nichts davon weg."

Es ist ein Fehler zu denken, dass wir uns die Rosinen aus Gottes Geboten herauspicken könnten. Kürzlich schrieb mir eine Freundin namens Noel, die nach Kalifornien gezogen ist, eine E-Mail, in der sie berichtete, dass sie und ihr Freund Derrick vor ihrer Hochzeit zusammenziehen würden. Ich fand das nicht gut und sagte Noel behutsam, aber direkt, dass ich das für einen Fehler hielte und sie bitten würde, es sich noch mal zu überlegen. Ich erinnerte sie an die Verse in 1. Korinther 6,18, Epheser 5,3 und Hebräer 13,4, die Christen ganz deutlich ermahnen, sich von jeder Art von unmoralischem Verhalten fern zu halten.

Noel wollte nicht zuhören. Sie schrieb zurück, dass Derrick und sie Gott sehr liebten und das Gefühl hatten, es sei okay, wenn sie zusammenzogen. Außerdem konnten sie das Geld gut brauchen, dass sie so einsparten. Sie „wussten einfach", dass Gott das verstehen würde.

Viele Paare denken ähnlich wie Noel und Derrick, dass der Grad des Gehorsams gegenüber Gottes Wort an Gefühlen festgemacht werden kann. Aber das ist einfach nicht wahr. Jesus hat gesagt, dass wir die Gebote einhalten werden, wenn wir ihn wirklich lieben (Johannes 14,15). In einer Beziehung, die Gott Ehre macht, wollen beide mehr als alles andere Gottes Willen tun und den Geboten der Bibel gehorchen, koste es, was es wolle.

Ungehorsam entehrt Gott. Wenn wir uns dafür entscheiden, gegen seine Gebote zu rebellieren, sagen wir ihm damit praktisch ins Gesicht, dass er unserer Meinung nach nicht weiß, was er tut. Und dass sein Wort nicht mehr zeitgemäß ist und dass man ihm nicht über den Weg trauen kann. Aber wenn wir in unseren Beziehungen Ja zu Gott sagen – auch in scheinbar ganz kleinen Dingen –, dann geben wir ihm die Ehre. Unsere Taten sagen, dass seine Gebote gut sind und dass er unseren Gehorsam verdient.

Der selbstlose Wunsch, das zu tun, was für den Anderen das Beste ist

Diese wichtige Eigenschaft einer gottgefälligen Beziehung wird in der goldenen Regel zusammengefasst: „Behandelt jeden so, wie ihr selbst von ihm behandelt sein wollt" (Lukas 6,31). Das klingt ganz einfach und doch bestimmt und beeinflusst es jede Facette einer Beziehung.

Wahre, Christus ähnliche Liebe für den Jungen oder das Mädchen deines Herzens ist das ganz natürliche Ergebnis deiner Liebe zu Gott. Diese beiden Arten der Liebe hängen so eng miteinander zusammen, dass es schwierig ist, überhaupt festzustellen, wo die eine endet und die andere beginnt – sie bedingen und befruchten einander. Daher kommt es wohl auch, dass Jesus die beiden „Lieben" zur Antwort gab, als er nach dem größten Gebot gefragt wurde: die Liebe zu Gott und zum Nächsten. Diese beiden kann man nicht voneinander lösen. Wenn wir anderen Menschen dienen, dienen wir Gott (Matthäus 25,40). Jesus gab sein Leben, um uns zu zeigen, was wahre Liebe ist, und er ruft uns auf, seinem Beispiel zu folgen (1. Johannes 3,16).

Wir ehren Gott in unseren Beziehungen, wenn wir unsere eigenen Wünsche und Bedürfnisse dem Wohlergehen des Anderen unterordnen. Dies sind die Art von Fragen, die wir stellen, wenn wir von dem selbstlosen Bedürfnis geleitet werden, das zu tun, was dem Anderen zum Besten dient:

- Ist es gut für ihn/sie, wenn wir jetzt miteinander eine Beziehung eingehen?
- Dient es ihm/ ihr, wenn ich jetzt meine Gefühle offenbare?
- Kommuniziere ich mit ihm/ihr deutlich und auf hilfreiche Art?
- Ist es auf lange Sicht richtig, ihn/sie jetzt zu küssen?

Der selbstlose Wunsch, das zu tun, was dem Anderen zum Besten dient, kann uns in den großen und kleinen Entscheidungen des Lebens helfen. Das ist nicht verkrampft, sondern ein Ausdruck von echter Liebe und ein Kennzeichen von Beziehungen zwischen Christen. Denn schließlich sollen ja die Menschen um uns herum an unserem Umgang miteinander erkennen, dass wir zu Jesus gehören (Johannes 13,35).

Hilfe aus der Gemeinschaft

In Kapitel acht werden wir uns noch tiefer gehend mit der Bedeutung von Gemeinschaft befassen. Für jetzt soll es reichen festzuhalten, dass jemand, dessen höchstes Ziel es ist, Gott zu dienen, ganz bestimmt nicht zu stolz ist, um zuzugeben, dass er dabei Hilfe und Unterstützung braucht. Die Bibel sagt: „Ein Dummkopf hält alles, was er tut, für richtig; der Kluge hört auf klugen Rat" (Sprichwörter 12,15).

Wir brauchen den „klugen Rat" unserer Eltern. Wir brauchen die Unterstützung der Leute in unserer Gemeinde. Wir brauchen Pastoren und Jugendleiter, die uns daran erinnern, was richtig und falsch ist. Wir brauchen christliche Freunde, die uns ermutigen und trösten. Wir brauchen die Perspektive und die Erfahrung anderer Christen, wenn wir auf eine Ehe zusteuern. Und wenn wir verheiratet sind, brauchen wir all diese Unterstützung noch viel dringender!

Andy und Lori, das Pärchen vom Anfang dieses Kapitels, sind ein gutes Beispiel für ein Paar, das diese Hilfe in Anspruch nimmt. Auch weit weg im College suchen sie sich Rat und Unterstützung in einer Gemeinde. Weil Loris Eltern nicht gläubig sind, hat sie ihren Pastor gebeten, die Rolle ihres Ratgebers und Beschützers zu übernehmen. Andy spricht oft mit seinem Vater und auch mit einer Gruppe von Männern aus der Gemeinde, die ihm, wie er sagt, „auch mal in den Hintern treten". Andy hat ihnen erzählt, in welchen Bereichen er und Lori in Versuchung geraten könnten, und sie fragen treu immer wieder nach, wie es ihnen geht. Wenn nötig, fordern sie Andy auch zu Vorsichtsmaßnahmen heraus.

Was auch immer deine Lebensumstände sind und egal, wie alt du bist – wir alle brauchen die Unterstützung unserer Brüder und Schwestern. Gott hat aus diesem Grund die Idee der Kirche überhaupt erst in die Welt gesetzt – weil wir einander brauchen!

Der feste Entschluss, rein zu bleiben

Sexuelle Sünde ist wie ein Graffiti auf der „Mona Lisa". Es entstellt Gottes Meisterwerk, die Idee der sexuellen Intimität zwischen Mann und Frau in der Ehe, und beraubt es seines Zaubers und seines Zwecks.

Wenn die Ehre Gottes in einer Beziehung im Mittelpunkt steht, hat man zwei Leute, die Sex als etwas so Kostbares sehen, dass sie sich einfach weigern, es von ihrer Ungeduld und Lust kaputtmachen zu lassen. Wie wir in Kapitel neun noch sehen werden, ist die Motivation, die Christen mit dem Sex bis zur Heirat warten lässt, absolut keine Prüderie oder Verklemmtheit, sondern ein leidenschaftlicher Entschluss, Gott auch mit ihrem Körper zu ehren und Sex in seiner allerbesten Form zu erleben.

Auch wenn du rückblickend sexuell schon einiges auf dem Kerbholz hast, kannst du dich ganz neu einem Lebensstil zuwenden, der Gott auch in sexueller Hinsicht Ehre macht. Im zehnten Kapitel werden wir darüber reden, wie man für sexuelle Fehltritte in der Vergangenheit Gottes Vergebung erleben und sich für seinen Weg entscheiden kann.

Tiefe Zufriedenheit in Gott

Ein Paar, das Gott hingegeben leben will, setzt seine ultimativen Hoffnungen auf Gott, nicht auf den Partner. Bevor zwei Menschen Gott als Paar gefallen können, muss jeder für sich Gott mehr lieben als alles andere und sich darüber im Klaren sein, dass nur Gott die tiefsten Bedürfnisse der Seele befriedigen kann.

Eine meiner Lieblingsautoren, John Piper, hat diesbezüglich eine einfache, aber lebenswichtige Aussage gemacht: „Gott wird dann am meisten in uns verherrlicht, wenn wir in ihm am zufriedensten sind." Was heißt das? Wir geben Gott die Ehre, indem wir ihm vertrauen und ihn über alles andere in unserem Leben setzen – auch über eine Ehe! Wenn wir das tun, besagt unser Leben deutlicher als alle Worte, dass er uns mehr erfüllt als alles andere.

Anders als die vergänglichen Freuden, die das Leben so bietet, finden wir wirkliche Befriedigung bei Gott, weil er hält, was er verspricht: inneren Frieden und tiefe Freude. Nur so können wir eine gesunde und glückliche Beziehung führen, weil sie nicht unser Lebenssinn ist, sondern ein weiterer Ausdruck der Tatsache, dass wir für jemand Höheren leben!

Verschiedene Schüler, ein Lehrer

Diese fünf Eigenschaften sind alle wichtige Teile eines gottgefälligen Lebens. Dies sind die Themen, die wirklich entscheidend sind und eigentlich dreht sich dieses ganze Buch nur um sie. Wenn wir später einmal vor Gott stehen, wird er nicht fragen: „Hast du rumgeflirtet oder einem Mädchen in aller Form den Hof gemacht?" In der Ewigkeit wird zählen, ob wir unser Leben und unseren Umgang mit der Romantik im Sinne Gottes gelebt haben!

Wenn das dein wirkliches Ziel ist, dann brauchst du dir nicht wie Andy Sorgen zu machen, du könntest etwas falsch gemacht haben, einfach nur weil deine Umstände eben anders sind als die „der anderen". Es ist sicher gut, sich von anderen Paaren inspirieren zu lassen, die ein gutes Beispiel sind, aber wir sollten nie versuchen, die Lovestory von jemand anderem auf uns zu übertragen. Gott hat keinen „Einheitsplan" für alle Menschen, sondern er will mit dir und deiner/m Zukünftigen eine absolut einmalige Liebesgeschichte schreiben!

Jetzt fragst du vielleicht: „Wie soll ich Gottes Geboten gehorchen und seinen Prinzipien folgen, wenn das doch alles so schwierig für mich ist?"

Stell dir vor, du würdest Malunterricht nehmen. Du und Dutzende anderer Schüler lernen von einem Meistermaler, einem wahren Künstler. Eines Tages präsentiert er euch eines seiner eigenen Gemälde. Es ist ein Meisterwerk und er möchte, dass ihr es abmalt.

Du willst gerade anfangen, da schaust du auf die Leinwand des Schülers neben dir. Überrascht stellst du fest, dass er einen größeren Pinsel benutzt als du und dass seine Leinwand gröber strukturiert ist. Seine ersten Skizzen sehen ziemlich gut aus! Du siehst dich auch bei den anderen Schülern um. Manche benutzen Acrylfarben, andere Öl und manche sogar Aquarellfarben. Obwohl ihr alle die gleiche Aufgabe habt, geht jeder anders daran heran.

Das frustriert dich. Manche der anderen haben Materialien, die du auch gerne benutzen würdest. Warum eigentlich? Du bist nicht der Einzige, dem diese Ungerechtigkeit auffällt. Eine Hand geht hoch und ein Mädchen links von dir mit einem zerfledderten Pinsel und nur drei Farbtönen auf ihrer Palette beschwert sich bei eurem Lehrer: „Das ist nicht fair! Wie soll ich dein Bild kopieren, wenn die Leute um mich herum viel mehr Farben zur Auswahl haben?"

Der Lehrer lächelt. „Mach dir keine Gedanken wegen der anderen! Ich habe die Pinsel und Farben sorgfältig ausgewählt, die ich jedem von euch zur Verfügung gestellt habe. Vertrau mir! Du hast, was du brauchst, um deine Aufgabe zu erfüllen. Denk daran, dein Ziel ist es nicht, ein Gemälde zu machen, das dem deines Nachbarn gleicht, sondern mit dem Material, was du hast, dein Bestes zu geben. Du sollst damit ein möglichst genaues Abbild meines Kunstwerkes malen!"

So sieht unsere Aufgabenstellung auch bezüglich Beziehungen aus. Gott legt keinen Wert darauf, dass wir uns gegenseitig aufs Blatt gucken und uns nachmachen. Wir sollen unsere Augen auf unseren Meister Jesus Christus richten und ihn nachahmen.

So wie die Malschüler unterschiedliche Pinsel und Farben haben, haben wir alle ganz verschiedene Leben – wir unterscheiden uns im Alter, in unserem kulturellen Hintergrund, unseren Lebensumständen. Manche von uns können ihre Eltern in die Gestaltung ihrer Freundschaften mit einbeziehen, andere nicht. Manche können eine ganz lockere Beziehung zu „ihm/ihr" im Rahmen einer Jugendgruppe aufbauen, andere haben diesen Luxus nicht und müssen ein bisschen „auffälliger" vorgehen, um die Person ihres Herzens kennen zu lernen. Manche erwägen zum ersten Mal eine Heirat, während andere vielleicht schon durch den Alptraum einer Scheidung gegangen sind und Angst haben, sich ein weiteres Mal auf so etwas einzulassen.

Unsere Lebensumstände scheinen manchmal ziemlich unfair zu sein, nicht wahr? In meiner Beziehung zu Shannon tat es mir oft Leid, dass ich so weit weg von meiner Familie wohnte. Shannon hingegen, die erst vor kurzem Christ geworden war, hatte ziemliche Schuldgefühle wegen ihrer vorangegangenen Beziehungen.

In solchen Momenten müssen wir unserem „Meistermaler" vertrauen. Wir können sicher sein, dass er unsere Lebenssituation voll im Griff hat. Ganz egal, wo wir stehen und was wir so an Mist verzapft haben, er hat uns alle Mittel gegeben, die wir brauchen, um ein Leben nach seinem Geschmack zu führen!

3. Romantik und Weisheit: Ein himmlisches Paar!

Warum man mehr als nur tiefe Gefühle braucht

Hier ist es gut, dachte Rick traurig und sah sich über die Schulter um, ob ihm auch niemand gefolgt war. Dann hob er den Spaten und trieb ihn tief in die Erde.

Klang! Das Geräusch von Stahl auf Stein durchbrach die Stille der Nacht. Erschrocken ließ Rick den Spaten fallen. Meine Güte! So würde er ja wohl die gesamte Nachbarschaft wecken! Bei dem Gedanken, jemanden von Christys Familie zu wecken, wurde ihm ganz schlecht. Was, wenn ihr Vater rauskam und ihn entdeckte? Welche Erklärung könnte er wohl dem Vater seiner Ex-Freundin dafür liefern, dass er um drei Uhr morgens mit einem Spaten in seinem Vorgarten herumgrub? Er versuchte nicht darüber nachzudenken.

Rick hielt den Atem an und wartete. Minuten vergingen und im Haus rührte sich nichts. Langsam machte er sich wieder an die Arbeit, diesmal aber erheblich vorsichtiger. Zwar kam ihm sein Gegrabe immer noch ziemlich laut vor, aber er war mindestens 50 Meter vom Haus entfernt und vermutlich würde ihn niemand hören. Das konnte er zumindest nur hoffen.

Das Geschenk der Verliebtheit

Bevor ich erkläre, warum Rick Shipe ein Loch in den Vorgarten von Christys Familie buddelte, muss ich ein bisschen weiter ausholen. Das ist echt eine coole Geschichte

41

– eigentlich sogar eine der romantischsten Liebesge-
schichten, die ich kenne. Aber sie wird dir nicht nur das
Herz wärmen, sondern sie ist auch ein inspirierendes
Beispiel dafür, was passiert, wenn sich Verliebtheit –
inklusive all der tollen Gefühle, der Aufregung und dem
Spaß – mit Weisheit paart.

Vier Jahre vor Ricks geheimen Grabungen hatte er
Christy in der Gemeinde kennen gelernt, die sie beide
besuchten. Sie waren damals vierzehn Jahre alt. Rick
fand Christy richtig süß und Christy fand Rick total doof.
Zum Glück für Rick blieb er nicht lange vierzehn. Er
wurde älter und mit der Zeit wurden Christy und er gute
Freunde. In der Oberstufenzeit wurde dann aus der
Freundschaft langsam mehr. Sie begannen sich zu
schreiben – nicht etwa E-Mails, sondern echte altmodi-
sche, handgeschriebene Briefe, in denen sie über ihre
Gefühle füreinander sprachen.

Wie sie sich verliebt haben, können Christy und Rick
schlecht erklären. Wer könnte auch diese mysteriöse
Anziehungskraft beschreiben, die der andere plötzlich
auf einen ausübt? Worte werden diesen Gefühlen nicht
gerecht. Romantik zu beschreiben ist ungefähr so hoff-
nungslos, wie die Faszination des Grand Canyon mit
einer Kleinbildkamera einfangen zu wollen. Ganz egal,
wie viele Schnappschüsse du machst, es wird nur ein
kleinkarierter Abklatsch.

Weißt du was? Sich zu verlieben war Gottes Idee! Er
war derjenige, der uns überhaupt befähigt hat, romantische Gefühle zu entwickeln. Er machte es uns möglich,
Schönheit zu erkennen und uns zueinander hingezogen
zu fühlen. Und dann hat er als Krönung die Ehe erfunden,
damit die helle Flamme des Verliebtseins zu etwas noch
Schönerem werden konnte – der roten pulsierenden Glut
wahrer Liebe!

Warum hat er das gemacht? Aus demselben Grund,
aus dem er auch Berge und Sonnenuntergänge und Blü-
tenkelche geschaffen hat: Weil er gut ist und uns Millio-
nen von verschiedenen Gelegenheiten geben wollte, das

zu begreifen. Mit alledem wollte er uns sagen: „Ich liebe euch!"

Ich habe dieses Buch mit einer Geschichte über Adam und Eva angefangen, weil ich herausstellen wollte, dass Gott der Erfinder der Liebe ist. Obwohl wir Adams und Evas Geschichte nicht unbedingt als Lovestory betrachten, sprüht sie doch vor Romantik. Sie waren Menschen wie du und ich; sie sahen, sie fühlten, sie begehrten. Kannst du dir den Moment vorstellen, als sich ihre Augen zum ersten Mal begegneten? Halte es dir einmal vor Augen! Wie ist es wohl, das erste Mal einen Angehörigen des anderen Geschlechts (ADAG) zu sehen, wenn man sich noch nie vorgestellt hat, dass es so etwas überhaupt gibt?

Die Funken sprühten nur so!

Zwischen den beiden stimmte die Chemie dermaßen, dass man es kaum glauben konnte. Und jetzt kommt der tollste Teil: Gott beobachtete die beiden und freute sich an allem, was er sah! Er hatte hier den Kuppler gespielt und freute sich an der Schönheit der romantischen Liebe zwischen Mann und Frau. Ich kann mir nicht helfen, ich sehe ihn richtig lächeln, als die Herzen seiner beiden ersten Menschen schneller zu schlagen begannen ...

... bis es ihr selber gefällt ....

Verliebt zu sein ist eine sehr, sehr gute Sache. Das bedeutet aber nicht, dass wir es genießen sollten, wann immer sich eine Gelegenheit dazu bietet. Wie alle guten Dinge, die Gott erschaffen hat, kann man auch romantische Gefühle missbrauchen.

Sogar das Hohelied Salomos, ein Buch der Bibel, das sich in höchst sinnlichen Worten über romantische Liebe und Leidenschaft auslässt, erinnert immer wieder daran, dass man diese Leidenschaft nicht von den guten Gesetzen Gottes trennen soll – und von seinem Timing! „Ich beschwöre euch", sagt Salomos Braut, „dass ihr die Liebe nicht weckt, bevor es ihr selber gefällt!" (Hoheslied Salomos 8,4).

Ricks und Christys Gefühle füreinander waren echt und seeeehr romantisch. Aber wurden sie in Gottes Zeitplan und in seinem Sinne „erweckt"? Christys Vater war sich da nicht so sicher. Als er mitbekam, wie weit sich Christy und Rick schon emotional aufeinander eingelassen hatten, beschloss er einzuschreiten.

Christys Vater Mike begegnete Rick tagtäglich, denn er war sein Chef. Mike arbeitete für den Gouverneur von Virginia und hatte Rick einen Job als Fahrer besorgt. Eines Tages sprach Mike Rick unverhofft an und kam direkt zur Sache: „Was läuft da eigentlich zwischen dir und Christy?"

Rick schluckte.

Mike sprach freundlich und väterlich besorgt mit ihm über die Bedeutung, die die Weisheit in einer romantischen Beziehung hatte. Mike bereute nämlich selbst sehr, dass er in seiner eigenen Schulzeit sehr nachlässig mit seinen eigenen und den Gefühlen vieler Mädchen umgegangen war. „Immer, wenn du Gefühle in einen Menschen investierst, gibst du ein Stück von deinem Herzen weg", sagte er zu Rick. „Das hat langfristige Folgen, auch wenn man es nicht gleich mitbekommt."

Zu seiner Ehre muss man sagen, dass Rick sich alles anhörte, was Mike zu sagen hatte. Und langsam begriff er, was Mike am Herzen lag. Natürlich war er weder emotional noch sonst wie in der Lage, eine wirklich ernsthafte, auf eine Ehe zustrebende Beziehung mit Christy einzugehen. Es war einfach zu früh.

„Solche Gedanken hatte ich noch nie gehört", erinnert sich Rick. „Mike hat mich echt überzeugt. Er drängte mich nicht dazu, mich von Christy zu trennen, sondern er erzählte mir einfach, wie er die Sache sah. Und er hatte Recht!"

Drei Worte

Ihre enger werdende Beziehung einen Schritt zurückzu-
fahren war unheimlich schwer für Christy und Rick, aber
sie wussten beide, dass es richtig war. Sie versuchten
also, wieder zu einer rein platonischen Freundschaft zu
finden. Sie unternahmen viel miteinander, aber sie
betrachteten sich als Geschwister und nicht mehr als
Pärchen.

Eine Weile klappte das auch. Obwohl sie beide wussten, dass sie das Richtige taten, spielten ihre Herzen
ihnen aber dennoch einen Streich. Sie wollten die
Gefühle, den Thrill, das Wissen, dass sie zueinander
gehörten. Also begannen sie langsam doch wieder in
Richtung Beziehung abzudriften. In einem Brief sagte
Rick Christy, dass er sie liebte, und sie schrieb dasselbe
zurück. Körperlich kamen sie sich nicht näher, aber ehe
sie sich's versahen, befanden sie sich wieder mitten in
einer Liebesbeziehung, und diesmal hinter dem Rücken
ihrer Eltern.

Nach einigen Wochen bekamen sie ein schlechtes
Gewissen. „Wir müssen es deinen Eltern sagen", meinte
Rick eines Tages zu Christy. „So können wir nicht weiter-
machen."

Leider bekamen sie keine Gelegenheit dazu, denn am
nächsten Tag hörte Christys Vater zufällig mit an, wie
sich Christy am Telefon mit einer Freundin über ihre
Beziehung mit Rick ausließ.

Erwischt!

Christy brach zusammen und gestand ihrem Vater
alles. Rick traf sich mit Christys Eltern und entschuldigte
sich bei ihnen dafür, dass Christy und er sie hintergangen
hatten. Und er versprach ihnen, dass sie die Beziehung
sofort beenden würden. Ihm war klar, dass dies drasti-
schere Maßnahmen erforderte und dass sie die Freund-
schafts-Nummer nicht noch einmal probieren konnten.
„Wenn wir uns nicht zurückziehen, werden wir uns vorwärts bewegen", erkannte er. „In einer Beziehung steht

45

man nicht einfach still und wartet ab." Sie mussten sich wirklich trennen, auch räumlich.

Rick bat Christy, ihm alle Briefe zurückzugeben, die er ihr im Laufe der Zeit geschrieben hatte. Sie gab sie ihm widerstrebend und Rick erklärte mir: „Ich wollte ihr alles abnehmen, was meine Gefühle für sie repräsentierte. Diese Briefe waren uns beiden enorm wichtig und ich wusste, dass wir unsere Beziehung nur dann wirklich an Gott abgeben konnten, wenn wir uns von ihnen trennten."

Nächtliche Beerdigung

Rick grub in dieser Nacht ein Loch in Vorgarten von Christys Familie, um die Briefe darin zu versenken, die sie sich im Laufe ihrer Freundschaft geschrieben hatten. Es waren über hundert handgeschriebene Seiten in einem hübschen Karton!

Seine Gefühle für Christy hatten sich nicht verändert, aber er hatte kapiert, dass er sich nicht nur von seinen Gefühlen leiten lassen durfte. Er wollte tun, was für Christy das Beste war. Auch wenn es wehtat. Er wusste einfach, dass es das Liebevollste war, was er für das Mädchen seines Herzens tun konnte: aus ihrem Leben zu verschwinden und diese Beziehung zu beenden, die sie beide davon abhielt, Gott zu dienen und den Eltern zu gehorchen.

Rick musste fast zwei Stunden lang graben, bis das Loch groß genug war. Dann legte er die Schachtel mit den Briefen hinein, sorgfältig in mehrere Schichten Plastikfolie eingewickelt. Schließlich sollten seine Hoffnungen eine ganze Weile da unten im Boden überleben ... vielleicht für immer.

Für den 18-jährigen Rick war dieser Moment die Beerdigung seiner Träume. Er gab seine Gefühle und Wünsche an Gott ab, als er ein letztes Mal auf die Schachtel starrte, einen sehnsüchtigen Blick zu Christys dunklem Fenster hinaufschickte und dann anfing, das Loch wieder zuzuschaufeln. *Wenn du das hier eines Tages wieder ausgraben willst, kannst du das tun*, sagte er zu Gott. *Aber wenn nicht, wird es hier bleiben.*

Er legte das zuvor sorgfältig ausgestochene Rasenstück auf die Stelle zurück, drückte es fest und verschwand leise in der Dunkelheit.

Von Lenkdrachen und Leinen

Ich möchte nicht, dass du einen falschen Eindruck von Rick und Christy bekommst. Verliebtsein mit Weisheit zu kombinieren bedeutet nicht automatisch, dass man das Gegenteil von dem tun muss, was man will! Es heißt nur, dass man das tun sollte, was das Richtige ist! Weisheit ist eigentlich einfach Einsicht in die Zusammenhänge, dieses „Ach so, jetzt hab ich's"-Gefühl ... und die Bereitschaft, entsprechende Veränderungen zuzulassen.

Mir gefällt die Art, wie Eugene Peterson Weisheit beschreibt. Er sagt, sie sei „die Kunst, in jeder Art von Umständen gekonnt zu leben." Wenn Romantik von Weisheit begleitet wird, haben wir eine „gekonnte" Romantik vor uns, die von dem geleitet wird, was wahr und gut und richtig ist.

Ich mag die Idee, dass die Beziehung zwischen Weisheit und Verliebtsein ungefähr so ist wie die zwischen Lenkdrachen und Leine. Romantische Gefühle sind der Drachen, der mit dem Wind zum Himmel steigt und Kapriolen dreht. Die Weisheit ist die Leine, die ihm hilft, nicht die Bodenhaftung zu verlieren.

Natürlich hat der Drache manchmal das Gefühl, von der lästigen Leine behindert zu werden. Ohne sie könnte er frei aufsteigen ... aber ohne sie würde er auch leicht verloren gehen und wenn ihn keine Leine richtig in den Wind stellt, stürzt er sofort ab!

Verliebtsein ohne Weisheit kann schnell ins Auge gehen. So ein Gefühl wird leicht egoistisch und ungeduldig. Gefühle allein reichen eben nicht aus! Wenn man eine dauerhafte Beziehung anstrebt, braucht man ganz praktische Weisheit, die uns sagt, wann wir uns vom Wind davontragen lassen können und wann es angesagt ist, die Leinen einzuholen.

Die Kunst der „gekonnten" Romantik

Ich möchte mal ein paar praktische Beispiele loswerden, die verdeutlichen, was ich meine.

Verliebtsein sagt: „Ich will das jetzt!" – Weisheit ermahnt zur Geduld

In Sprichwörter 19,11 steht: „Wer Weisheit hat, hat Geduld". Meine größten Fehler in Beziehungen sind so ziemlich alle aus Ungeduld geschehen. Geht's dir auch so?

Wie Rick und Christy konntest du vielleicht einfach nicht warten, deine Gefühle rauszulassen. Vielleicht wurdest du auch ungeduldig, weil Gott dir einfach nicht „den/die Richtige/n" über den Weg schickte, so dass du dich mit jemandem eingelassen hast, der nicht dieser Richtige war.

Geduld ist nicht nur wichtig, um den richtigen Zeitpunkt abzuwarten, zu dem man eine Beziehung anfängt. Geduld braucht man auch, um innerhalb einer Beziehung ein gesundes Tempo beizubehalten. Ungeduld bringt uns dazu, wichtige Stufen zu überspringen und uns kopfüber in eine enge gefühlsmäßige Bindung zu stürzen, statt der wachsenden Beziehung die Zeit und Aufmerksamkeit zu geben, die sie braucht.

Bei Julias erster Verabredung mit Matt verliebte sie sich sofort bis über beide Ohren in ihn. Matt war nicht gerade schüchtern und sagte ihr, dass er sich sehr zu ihr hingezogen fühlte. Und Julia konnte das umgekehrt auch bestätigen.

Diesem ersten Treffen folgte ein wahrer Sprint durch ihrer beider Leben. „Wir hatten einfach gleich eine unheimlich tiefe Verbindung zueinander", erinnert sich Julia. Schon in ihren ersten Gesprächen erzählten sie sich einfach alles über einander. Sie berichtete ihm von ihren Kämpfen im Glaubensleben und von den Fehlern, die sie in ihren Beziehungen zu Jungs gemacht hatte. „Ich habe ihm einige ziemlich intime Sachen gesagt", meint sie heute. Matt plauderte ebenfalls aus dem Nähkästchen. Obwohl sie sich erst ganz kurz kannten, brachten diese Gespräche ihre Beziehung gleich auf ein sehr intensives Niveau. Sie fühlten sich einander sehr nah, obwohl sie noch gar keine Zeit gehabt hatten, eine wirkliche Freundschaft aufzubauen oder den Charakter des anderen wirklich kennen zu lernen.

In den folgenden Monaten machten sie in demselben Tempo weiter. Sie waren sich nah, aber sie wollten mehr. Ihre Gefühle liefen auf Hochtouren, aber irgendwann ließ die Intensität nach und machte der Realität Platz. Zum Beispiel hatte Matt Julia geschworen, dass er sein altes Leben absolut hinter sich gelassen hätte. Nun fand sie aber heraus, dass er doch weiterhin ziemlich krumme Dinger drehte und auf wilde Partys ging.

Irgendwann ging ihre Beziehung mit einem hässlichen Krach zu Ende und Julia bereut noch heute, dass sie Matt so viel von sich anvertraut hat.

„Eintopf-Beziehungen"

Nur weil zwei Leute alt genug sind, um ernsthaft an eine Ehe zu denken, heißt das noch nicht, dass sie auch mit Vollgas loslegen sollten! Eine Beziehung wie die von Julia und Matt nenne ich „Eintopf-Beziehung". Sie sind ein bisschen so, als würde man in ein edles Restaurant ausgehen. Der Meisterkoch hat sich ein traumhaftes Menü ausgedacht, das man ganz langsam und Gang für Gang genießen muss. Doch derjenige, mit dem man dort ist, hat nicht die Geduld, auf jeden einzelnen Gang zu warten. Statt sich alle Delikatessen nacheinander auf der Zunge zergehen zu lassen, besteht er darauf, dass alle Gänge – die Getränke, die Suppe, der Salat, die

Hauptspeise und das Dessert – in einer großen Schüssel zusammengeschüttet werden.

Stell dir vor, wie du diese Pampe durch einen Strohhalm saugst, und du hast ein gutes Bild davon, wie viele Beziehungen heute aussehen. Ungenießbar! Statt die einzelnen „Gänge" einer sich langsam entwickelnden Liebesgeschichte zu genießen – Kennen lernen, Freundschaft, Umwerben, Verlobungszeit, Heirat –, matschen ungeduldige Paare den ganzen Ablauf einfach ineinander. Bevor sie eine tiefe Freundschaft entwickelt haben, nähern sie sich körperlich sehr stark an. Bevor sie auch nur über das Thema Verantwortung nachgedacht haben, verhalten sie sich so, als gehörten sie einander. „Eintopf-Beziehungen" sind eine ziemlich unappetitliche Sache.

Die Weisheit ruft uns dazu auf, das Tempo runterzudrehen. Wir können Geduld haben, weil wir wissen, dass Gott souverän ist und unser Bestes will. Unsere Geduld ist ein Ausdruck unseres Vertrauens darauf, dass Gott, der Meisterkoch, uns eine exzellente Beziehung auftischen kann. Wir können ganz locker und ruhig in dem Stadium sein, in dem wir gerade sind, ob das nun eine Freundschaft oder die Verlobungszeit ist. Es ist nicht nötig, sich die Privilegien zu stehlen, die Gott für einen späteren Zeitpunkt vorgesehen hat.

Mein Vater hat mir oft gesagt, dass seiner Auffassung nach die Zeit Gottes Art ist, nicht alles auf einmal passieren zu lassen. Wenn du für eine Ehe noch nicht bereit bist, greif nicht nach Sex. Warte geduldig auf den richtigen Zeitpunkt, um eine Beziehung anzufangen, deren Ziel die Ehe ist. Wenn du dich schon in einer solchen Beziehung befindest, lass nicht zu, dass dich deine Ungeduld umtreibt. Lass dir Zeit. Genieß das, was ihr beiden jetzt gerade erlebt. Lasst euch jeden „Gang" auf der Zunge zergehen. Gebt euch nicht mit Eintopf zufrieden!

**Verliebtsein sagt: „Ich muss meinen Gefühlen folgen."
Weisheit führt uns in eine zielgerichtete Beziehung.**

Der Bibel zufolge ist Gottes Plan für enge Beziehungen immer an ein deutliches Bekenntnis nach außen hin geknüpft, das das Beste für den Partner sucht und innerhalb einer Ehe am deutlichsten zur Geltung kommt. Die schönsten Blüten der Liebe können sich nur in einer geschützten Umgebung entfalten.

Wie Rick und Christy feststellten, ist eine Romanze, die nicht auf eine Ehe hinsteuert, immer gefährdet, in eine Art gegenseitige Selbstbefriedigung abzurutschen. Darum ruft uns die Weisheit dazu auf, uns nur dann unseren Gefühlen hinzugeben, wenn sie auch ein klares Ziel haben. Darüber hinaus gehört dazu, dass man in Bezug auf seine Hoffnungen und Absichten ehrlich ist und nur das Beste für den anderen anstrebt.

Es ist ein Trick des Teufels, Gefühle und Verantwortlichkeit voneinander zu trennen. In den Sprichwörtern findet sich dazu eine interessante Stelle. In Kapitel sieben beschreibt ein älterer, erfahrener Mann, wie ein junger Mann von einer skrupellosen Verführerin in ihr Bett gelockt wird. „Komm mit! Wir lieben uns die ganze Nacht hindurch bis morgen früh, wir wollen einander genießen", sagt sie. Die Frau in dieser Geschichte ist die Dummheit, denn sie arbeitet genau wie sie. Unsere eigene Dummheit verleitet uns dazu, uns einfach zu amüsieren, ohne an die Folgen für andere zu denken. Sie will Intimität ohne Verpflichtungen.

Auf Kurs gehen

Ich werde oft gefragt, warum ich eine festgelegte Zeit der Prüfung für Shannon und mich initiiert habe. Warum habe ich sie nicht einfach mal eingeladen und geguckt, was so aus uns wird? Das habe ich nicht getan, weil ich die Nase voll hatte von solchen undefinierbaren Beziehungskisten. Es war mir einfach schon zu oft passiert, dass ich Sehnsucht nach Nähe hatte und darüber dann meine Verantwortung vergessen habe. Mir war klar

geworden, dass das weder besonders schlau noch rück-
sichtvoll gegenüber dem betroffenen Mädchen war.

Als ich Shannon erzählte, dass ich gern gemeinsam
mit ihr überprüfen wollte, ob eine Ehe für uns in Frage
käme, wollte ich unserer Beziehung einen klaren Kurs
geben – mit dem Ziel der Ehe, falls es das war, was Gott
für uns wollte.

Für uns war diese Zeit des Werbens absolut schön.
Wir hielten uns körperlich zurück, vertieften unsere
Freundschaft, lernten einander wirklich gut kennen und
entwickelten auch geistliche Gemeinschaft. Wir stellten
einander sehr viele Fragen. Wir gingen aus. Wir hatten
einfach Spaß miteinander und wir kamen uns sehr
viel näher – aber alles vor dem sehr deutlichen Hintergrund, dass wir herausfinden wollten, ob wir heiraten
sollten.

Anders als meine vorigen Beziehungen war diese Zeit
mit Shannon völlig unzweideutig. Von Anfang an war
Sinn und Ziel absolut klar und alles, was wir zusammen
machten, hatte einen Zweck, der über bloßes Spaßhaben
hinausging. Wir bewegten uns auf eine Ehe zu, statt einfach nur mal zu gucken, wie weit wir uns unter dem
bloßen Vorzeichen einer guten Zeit aufeinander einlas-
sen würden. Tja, das klingt jetzt vermutlich alles ziemlich
nüchtern und du fragst dich, ob wir denn keine Schmet-
terlinge im Bauch hatten? Und wie!!! Wir verliebten uns
unheimlich heftig ineinander. Aber wir ließen uns nicht
einfach von diesen schönen Gefühlen wegtragen, sondern sie wuchsen ganz natürlich aus unserer immer tiefer werdenden Beziehung. Unser klar definiertes Ziel half
uns dabei, uns nicht nur körperlich und gefühlsmäßig
aufeinander einzulassen, sondern mindestens ebenso
gut unsere Charaktere und Denkweisen kennen zu lernen.

Warum so ernst?

Vermutlich findest du die Idee, schon vor Beginn einer Beziehung die Richtung abzuklären, ziemlich seltsam bis abstoßend. Gleich vom Heiraten zu reden ist ja wohl ziemlich dumm, sagst du, weil man noch gar nicht wissen kann, wie der andere so ist, und weil die Beziehung damit gleich so furchtbar ernst wird.

Diese Bedenken sind nicht von der Hand zu weisen. Und ganz sicher sollte man nicht leichtfertig damit umgehen, indem man zu einem wildfremden Mädchen rennt und sie fragt, ob sie einen heiraten will. Zu einer solchen Frage gehört viel Vorbereitung durch Gebet, durch Gespräche mit geistlichen Vorbildern und auch eine schon bestehende Freundschaft zu dem betreffenden ADAG. Wenn zum Beispiel ein junger Mann versucht, ein Mädchen mit der „Heiratsmasche" zu ködern oder einfach behauptet, Gott habe ihm gesagt, sie sei die Frau fürs Leben, dann wird er sich eines Tages dafür vor Gott verantworten müssen.

Es ist auch nicht richtig, wenn ein Paar sich zu einer solchen Prüfungszeit entschließt, dabei aber schon automatisch davon ausgeht, dass sie heiraten werden. Es ist etwas ganz anderes, ob man ernsthaft prüft, ob eine Ehe in Frage kommt, oder ob man davon ausgeht, dass die Ehe das unvermeidliche Ziel dieser Beziehung ist. Mit dieser Prüfungszeit halten beide erst mal fest, dass sie für die Möglichkeit einer Heirat offen sind. Ohne diese grundsätzliche Offenheit macht es wenig Sinn, überhaupt eine Beziehung anzufangen. Das bedeutet aber keinen Automatismus.

Darum ist das Werben eine Art von Versprechen – die Zusage, nicht mit den Gefühlen einer anderen Person zu spielen. Es ist ernst. Es ist die Bereitschaft, die Möglichkeit einer lebenslangen Bindung ganz ehrlich abzuchecken.

Eine Prüfungszeit ist also eine Beziehung mit einem klaren Ziel. Es bedeutet Freundschaft plus die Möglichkeit für mehr. Es ist Romantik mit der Eskorte der Weisheit. Es bedeutet ein gewisses Risiko, aber nur so kann man das Herz des anderen schützen und herausfinden, was Gottes Wille ist.

Verliebtsein sagt: „Genieß doch den Traum!"
Doch Weisheit ruft uns dazu auf, unsere Gefühle
und Träume in der Realität zu gründen.

Wieder mal muss ich die Sprichwörter zitieren (die sind einfach Weisheit pur!): „Eifer ohne Verstand taugt nichts; wer es zu eilig hat, macht Fehler" (Sprichwörter 19,2). Dieser Vers wäre eine gute Zusammenfassung der berühmten Tragödie „Romeo und Julia" von William Shakespeare – und vieler anderer schief gegangener Beziehungen im wahren Leben. Leidenschaftlich für etwas oder jemanden entflammt zu sein, ohne dass diese Leidenschaft eine gesunde Basis hat, bringt immer Probleme mit sich. Und doch kann uns die unheimliche Intensität der Gefühle beim Verliebtsein genau dazu verleiten.

Ich habe dir ja schon von Matt und Julia erzählt. Sie sind ein typisches Beispiel von zwei Menschen, die von Ungeduld und Egoismus geleitet wurden. Zuerst empfanden sie wahnsinnig viel füreinander, aber dann mussten sie feststellen, dass ihre Gefühle auf Einbildung beruht hatten. Sie kannten sich eigentlich gar nicht und ihre Emotionen hatten keinen Boden unter den Füßen.

Was ist eigentlich ein Gefühl? Als ich noch jünger war, hat mein Vater mir das einmal so erklärt: Ein Gefühl ist der emotionale Ausdruck dessen, wie wir etwas betrachten, das uns wichtig ist. Wut, Freude, Angst, Traurigkeit, Neid, Glück, Hass ... das sind alles Kombinationen aus unserer Wahrnehmung und unseren Werten. Zum Beispiel könnten zwei Leute, die beobachten, wie eine Katze von einem Auto überfahren wird, völlig verschiedene Gefühle dabei empfinden. Das kommt ganz darauf an, wie sie die Situation wahrnehmen und welchen Wert sie der Katze beimessen. Jemand, der Katzen nicht leiden kann, freut sich vielleicht insgeheim ein bisschen, während der andere, dem die Katze gehört, todtraurig und entsetzt wäre.

Wenn in einer Beziehung unsere Werte göttlich sind und unsere Wahrnehmung der Realität entspricht, werden auch unsere Gefühle gesund und angemessen sein. Wenn aber einer von uns leicht neben der Wahrheit liegt, geraten auch unsere Gefühle aus der Balance. Unser Ziel sollte es also sein, freudige Erregung bezüglich der Dinge zu spüren, die auch wirklich wichtig sind!

Die Weisheit besagt, dass wir unsere Gefühle auf wahre Informationen setzen sollen, nicht auf Vermutungen oder Verzerrungen. Das hat Julia nicht gemacht. Ihre Gefühle kreierten eine Phantasievorstellung von Matt, die nicht real war. Sie rannte mit geschlossenen Augen in diese ersten intensiven Gespräche und hatte das falsche Gefühl von Wissen und Vertrautheit. Sie erzählten sich sehr intime Dinge, hatten einander aber im „wahren Leben" noch gar nicht erlebt. Das führte dazu, dass sie sich einander näher fühlten, als sie es tatsächlich waren.

In der Prüfungszeit müssen wir die Tendenz bekämpfen, unsere Wissenslücken in Bezug auf den anderen mit Phantasie-Gefühlen zu füllen. Wenn wir etwas über ihn oder sie nicht wissen, dann müssen wir darüber reden, unbequeme Fragen stellen und unser wahres Gegenüber entdecken: seine Werte, seine Motive, seine Ziele. Wir müssen über normale gemeinsame Aktivitäten wie Kinobesuche und Ähnliches hinauskommen und einander in allen möglichen Alltagssituationen beobachten – in der Familie, in der Gemeinde, mit Freunden, unter Stress. Diese Zeit ist dazu gedacht, die guten, schlechten und ätzenden Anteile der Person, die wir lieben beziehungsweise lieben wollen, kennen zu lernen. Dann können sich in dieser Beziehung unsere Gefühle und Entscheidungen auf Tatsachen stützen.

So eine „gekonnte Romanze" will aber keinesfalls Gefühle oder Leidenschaft mies machen. Es geht nur darum, dass diese Gefühle auf der Wirklichkeit basieren und nicht auf einem Wunschtraum. Der wahre Charakter einer Person soll unser Herz gewinnen. Unsere Gefühle sollen für das wirkliche Ich des Anderen entflammen und dem wirklichen Stand der Beziehung entsprechen.

Bist du bereit?

Die Probleme, die es in Beziehungen heute so gibt – Ungeduld, Ziellosigkeit und fehlgeleitete Gefühle –, sind genau genommen einfach eine Folge von Dummheit. Also ist das, was wir ganz dringend brauchen, Weisheit! Weisheit ergänzt nun einmal das Verliebtsein auf perfekte Art und Weise. Wie die Leine am Drachen bringt sie die Romantik erst richtig zum Fliegen. Sie gibt ihr einen festen Anker, kultiviert ihre Flugbahn und schöpft ihr volles Potenzial aus. Dabei ist die Spannung auf der Leine notwendig und gut!

Wenn die emotionalen Stürme richtig hoch hergehen, hält die Weisheit den Drachen mit dem Boden verbunden, damit er nicht zerstört wird. Genau das ist bei Rick und Christy passiert. Obwohl es schwierig war, haben sie sozusagen die „Leinen" ihrer Gefühle füreinander eingeholt, weil es nicht die richtige Zeit zum Fliegen war.

Viele junge Paare wie Rick und Christy fragen: „Woher wissen wir denn, wann die richtige Zeit für so eine Prüfungsphase ist?" Die Antwort darauf lautet: „Wenn du in der Lage bist, Romantik mit Weisheit zu kombinieren."

Lass uns doch mal die drei Punkte, die ich eben angeführt habe, zu Fragen umwandeln, anhand derer du deinen gegenwärtigen Stand überprüfen kannst:

1. *Bist du bereit und fähig, Geduld zu bewahren?* Es ist natürlich nicht falsch, dass man sich eine Ehe wünscht. Aber was ist dein Hauptmotiv, um eine Beziehung anzufangen? Ist es das Wissen, dass du fürs Heiraten bereit bist und dass Gott den oder die Richtige/n in dein Leben gebracht hat? Oder ist es eher Sehnsucht und Ungeduld? Fühlst du dich im Frieden mit dir selbst? Fang

nichts an, solange du nicht in aller Ruhe in diese Beziehung reingehen kannst.

2. *Kannst du die Beziehung auf einen klaren Kurs bringen?* Ich weiß noch, wie mich einmal ein 13-jähriger Junge bei einer Konferenz ansprach. Er hielt seine Freundin an der Hand und sagte stolz: „Wir haben mit dem Daten aufgehört. Jetzt mache ich ihr den Hof!" Ich musste natürlich grinsen. Wie soll man einer Beziehung eine so klare Ausrichtung geben, wenn es bis zu einer möglichen Ehe noch viele Jahre hin ist? Das gilt natürlich genauso für einen 30-Jährigen, der sich im Grunde nicht sicher ist, ob er überhaupt heiraten will. Hier ist der Weg genauso weit, nur nicht zeitlich. Wenn du nicht bereit bist, innerhalb eines überschaubaren Zeitraums einer Beziehung zu heiraten, solltest du auch nichts anfangen.

3. *Beruhen deine Gefühle auf der Realität?* Legst du in einer Beziehung auf die richtigen Dinge Wert? Vielleicht bist du noch nicht lange Christ und fängst erst an, auch diesen Bereich deines Lebens Gott anzuvertrauen. Überstürz nichts. Lass dir erst von Gott zeigen, was ihm in dieser Angelegenheit für dich am Herzen liegt und wie aus seiner Sicht eine Partnerschaft gelingen kann. Wie sieht's mit deiner Erwartungshaltung aus? Siehst du deine eigene Situation und die deiner/s Auserwählten realistisch? Hast du den Rat anderer Menschen gesucht? Hast du dir die Zeit genommen, den anderen wirklich kennen zu lernen? Folge nicht einfach deinen Gefühlen, wenn du sie nicht auf Herz und Nieren getestet hast!

Die richtige Zeit und das richtige Alter, um sich auf eine Ehe zu zu bewegen, sieht für jeden von uns anders aus. Aber eins sollten wir alle gemeinsam haben: Warten zu können, bis wir das Verliebtsein mit Weisheit mischen können. Dann ist die Zeit reif und die Romanze kann ihren schönsten Lauf nehmen!

Der Rest der Geschichte

Jetzt sollst du endlich auch erfahren, wie die Geschichte von Rick und Christy ausgegangen ist! Einen Monat nachdem Rick ihre Liebesbriefe „beerdigt" hatte, gingen Rick und Christy in ganz verschiedenen Städten aufs College. Sie verabschiedeten sich nicht voneinander, sie schrieben sich nicht und telefonierten auch nicht miteinander – ein ganzes Jahr lang. Das war ziemlich heftig, denn ihre Gefühle füreinander waren ja nicht auf einmal verschwunden.

Anderthalb Jahre nach ihrer Trennung sprach Christy mit ihren Eltern und erzählte ihnen, dass sie immer noch mit ihren Gefühlen für Rick zu kämpfen hätte. Ihr Vater fragte sie, ob sie wüsste, wie es Rick damit ging. Christy schluchzte: „Wie soll ich das denn wissen, ich habe doch seit über einem Jahr nicht mehr mit ihm gesprochen!"

Ihr Vater war echt beeindruckt. Rick hatte also Wort gehalten und Christy auch. Also beschloss Mike, sich ein zweites Mal einzumischen. Als Rick einige Monate später in den Semesterferien zu Hause war, rief Mike ihn an und bat ihn zu einem Gespräch in sein Büro.

„Ich hatte keine Ahnung, was er von mir wollte", sagt Rick. „Ich dachte, ich hätte unbemerkt irgendwas ausgefressen, aber ich wusste nicht was!"

Wie sich herausstellte, gab es keineswegs Ärger. Mike wollte ihm einfach danken, dass er sich an sein Versprechen gehalten hatte. Und er sagte ihm, dass er Rick grünes Licht geben wollte, falls er weiter an eine Beziehung mit Christy dachte.

Rick war völlig platt. Er sagte Mike, dass er erst darüber beten müsse. Mike schlug ihm vor, ihn wieder mal auf einer längeren Strecke zu fahren; unterwegs könnten sie sich ja dann ausführlich unterhalten.

Eine Woche später waren sie zusammen unterwegs, ganz wie in alten Zeiten. Rick hatte wirklich inständig gebetet, doch irgendwie hatte sich in ihm das Gefühl breit gemacht, dass es noch nicht die richtige Zeit für eine Beziehung mit Christy war. „Ich fühlte mich immer noch nicht zu einer Ehe bereit und wusste auch noch nicht, was ich einmal beruflich machen würde. Gott schien mir zu sagen: ‚Du hast dich für diesen Weg entschieden, jetzt bleib auch dabei, selbst wenn ihr Vater dir grünes Licht gibt!‘"

Als Rick dies Mike erzählte, war der völlig perplex ... und erfreut. Es war, als hätten sich seit ihrem letzten Gespräch die Rollen vertauscht.

Ein Baum für Christy

Rick und Christy kamen also noch nicht zusammen, aber sie nahmen wieder Kontakt zueinander auf und ließen ihre Freundschaft erneut aufleben. Ein Jahr später begannen sie eine Art „Prüfungszeit auf Distanz", weil Christy noch aufs College ging.

Diesmal lief alles ganz anders. Ihre Beziehung war mindestens so romantisch wie früher, aber nun hatte sie einen Sinn und ein Ziel. Und sie hatten den Segen ihrer Eltern. Jeden Tag wuchs ihre Gewissheit, dass sie heiraten würden.

All diese Jahre hatte die Schachtel mit den Briefen in ihrem dunklen Grab gelegen. Rick hatte Christy nie erzählt, dass er sie in ihrem Vorgarten vergraben hatte. Sie nahm an, er hätte sie verbrannt. An Weihnachten vor ihrem College-Abschluss erfuhr sie dann die Wahrheit ...

Am Weihnachtstag kam Rick sie besuchen und überreichte ihr eine kleine Schachtel. „Das ist für dich." Sie packte das Geschenk aus – und fand ein Pflanzset für einen Ahornbaum mit genauer Pflegeanleitung.

„Ich habe dir einen Baum gekauft", strahlte Rick.

„Oh", meinte Christy und versuchte begeistert zu klingen.

Ihre Eltern, die eingeweiht waren, konnten es kaum noch abwarten. „Geht doch raus und pflanzt ihn in den Vorgarten", schlug Christys Vater vor.

„Was denn, jetzt?", fragte Christy erstaunt.

„Klar", rief Rick. „Komm schon!" Er zog sie nach draußen, wo schon ein junges Ahornbäumchen und ein Spaten warteten.

„Wo sollen wir ihn denn einpflanzen?", fragte Christy.

„Hier ist ein guter Platz", meinte Rick und fing an zu graben.

Noch ein Brief

Eins habe ich noch gar nicht erzählt: Als Rick damals die Briefe verpackt hatte, hatte er noch einen Brief geschrieben und ganz oben auf den Packen gelegt. Christy hatte diesen Brief nie zu Gesicht bekommen, denn in ihm machte Rick ihr einen Heiratsantrag.

Und so wurde an einem Weihnachtsmorgen, vier Jahre nach ihrer Beerdigung, die Schachtel mit den Briefen wieder ans Tageslicht befördert und Christy konnte Ricks Heiratsantrag lesen.

Christy und Rick erleben heute eine wunderschöne Lovestory, weil sie bereit waren, sich von der Weisheit leiten zu lassen. Jeder kann leidenschaftliche Gefühle empfinden, aber nur diejenigen, die Gottes Willen und sein Timing berücksichtigen, werden das volle Potenzial der großen Liebe erleben.

Das glaubst du nicht? Frag einfach Rick! An demselben Platz, an dem er seine Träume begraben hatte, kniete er vier Jahre später und machte seiner Liebsten einen Heiratsantrag. Und während er die Ringe aus der Tasche zog, hörte er, wie sie „Ja!" sagte – von ganzem Herzen!

4. „Sag mir quando, sag mir wann ..."

Wie Gott uns zur richtigen Zeit zum richtigen Menschen führt

Als Claire Richardson herausfand, dass David Tate sie mochte und ihren Vater um die Erlaubnis gebeten hatte, mit ihr auszugehen, brach sie in Tränen aus.

Leider waren es keine Freudentränen!

Claire war stocksauer. Sie warf sich aufs Sofa, schlug mit den Fäusten auf die Polster ein und schrie: „Nein! Neinneinneinnein! Er macht alles kaputt! Ich will doch gar nichts von ihm! Oh, warum muss er alles kaputtmachen!?"

Ihre Reaktion irritierte ihre Eltern ein wenig. Da David und Claire sehr enge Freunde waren, hatten sie angenommen, dass Claire sich diese Möglichkeit zumindest einmal durch den Kopf gehen lassen würde. Aber Claire wusste schon sehr genau, wen sie wollte – und das war nicht David! Sie war verliebt in Neil und Neil mochte sie auch.

In Claires Kopf war kein Platz für eine Romanze mit David. Warum auch – David war ein guter Freund und sonst nichts. Sie konnte sich nicht vorstellen, ihn zu küssen, geschweige denn ihn zu heiraten! Er war wie ein Bruder für sie. Jetzt, nach dieser blöden Frage, würde ihre Freundschaft nicht mehr so sein wie vorher! Warum hatte er das bloß gemacht?

Sie musste nicht einmal darüber beten, sondern konnte ihren Eltern sofort sagen, dass eine Beziehung mit David nicht in Frage kam.

Unser wahrer Zustand

Was, wenn das Mädchen deines Herzens auf deine Offenbarung so reagieren würde wie Claire auf Davids? Was tust du, wenn der Falsche kommt und um dich wirbt? Oder wenn es der Richtige *nicht* tut?

Die Frage, wann und mit wem wir eine Beziehung anfangen, kann verwirrend und unbequem sein. Die meisten von uns würden sie sich lieber nicht stellen. Blind auf Gottes Führung zu vertrauen ist nicht so unser Ding. Am liebsten hätten wir es, wenn alles Unbequeme und jedes Risiko einfach entfallen würde. Bevor wir irgendwie entscheiden, soll Gott bitte schön die Situation kristallklar machen!

Siehst du das Problem? Wir denken: „Okay, Gott, sag mir wer, sag mir wo, sag mir wie, sag mir wann – und dann vertraue ich dir!" Gott möchte aber, dass wir ihm nicht nur so ein Pseudo-Vertrauen entgegenbringen, sondern echtes! Wir wollen Sicherheiten, um uns nicht verletzlich, schwach und von ihm abhängig zu fühlen. Aber nur, wenn wir erkennen, dass wir genau das sind – verletzlich, schwach und von ihm abhängig –, kann Gott uns seine Stärke und Liebe zeigen.

In diesem Kapitel soll uns die Geschichte eines Paares dabei helfen, ein paar Prinzipien zu verstehen, die uns bei den Fragen nach dem Wie, dem Wann und dem Wer weiterbringen können. Aber vor allem hoffe ich, dass dir diese Geschichte deutlich macht, dass das Leben eine Reise ist, die man nicht durch das Lesen eines Buches umgehen kann. Was du hier liest, kann dir helfen, aber die speziellen Fragen deines Lebens musst du schon selber durchackern!

Nun aber zur Geschichte von David und Claire. Deine eigenen Erfahrungen sind wahrscheinlich anders als ihre, aber wenn du liest, wie Gott in ihrem Leben gehandelt hat, hoffe ich, dass du von seiner Treue, seiner Kreativität und seinem optimalen Timing ermutigt werden wirst.

Alles senkrecht?

David rief Claire ein paar Tage nach dem Gespräch mit ihren Eltern an. Er wusste nichts von ihrer, nun ja, sagen wir mal, negativen Reaktion auf seine Anfrage, aber selbst am Telefon merkte er schon, dass Claire alles andere als begeistert war. Er beschloss, das Beste zu hoffen, und fragte sie, ob sie sich einmal miteinander unterhalten könnten.

Obwohl Claire höflich zustimmte, kannte sie ihre Antwort schon sehr genau: „Ich konnte mir einfach nicht vorstellen, mehr als nur Freund mit ihm zu sein." Sie versuchte deswegen zu beten, aber ihre Gebete waren eher halbherzig. „Herr, wenn es dein Wille ist, dass David und ich ein Paar werden, dann verändere mein Herz ... aber bitte mach, dass es *nicht* dein Wille ist!"

Sie fühlte sich schlecht. Ihr war klar, dass David nicht mal einfach so zu ihren Eltern gegangen war. Er ist kein sorgloser Typ; er ist nachdenklich, methodisch und beständig. Das zeigt sich auch an seinem Äußeren: Sein schwarzes Haar ist immer gut geschnitten und gestylt, seine Klamotten ordentlich und schnieke. Er bereut noch heute, dass seine Freunde einmal rausgefunden haben, dass er seine T-Shirts alphabetisch geordnet hat. „Hey, David, kannst du mir mal ein T-Shirt ausleihen?", ziehen sie ihn hin und wieder einmal auf. „Ein blaues K wäre super."

Du kannst dir sicher vorstellen, dass sich ein Typ, der seine T-Shirts durchalphabetisiert, ziemlich genau überlegt, welches Mädchen seine Herzensdame werden soll. Und David hatte es sich sehr genau überlegt! Er wollte, so sagte er, ganz sicher sein.

Er betete beständig darüber. Er hatte eingehend über sich und seine Lebenssituation nachgedacht und mit seinen Eltern und seinem Pastor darüber geredet. Er hatte sich sogar eine lange Liste mit Fragen aufgeschrieben, die ihm entscheiden helfen sollten, ob es für ihn an der Zeit war, an eine Ehe zu denken:

- Bin ich bereit dazu, meine Frau auch geistlich zu leiten und ihr in jeder Hinsicht zu dienen?
- Habe ich einen gefestigten Charakter und entwickle ich mich geistlich weiter?
- Wem und für was bin ich verantwortlich?
- Inwieweit bringe ich mich in die Gemeinde ein? Was sind meine geistlichen Gaben? Was sind ihre?
- Sind meine Motive, eine Ehe anzustreben, eigensüchtig oder machen sie Gott Ehre?
- Kann ich uns finanziell versorgen?
- Was sagen meine Eltern und mein Pastor zu der Idee?

David betete immer wieder in Bezug auf diese Fragen und dachte viel über Claire nach. Abgesehen davon, dass sie ihm unheimlich gut gefiel, wusste er auch, dass sie eine wirklich tief gläubige Person war und Gott von ganzem Herzen liebte. Alles fügte sich so gut zusammen und David war zuversichtlich, dass es Gottes Wille war, dass er den nächsten Schritt wagte.

Also war er zuerst zu Mr. Richardson, Claires Vater, gegangen. Er wusste, dass Claire niemals eine Beziehung eingehen würde, die ihre Eltern nicht bejahten. Davids Gespräch mit Claires Vater war ganz gut verlaufen, aber auch ein bisschen rätselhaft. Mr. Richardson hatte gesagt, dass er David seinen Segen geben würde, dass aber bereits ein anderer junger Mann aufgekreuzt sei. „Trotzdem", hatte Mr. Richardson erklärt, „denke ich, dass du Claire wissen lassen solltest, was in dir vorgeht. Ich weiß nicht, was Gottes Wille in dieser Angelegenheit ist, aber er wird es euch schon zur richtigen Zeit mitteilen. Wir werden Claire von diesem Gespräch erzählen und dann kannst du sie ja mal anrufen."

Und dann hatte Mr. Richardson etwas gesagt, das David die nächsten zwei Jahre beschäftigen würde: „Frag sie ... aber gib dich nicht mit ihrer ersten Antwort zufrieden!"

Was sollte das denn nun heißen?

Acht Wochen Schweigen

Offensichtlich hatte Mr. Richardson schon so ein Gefühl gehabt, dass seine Tochter sich nicht sofort für den Gedanken an eine Beziehung mit David erwärmen würde. Und wie man aus ihrem Sofaprügeln schließen konnte, hatte er ganz Recht.

Als David sich mit Claire zum Abendessen traf, hörte sie ihm schweigend zu, als er ihr erzählte, was sie ihm bedeutete und wie sehr er sich zu ihr hingezogen fühlte. Ihm war klar, dass sie ihn nur als guten Freund sah, und er verlangte nicht mehr von ihr, als dass sie über die ganze Sache nachdenken und beten würde.

An diesem Punkt hatten sie bereits ihr erstes größeres Missverständnis. Aus irgendwelchen Gründen ging Claire in der Annahme nach Hause, David hätte verstanden, dass sie nichts von ihm wollte, während David davon ausging, dass sie intensiv über eine mögliche Beziehung mit ihm nachdenken und beten und sich dann bei ihm melden würde.

Was folgte, waren zwei Monate der totalen Funkstille zwischen ihnen – acht lange Wochen, in denen Claire richtig sauer auf David wurde, weil er ihre schöne Freundschaft „ruiniert" hatte und in denen David richtig sauer auf Claire wurde, weil sie ihn hängen ließ und keine klare Antwort gab.

„Es war furchtbar", erinnert sich Claire. „Ich war so sauer auf ihn und damit er nicht dachte, ich hätte meine Meinung geändert, war ich auch noch total unhöflich und ignorierte ihn komplett."

Sie nahmen an den gleichen Veranstaltungen der Gemeinde teil und spielten auch zusammen im Musikteam, aber sie redeten kein Wort miteinander. David nahm an, dass das wohl bedeutete, ihre Antwort sei Nein, aber er fand es ziemlich blöd, dass sie ihm das nicht einfach sagte. Ihre ursprünglich richtig gute Freundschaft war einfach hinüber.

Wer weiß, wie lange das noch so weitergegangen wäre,

wenn Gott sich nicht eingemischt hätte. Eines Sonntags ging es in der Predigt darum, wie Bitterkeit die Gemeinschaft zwischen Christen zerstören kann. Claire saß in der Reihe hinter David und sie wusste, dass Gott sie ganz persönlich ansprach. Nach dem Gottesdienst nahm sie David beiseite und entschuldigte sich tränenreich bei ihm. „Es tut mir so Leid, wie ich mich in den letzten Wochen dir gegenüber verhalten habe", sagte sie. „Ich bin bitter gewesen und habe dich ganz bestimmt nicht wie einen Bruder behandelt. Ich hab dich einfach ausgebremst und bin der Situation ausgewichen. Kannst du mir bitte verzeihen?"

Auch Davids Augen füllten sich mit Tränen.

„Als ich das sah, merkte ich erst, wie sehr ich ihn verletzt hatte", sagt Claire.

David war erleichtert, aber ihm wurde auch etwas klar: „Als sie sich bei mir entschuldigte, kapierte ich, dass ich mich ihr gegenüber auch nicht besser verhalten hatte. Ja, ich war der Meinung, dass sie mich hatte hängen lassen. Aber Gott zeigte mir in diesem Moment, dass auch ich bitter gewesen war. Statt zu ihr hinzugehen und sie zu fragen, was denn nun aus uns wird, hatte ich genauso geschwiegen wie sie und mich ihr gegenüber nicht gerade mit Ruhm bekleckert. Deshalb bat ich sie dann ebenfalls um Verzeihung."

Von diesem Tag an wurde ihre Freundschaft noch tiefer als vorher. Doch natürlich war es nach wie vor verwirrend und frustrierend für David, dass Claire sich absolut nichts darüber Hinausgehendes vorstellen konnte. Warum hatte er das deutliche Gefühl, dass Gott eine Beziehung zwischen ihm und Claire wollte, wenn sie das aber gar nicht so sah? Er hatte doch alles richtig gemacht. Er hatte einen guten Job, fühlte sich emotional und geistlich reif und alle um ihn herum sagten das auch. Was war denn noch das Problem?

David sprach mit seinem Pastor Kenneth über die Situation, der sich seinen Frust geduldig anhörte. „David, ich denke, du hast dich vielleicht zu sehr in diese Ehe-Idee verrannt."

„Nein! So ist es nicht", widersprach David. „Ich habe meine Gefühle immer wieder geprüft und eigentlich war ich als Single ja auch ganz glücklich."

„Das ist gut", sagte Kenneth. „Aber sieh doch nur, wie du auf ihren Korb reagiert hast! Du bist richtig sauer gewesen. Deshalb denke ich, dass du vielleicht ein bisschen zu sehr heiraten willst. Diese Idee ist ein kleiner Ersatzgott für dich geworden und als du nicht bekommen hast, was du wolltest, wurdest du prompt bitter."

Johannes Calvin hat einmal geschrieben: „Das Böse in unseren Begierden liegt meist nicht in dem, *was* wir wollen, sondern darin, dass wir es *zu sehr* wollen."

David sah seinen Fehler ein. Die Ehe selbst war eine gute Sache, aber er hatte sich zu sehr darauf versteift. Er hatte seine ganzen Hoffnungen in diese Beziehung mit Claire gelegt, anstatt Gott zuzutrauen, dass er für ihn sorgte.

Erstens kommt es anders ...

Zwei Jahre vergingen. In dieser Zeit warf David das eine oder andere Auge auf andere Mädchen und eine fragte er sogar, ob sie sich eine Beziehung mit ihm vorstellen könnte. Sie sagte ebenfalls Nein! „Das war der zweite schwere Schlag für mein Selbstbewusstsein", lacht David.

An einen zweiten Versuch mit Claire dachte David dann auch nicht mehr. Ihre Freundschaft war super und er hatte kein Interesse daran, sie erneut zu gefährden. Außerdem ging er davon aus, dass sie immer noch in Neil verliebt war.

Aber David wusste nicht, dass Gott die Beziehung zwischen Neil und Claire zu einem natürlichen Ende brachte. „Wir merkten beide, dass es für uns nicht das Richtige war", erklärt Claire. Sie und Neil unterhielten sich lange und beschlossen dann, dass zwischen ihnen nichts mehr laufen würde.

Es war nicht einfach für Claire, ihre Gefühle für Neil

loszulassen. Ihr Pastor riet ihr: „Du musst die Art verändern, wie du über Neil denkst. Dann werden deine Gefühle schon folgen!"

„Das war genau das Richtige", sagt Claire. „Zwei Jahre lang hatte ich Neil als meinen zukünftigen Ehemann betrachtet, nicht einfach als einen Bruder im Herrn. Ich musste meine Denkweise erneuern und meine Ansprüche auf ihn loslassen. Wenn die alten Gefühle dann wieder in mir hochkamen, konnte ich sie meist ganz gut abfangen, indem ich an meinen Gedanken arbeitete."

Natürlich veränderten sich die Dinge nicht über Nacht, aber ganz langsam tat sich etwas an Claires Gefühlen für Neil. „Gott machte mir klar, dass er, wenn die Beziehung zu Neil nicht sein Wille war, mir schon helfen würde, mein Herz zu verändern. Und das tat er auch."

Und ein paar Monate später passierte etwas höchst Erstaunliches. Claire begann sich zu David hingezogen zu fühlen! Sie bemerkte, dass er bescheiden und einsatzbereit war und dabei eine natürliche Leiterbegabung besaß. Was sie für ihn empfand, unterschied sich aber deutlich von ihren bisherigen „Verliebtheiten".

„Ich hatte bis dahin immer gedacht: ‚Hey, der gefällt mir!' Bei David dachte ich: ‚Hey, das ist ein Mann, dem ich folgen könnte!'"

Doch zunächst wollte sich Claire noch nicht zu große Hoffnungen machen. Nach allem, was zwischen ihnen passiert war, wagte sie zu bezweifeln, dass David auf einen zweiten Versuch besonders scharf war ...

... und zweitens als man denkt!

David bekam von diesen Veränderungen bei Claire nichts mit. Aber eins wusste er – er empfand noch immer eine ganze Menge für diese Frau! Er dachte auch noch oft an Mr. Richardsons mysteriöse Bemerkung: „Gib dich nicht mit ihrer ersten Antwort zufrieden!" Sollte er vielleicht einen zweiten Versuch wagen? Und riskieren, ihre Freundschaft diesmal endgültig zu zerstören?

Während er diese Gedanken wälzte, stellte David erstaunt fest, dass er es nicht eilig hatte. Gott hatte ihn verändert. Obwohl er es nicht unbedingt mitbekommen hatte, hatte Gott einiges in ihm bewirkt. Er hatte gelernt, Gott mehr zu vertrauen als seinen eigenen Plänen. David, der ordnungsliebende Typ, brachte seine Anliegen jetzt einfach zu Gott und überließ es ihm, was er damit anstellte.

Ein Schlüsselvers für ihn war Philipper 4,6–7: *„Macht euch keine Sorgen, sondern wendet euch in jeder Lage an Gott und bringt eure Bitten vor ihn. Tut es mit Dank für das Gute, das er euch schon erwiesen hat. Der Frieden Gottes, der alles menschliche Begreifen weit übersteigt, wird euer Denken und Wollen im Guten bewahren, weil ihr mit Jesus Christus verbunden seid."*

Seine Gebete bezüglich einer Beziehung und Ehe waren jetzt ganz anders als früher: „Gott, ich möchte mir in diesem Bereich meines Lebens keine Sorgen machen. Ich bringe meine Bitte vor dich. Ich würde gern heiraten und du weißt ja, an wem ich interessiert bin. Aber ich vertraue dir und deinem Wort, in dem steht, dass dein Friede, der alles menschliche Begreifen übersteigt, mein Denken und Wollen im Guten bewahren wird. Ich will diesen Frieden und nicht den, den ich mir selbst zu schaffen versuche!"

Eine Tages betete David auf seiner einstündigen Fahrtstrecke zur Arbeit: „Herr, was ist dein Zeitplan für mich? Wann soll ich eine Beziehung eingehen?"

Während er das aussprach, wurde David klar, dass er zum ersten Mal bei dieser Frage nicht an ein bestimmtes Mädchen dachte. Er hatte Claire endlich losgelassen. „Für mich war das der Beweis, dass Gott mich verändert hatte", sagt David. „Ich bat ihn, mir nicht nur zu zeigen, wann es so weit war, sondern auch, wer die Richtige war."

Zur richtigen Zeit am richtigen Ort

Für David und Claire kam der richtige Moment auf einer gemeinsamen Reise. Sie fuhren mit 25 anderen jungen Leuten zu einem Einsatz nach Chicago, um dort beim Aufbau einer neu gegründeten Gemeinde zu helfen und Missionseinsätze zu machen.

Am Abend bevor sie losfuhren, führte David mit seinen Eltern noch ein längeres Gespräch, das unerwarteterweise auch auf das Thema Ehe kam. Seine Eltern fragten ihn, ob er schon ein bestimmtes Mädchen im Auge hätte. Scherzhaft meinte sein Vater zu ihm: „Sohn, du musst langsam mal loslegen!"

„Loslegen" – mit diesem Wort in seinen Ohren machte sich David auf den Weg nach Chicago. Hatte Gott vielleicht durch seine Eltern gesprochen oder war das nur normale elterliche Besorgnis und der Wunsch nach Enkelkindern gewesen?

An einem Abend in Chicago saß er noch mit Amy und Nicole zusammen, zwei Mädchen, mit denen er schon seit Ewigkeiten befreundet war. Zu seiner Überraschung entwickelte sich auch dieses Gespräch zu einer Unterhaltung über das Thema Ehe.

„Hast du schon jemand Bestimmten im Auge?", fragte Nicole David und kicherte über ihre eigene Kühnheit. Sie und Amy hatten keine Ahnung, wie gewichtig ihre nächste Bemerkung für David war: „David, du weißt, dass wir dich unheimlich gern haben. Wir ... na ja, weißt du, wir haben echt das Gefühl, dass du langsam mal loslegen solltest!"

David konnte kaum glauben, dass die beiden Freundinnen exakt die Worte seiner Eltern wiederholten. Er erzählte ihnen, dass er solo ganz zufrieden wäre, dass er keine Eile hätte und dass alles ganz okay war, wie es gerade war. Während er sprach, merkte David, dass das auch tatsächlich stimmte! Er erzählte nicht nur irgendwas, sondern er war *wirklich* zufrieden und im Frieden mit sich selbst.

Und plötzlich spürte David ganz deutlich, dass Gott ihm einen kleinen Schubs gab und ihn ermunterte, der Sache mit Claire eine zweite Chance zu geben.

Noch ein Versuch

David wählte den letzten Abend des Einsatzes zum Handeln. Die Gruppe machte noch einen abschließenden Spaziergang durch die Stadt und David wollte sein Gespräch mit Claire auf einer bestimmten Brücke über den Chicago River führen. Er ließ sich zum Ende der Gruppe zurückfallen und fand dort zu seiner Freude auch Claire.

Als sie die Brücke erreichten, sagte er: „Claire, kann ich dich mal für einen Moment sprechen?"

„Klar", sagte sie etwas erstaunt. Er wirkte so ernst.

Sie ließen die anderen etwas vorgehen.

„Meine Güte, ich kann gar nicht glauben, dass ich das hier tue ... schon wieder!", lachte David.

Claire hielt den Atem an. Meinte er etwa .... Nein, das konnte nicht sein!

David fing an und benutzte jede Verzögerungstaktik, die ihm einfiel: „Ich habe mich gefragt, ob ... ob du dir vorstellen könntest, möglicherweise darüber nachzudenken, ob die eventuelle Aussicht besteht, dass du vielleicht auch im Gebet abwägen könntest, mit ... mit mir eine Beziehung einzugehen?"

Bevor Claire überhaupt irgendwie reagieren konnte, beeilte er sich hinzuzufügen, dass sie natürlich keinerlei Verpflichtung hätte, ihm zu antworten, und dass es völlig in Ordnung sei, wenn sie kein Interesse hätte, und dass er immer und unter allen Umständen ihr Freund sein würde ... sie könnte sich alle Zeit der Welt lassen mit ihrer Antwort und sie könnte ...

„Kann ich auch gleich jetzt antworten?", gelang es Claire schließlich dazwischenzuquetschen.

„Natürlich!"

„Meine Antwort ist Ja", sagte sie.

Da stand er nun, mit laut pochendem Herzen mitten auf der Brücke über den Chicago River, und alles was David zu sagen einfiel, war: „Cool!"

Beim dritten Versuch hatte er einen Volltreffer gelandet.

Learning by doing

Ich sehe viele lernenswerte Dinge in der Geschichte von David und Claire. Am besten führe ich mal auf, welche ich für die wichtigsten halte:

Gott ist an der Reise genauso interessiert wie am Ziel

David wollte prüfen, ob er für eine Ehe bereit war; Gott wollte Dinge aufdecken, die bei ihm noch nicht geklärt waren. Claire wollte, dass Gott ihre Wahl (Neil) absegnete; Gott wollte, dass sie ihm ihre Gefühle auslieferte.

Es ist eine ganz verkehrte Sichtweise, wenn wir den Entscheidungsprozess bezüglich des Wie, Wann und Wer als etwas einordnen, das man nur möglichst schnell hinter sich bringen muss, um dann in den Hafen der Ehe einzuschippern. Gott hat es nicht eilig. Seine Interessen beschränken sich nicht darauf, uns unter die Haube zu bringen – er möchte den Weg dahin mit all seinen Fragen und Unsicherheiten benutzen, um uns zu verändern, unseren Glauben zu stärken und uns rundum ein Stückchen näher zu sich zu ziehen.

Entscheidungssituationen sollte man nicht zu sehr vergeistlichen

Gott benutzte ziemlich praktische Dinge, um David zu leiten: eine ehrliche Bestandsaufnahme seiner eigenen „Ehetauglichkeit", die Gespräche mit Claires Vater, die Ermutigung seiner Eltern und Freunde und seinen eigenen inneren Frieden bezüglich der Entscheidung, Claire ein drittes Mal zu fragen.

C. S. Lewis hat einmal an einen Freund geschrieben: „Ich bezweifle nicht, dass der Heilige Geist unsere Entscheidungen von innen her leitet, wenn wir sie in dem Wunsch treffen, Gott zu gefallen. Ein Irrtum wäre es hingegen zu glauben, dass er ausschließlich in unserem Inneren spricht, während er doch in Wahrheit durchaus auch durch die Bibel, durch die Gemeinde, durch christliche Freunde, Bücher und anderes redet."

Man sollte natürlich auch die Schritte nicht zu sehr vergeistlichen, die wir machen müssen, um eine Entscheidung zu treffen. Gott weiß alles. Er weiß, wen wir heiraten werden, noch bevor wir ihn oder sie überhaupt getroffen haben. Das heißt aber nicht, dass es unsere Aufgabe ist, mühsam herauszufinden, was er bereits weiß, oder uns zu sorgen, dass wir vielleicht seinen guten Plan verpassen könnten. Unsere Aufgabe ist es, ihn zu lieben, sein Wort zu studieren, unsere Beziehung mit ihm zu vertiefen und unsere Entscheidungen im Licht biblischer Weisheit treffen zu lernen. Wenn wir das alles tun, können wir in dem sicheren Wissen entscheiden, dass wir auf keinen Fall irgendwie Gottes Willen verfehlen.

Natürlich werden wir immer mal Fehler machen oder total daneben greifen. Aber diese Möglichkeit sollte uns nicht völlig lahm legen. Obwohl es sicher nicht einfach für David war, benutzte Gott Claires erste Ablehnung zu ihrer beider Vorteil. Gott wirkt durch unsere Entscheidungen und Taten – und zwar auch, wenn sie falsch sind! – und lässt sie uns „zum Besten dienen"!

Auf keinen Fall ist es irgendwie „christlich" oder ein Zeichen von besonderer geistlicher Reife, wenn man einfach nur rumsitzt und wartet, dass Gott einem den Partner fürs Leben in den Schoß fallen lässt. Mangelnde Initiative ist nicht dasselbe wie Geduld und Angst nicht dasselbe wie Weisheit!

Unser verklärtes Idealbild vom Traumpartner unterscheidet sich oft drastisch von dem, was Gott für wichtig hält

Meine Lieblingsstelle in Davids und Claires Liebesgeschichte ist die, wo Claire anfängt, sich in Davids Charakter zu verlieben – nicht in sein Aussehen oder seinen Charme, sondern seine geistlichen Eigenschaften. Zuerst passte David nicht in ihr Bild vom idealen Partner, aber dann fiel ihr so einiges wie Schuppen von den Augen.

Claires Erfahrung ist eine gute Gedächtnisstütze für uns: Wir sollten unsere Kriterien für einen Partner überprüfen und sehen, ob sie mit Gottes Kriterien übereinstimmen. Die erste und wichtigste Frage ist diesbezüglich, ob unser Traumpartner Christ ist. Aber das ist noch nicht alles, was zählt. Gott und die Beziehung zu ihm muss für unseren Traummann oder unsere Traumfrau allererste Priorität haben.

Warum das so wichtig ist? Weil nur so jemand sich wirklich von Grund auf von Gott beeinflussen und verändern lässt. Nur ein Mensch, der Gott von ganzem Herzen liebt, lässt ihm genug Raum in seinem Leben und wird ihm tatsächlich immer ähnlicher. Und glaub mir, das ist die wichtigste Eigenschaft, die ein Ehepartner überhaupt nur haben kann!

Ein zweites Ja

Die Prüfungszeit ist für ein Pärchen die Gelegenheit, sich näher kennen zu lernen und zu sehen, wie sie gemeinsam „funktionieren". Wie wir im nächsten Kapitel sehen werden, ist diese Zeit keine Art von „Vorverlobung". Es geht vielmehr darum, die *Möglichkeit* einer Heirat abzuwägen und eine weise Entscheidung zu treffen.

Manche solcher Prüfungszeiten enden damit, dass zwei Leute merken, dass sie einfach nur Freunde bleiben sollten. Bei David und Claire mündete diese Zeit aber darin, dass zwei Freunde sich entschlossen, Eheleute zu werden. Claire sagte ein zweites Mal Ja, als David sie an Heiligabend fragte, ob sie ihn heiraten wollte.

Ich war zu ihrer Hochzeit eingeladen. Es war ein tolles Fest mit einem spektakulären Abschluss: David hatte einen Hubschrauber gemietet, der hinter der Kirche landete und die beiden zu ihrem Hotel brachte. Das nenne ich mal einen dramatischen Abgang!

Während ich mit den anderen Gästen zusah, wie der Helikopter abhob, staunte ich mal wieder über Gottes Freundlichkeit. Der Junge, der zwei Körbe hatte einstecken müssen, hielt nun die Hand seiner Braut. Das Mädchen, das vor Wut die Kissen geprügelt hatte, weil David Tate mehr von ihr wollte als Freundschaft, flog nun bis über beide Ohren verliebt mit ihm in den Sonnenuntergang.

In der Trauungszeremonie hatte Claire eine Stelle aus ihrem Lieblingsbuch „Anne auf Green Gables" vorgelesen, die perfekt zu ihren eigenen Erfahrungen passte:

Vielleicht platzte die Liebe ja doch nicht mit Pomp
und Trara in unser Leben, preschte nicht wie ein
stolzer Ritter auf weißem Ross einher;
vielleicht ging sie ganz unauffällig an unserer Seite
wie ein alter Freund.
Vielleicht zeigte sie sich in Prosa, die ganz plötzlich
von einem hellen Lichtstrahl angeleuchtet
ihren Rhythmus und ihre Musik preisgab;
vielleicht ... vielleicht ... entfaltete sich die Liebe
ganz natürlich aus einer schönen Freundschaft heraus,
wie eine goldene Rose, die sich langsam aus ihrer
grünen Knospe stiehlt ...

Vielleicht entdecken wir nach all unseren Sorgen und Fragen, dass Gott die ganze Zeit das Richtige für uns zur richtigen Zeit bereitgehalten hat. Vielleicht ist sein Plan viel wunderbarer als alles, was wir uns selbst ausdenken konnten – ganz egal, ob er letztlich mit „Pomp und Trara" kommt oder „wie ein alter Freund"!

Vielleicht ... vielleicht ... sollten wir unsere Fragen nach dem „Wie" und dem „Wer" und dem „Warum" einfach seiner liebevollen Fürsorge überlassen ...

Teil 2
Die Zeit der Prüfung

5. Mehr als Freunde, weniger als Liebende

Wie man in Freundschaft, Gemeinschaft und Romantik behutsam weiterkommt

Wir saßen in einem Bistro und aßen zu Mittag, als mein Freund Jack sagte: „Hast du schon das mit Wes und Jenna gehört?"

„Nein", sagte ich und stocherte in meinem Salat. Die beiden waren seit einiger Zeit zusammen. „Was denn?"

„Sie haben beschlossen, sich zu trennen."

Ich hielt inne. „Echt? Wer von beiden hat den Schlussstrich gezogen?"

„Es war wohl in gegenseitigem Einverständnis", sagte er achselzuckend. „Sie hatten das Gefühl, dass Gott es so wollte."

„Hammer!", sagte ich und er nickte.

Wes und Jenna passten super zueinander. Ich fand das jedenfalls immer und hatte eigentlich damit gerechnet, dass sie mal heiraten würden.

„Es ist doch immer ein Jammer, wenn eine Beziehung kaputtgeht", sagte ich schwermütig.

„Ja", nickte Jack.

Ich wollte noch mehr melancholische Kommentare von mir geben, als mir plötzlich klar wurde, dass ich total danebenlag. Was redete ich denn da? Es war ja überhaupt nicht so, dass die Beziehung von Wes und Jenna kaputtgegangen war. Der Zweck ihres Zusammenseins war es gewesen herauszufinden, ob sie heiraten sollten oder nicht, und allem Anschein nach hatte Gott ihnen gezeigt, dass die Antwort Nein war. Nur weil das nicht die

Antwort war, die *ich* mir ausgesucht hätte, war deshalb noch längst nichts kaputt!

„Moment, den letzten Satz möchte ich zurücknehmen", sagte ich.

„Wie?", fragte Jack verständnislos.

„Ich hätte das anders formulieren sollen. Es ist doch immer ein Jammer, wenn so eine Prüfungszeit nicht das Ergebnis hat, das ich mir gewünscht habe!", grinste ich. Meine Bemühungen als Kuppler waren schließlich nur zu bekannt.

„Stoßen wir auf unsere guten Freunde Wes und Jenna an, deren Prüfungszeit zu einem erfolgreichen Ende gekommen ist!", sagte ich und hob mein Glas zu einem Toast.

Die richtige Definition

Wie sieht deine Definition einer „erfolgreichen" Beziehung aus? Das ist eine wichtige Frage, die du dir stellen solltest, bevor du dich in das Abenteuer stürzt, Gottes Willen für deine Zukunft herauszufinden. Oft verhalten wir uns so, als wäre das einzige Ziel einer solchen Zeit der Hafen der Ehe. Aber wenn man die Sache mal genauer betrachtet, ist das eigentlich Unsinn.

Eine Verlobung ist zum Beispiel nicht unbedingt das Beste. Viele Paare stützen heute ihre Entscheidung für eine Verlobung einfach nur auf Gefühle oder momentane Leidenschaften, statt auf Realität und auf Weisheit zu bauen. Eine Werbungszeit, die zu einer unweisen Vereinigung führt, kann man ja eigentlich nicht als „Erfolg" bezeichnen, oder? Oder was ist mit einem Pärchen, das sich verlobt, nachdem es eine Beziehung voller Selbstsucht, sexueller Sünde und Manipulation geführt hat? Erfolgreich? Hm, eher nicht. Man kann zwar hoffen, dass ihre Ehe besser wird, aber es wäre nicht richtig, diese Beziehung als vollen Erfolg zu bezeichnen, nur weil sie vor den Traualtar führte.

Wachsen und Bewahren

Es ist klar, dass wir unsere Definition von Erfolg in Beziehungen neu bewerten müssen. Sich zu verloben sollte auf jeden Fall nicht das allerhöchste Ziel sein. Aber was dann?

Ich glaube, dass es in einer gottgefälligen, von Weisheit geleiteten Beziehung zwei zentrale Prioritäten gibt: Die erste ist, einander mit Ehrlichkeit und Wertschätzung zu behandeln, die zweite ist, bezüglich einer gemeinsamen Zukunft eine informierte und weise Entscheidung zu treffen.

Unsere zwei wichtigsten Leitworte in einer prüfenden Beziehung sollten Wachsen und Bewahren sein. Wir möchten uns näher kommen, um einander wirklich kennen zu lernen, aber wir wollen auch unsere Herzen bewahren, weil der Verlauf unserer Beziehung noch nicht abzusehen ist.

Am Anfang einer Beziehung wissen die beiden Beteiligten noch nicht, ob sie heiraten sollen. Sie müssen sich deshalb erst sehr gut kennen lernen und herausfinden, wie sie als Paar „funktionieren". Das nennt man „sich näher kommen". Doch die Tatsache, dass die Zukunft noch unklar ist, sollte die beiden auch motivieren, sich gegenseitig mit Respekt und Integrität zu behandeln, so dass sie später (unabhängig vom Ausgang) ohne Reue auf ihre Beziehung zurückschauen können.

In 2. Korinther 1,12 wird zusammengefasst, was jedes Paar am Ende der Prüfungszeit sagen können sollte:

Wenn ich auf etwas stolz bin, dann darauf, dass mein Gewissen mir bezeugt: Mein Verhalten war stets von derselben Eindeutigkeit und Zuverlässigkeit bestimmt, mit der Gott selbst handelt. Ich lasse mich nicht von menschlicher Klugheit leiten, sondern von der Gnade Gottes. Das gilt vor allem für meine Beziehungen.

Statt eine Ehe als Ziellinie einer Beziehung festzulegen, sollte es unser Anliegen sein, einander respektvoll zu behandeln, die richtige Entscheidung zu treffen und bezüglich unseres Verhaltens ein reines Gewissen zu bewahren.

Mein Freund Leonard, ein allein stehender Mann von Mitte 30, war sehr enttäuscht, als seine Freundin Rita ihre Beziehung abbrach. Doch weil er sich ihr gegenüber gut verhalten hatte, konnte er in Frieden mit dieser Beziehung abschließen.

„Natürlich war mein Stolz schwer angeschlagen", sagt Leonard. „Ich fragte mich: ‚Warum? Was ist falsch gelaufen?' Aber ich sehe unsere Prüfungszeit trotzdem als einen Erfolg an, weil ich wusste, dass ich mir nicht vorwerfen musste, Rita jemals schlecht behandelt zu haben. Ich hatte sie die ganze Zeit respektvoll behandelt, wie es einem Kind Gottes zusteht. So gut ich konnte, hatte ich meine Motive, Gedanken, Worte und Handlungen im Zaum gehalten."

Balanceakt

Die Wichtigkeit von Wachstum und Bewahren ganz oben zu halten ist manchmal ein richtiger Balanceakt. Ihr habt das klare Ziel, euch über eine Ehe Gedanken zu machen, aber ihr müsst auch das Gefühl niederringen, dass ihr sowieso einmal heiraten werdet.

Das erinnert mich ein bisschen an einen Drahtseilakt im Zirkus. Hast du schon mal gesehen, wie ein Artist auf einem dünnen Stahlseil in mehreren Metern Höhe balanciert? Wenn ja, dann weißt du, dass sein Leben von dem Balancestab abhängt, den er in den Händen hält. Wenn er ihn mit beiden Händen absolut waagerecht vor sich trägt, verhindert das, dass er die Balance verliert und abstürzt.

Man könnte sagen, dass man in einer prüfenden Beziehung auf einem Drahtseil zwischen Freundschaft und Ehe geht. Die beiden Prioritäten Wachstum und

Bewahren sind die Enden der Balancestange. Wir müssen diesen Stab in der Mitte halten, um das Gleichgewicht zu wahren. Wenn wir zu vorsichtig sind, kommen wir nicht vorwärts; wenn wir zu schnell vorwärts gehen, riskieren wir emotionale Verletzungen.

Es gibt eine Spannung, die aufrechterhalten werden sollte und die hilfreich ist. Wenn Gott euch in eine Ehe führt, müsst ihr nicht mehr darauf achten, euch zu sehr in die Beziehung zu investieren; dann gehört ihr ganz zusammen. Und glaubt mir, ihr werdet dann auf die Anfänge eurer Beziehung als eine spannende, einmalige Zeit zurückblicken.

Ich werde nie den Valentinstag vergessen, den ich während der Prüfungszeit mit Shannon erlebt habe. Wie wunderbar komisch das war! Ich wusste überhaupt nicht, wie ich sie an diesem „Feiertag für Verliebte" ansprechen sollte. Sie war meine Freundin, aber irgendwie auch mehr als das. Meine Geliebte war sie aber auch nicht so richtig. Ich hatte das Gefühl, wieder in der Grundschule zu sein.

Auf einer Karte, für die ich Stunden brauchte, schrieb ich: „Wie kann man die Gefühle eines Mädchens bewahren und ihr trotzdem sagen, wie viel sie einem bedeutet? Darf man ihr eine Rose schenken, wenn man ihr für ihre Freundschaft danken will?"

Diese Fragen griffen die gesunde Spannung während meines Werbens um sie auf. Es ist irgendwie komisch, einer „Nur"-Freundin eine Rose zu schenken, aber es geht schon. Das ist ein Teil des Prozesses, eine Beziehung ganz langsam und natürlich zum Erblühen zu bringen. Ihr seid mehr als Freunde, aber weniger als Liebhaber. Genießt das. Überstürzt nichts, auch wenn die Spannung manchmal hoch ist. Diese Zeit solltet ihr feiern und wertschätzen.

Damit eine Prüfungszeit Spaß macht und zu einem klaren Ergebnis (so oder so) führt, müssen drei Bereiche immer mehr ausgebaut werden: Freundschaft, Gemeinschaft und Romantik. Lass uns einmal jeden einzelnen dieser Bereiche näher ansehen und schauen, wie ein gesundes Gleichgewicht entstehen kann.

Freundschaft

Das ist das Wichtigste und Erste, was ihr in eurer Werbungszeit tun könnt: Gute Freunde werden. Ihr müsst euch nicht gleich Gedanken um hochromantische Dinge machen oder euch ständig krampfhaft überlegen, ob ihr für eine gemeinsame Zukunft geschaffen seid. Diese Dinge kommen alle ganz von selbst, während eure Freundschaft sich entwickelt.

Zusammenzuwachsen bedeutet, durch viele Gespräche festzustellen, wer der andere ist. Es bedeutet aber auch, einfach zusammen Spaß zu haben.

Wenn ihr gerade erst angefangen habt, stresst euch nicht mit unglaublich „besonderen" und romantischen Verabredungen. Entspannt euch einfach und genießt die Gegenwart des anderen. Sucht euch Aktivitäten aus, die sich zum lockeren Unterhalten anbieten – lustige, ernsthafte und alles dazwischen. Es ist übrigens eine tolle Erfahrung, zusammen etwas für andere zu tun ... zu dienen. Dabei kann man auch sehr viel über sein Gegenüber erfahren.

Die strategische Frage, die ihr dabei im Hinterkopf behalten solltet, ist folgende: „Wie kann ich es schaffen, meinem Partner mein wahres Ich zu zeigen?" Was liebst du, wovon träumst du? Lade deinen Freund/deine Freundin dazu ein! Und er oder sie muss dich genauso in seine/ihre Welt mitnehmen.

„Ich sehe mich seit einiger Zeit als ein Student der Nicole-Wissenschaft an", sagt Steve, der seit 3 Wochen mit Nicole zusammen ist. „Ich will genau verstehen, wer sie ist, damit ich ihr ein besserer Freund sein kann. Ich lerne viel, wenn wir uns einfach unterhalten. Aber ich habe auch festgestellt, dass ich manchmal gezielte Fragen stellen muss. Wenn mir was einfällt, was ich gern über sie wissen will, schreibe ich es mir auf, damit ich dran denke, wenn wir uns das nächste Mal sehen."

Die Gefühle des anderen in so einer Beziehung zu schützen, bedeutet darauf zu achten, dass sich die Freundschaft in Bezug auf *Tempo, Ausrichtung* und *Raum* angemessen entfaltet.

Das Tempo sollte nicht übereilt sein. Versucht nicht, an einem Abend die besten Freunde zu werden. Wie jede Freundschaft muss sich auch diese langsam entwickeln. Versucht nicht, euch den Weg in das Leben des anderen zu erzwingen.

Die Ausrichtung in den Anfängen eurer Beziehung sollte das gegenseitige Kennenlernen sein. Es geht dabei nicht um schnelle Intimität und Nähe, sei diese nun gefühlsmäßig oder körperlich. Macht lieber nette und abwechslungsreiche Sachen zusammen, bei denen es nicht immer nur um euch geht. Sprecht nicht dauernd über eure Beziehung, sondern über alles Mögliche (und Unmögliche!). Natürlich verändert sich diese Ausrichtung mit der Zeit, wenn ihr euch eurer Zusammengehörigkeit sicherer werdet. Ganz langsam werdet ihr dann immer mehr Zugang zu euren Herzen finden.

Der Raum, den die Beziehung in eurem Leben einnimmt, wird mit der Zeit wachsen. Gerade am Anfang solltet ihr darauf achten, dass diese Beziehung nicht alle anderen Freundschaften in eurem Leben verdrängt. Sieh auch nicht die Freunde und Verwandten deiner/es „Neuen" als Bedrohung an. Lasst einander Raum! Versucht nicht, das Alleinverfügungsrecht über die Zeit des anderen zu bekommen. Denk dran, dass verfrühte Exklusivität in einer Beziehung euch beide dazu bringen kann, mehr in ihr zu sehen, als angemessen ist. Bleib deinen jetzigen Freunden und Verantwortlichkeiten treu. Je weiter sich eure Beziehung entwickelt, desto mehr Zeit und Einfluss könnt ihr einander einräumen, aber das sollte ganz natürlich und nach und nach geschehen.

Gemeinschaft

Wenn eure Beziehung wächst, solltet ihr euch um das geistliche Fundament kümmern. Damit ihr gemeinsam stark werdet, muss die Liebe zu Gott eure Leidenschaft werden. Eine prüfende Beziehung ist die richtige Zeit, um zu überprüfen, ob ihr dieselbe Einstellung und Nähe zu Gott habt und euch gegenseitig anspornen und ermutigen könnt.

Biblische Gemeinschaft bedeutet auch, euch mit anderen über den wichtigsten Aspekt eures Lebens auszutauschen: euren Glauben an Jesus Christus und sein Handeln in unserer Zeit. Es bedeutet, miteinander zu beten und darüber zu reden, was Gott in eurem Leben tut.

Es gibt aber noch viele andere Möglichkeiten, geistlich zusammenzuwachsen. Ihr könnt zum Beispiel ein christliches Buch miteinander lesen und sonntags nach dem Gottesdienst über die Predigt diskutieren. In unserer Prüfungszeit haben Shannon und ich gemeinsam die Apostelgeschichte gelesen und uns ständig per E-Mail darüber ausgetauscht, was wir entdeckt haben.

Ein weiterer wichtiger Aspekt der Gemeinschaft ist es, sich gegenseitig dazu anzuspornen, Gott näher zu kommen. Nate, ein junger Brite, bat seine Freundin Clara, es ihm immer sofort zu sagen, wenn sie merkte, dass er irgendwo unehrlich war oder faule Kompromisse einging. „Ich fragte sie immer wieder, ob sie an mir irgendwelche Einstellungen oder Angewohnheiten entdecken konnte, die nicht gut oder für sie, für andere oder Gott störend waren."

Wirkliche Gemeinschaft zu pflegen und zu bewahren bedeutet, dass man zusammen seine Liebe zu Gott kultiviert und pflegt, nicht dass man in eine tiefere emotionale Abhängigkeit voneinander kommt. Euer Ziel ist es, einander auf Gott zuzuschieben. Deshalb muss auch alles, was im Sinne dieser Gemeinschaft passiert, unbedingt vor Missbrauch geschützt werden. Auf keinen Fall dürfen wir geistliche Dinge dazu benutzen, um mehr Intimität zu bekommen, als gut für uns ist.

Bei einem Pärchen aus meinem Bekanntenkreis zum Beispiel passierte ein sexueller Fehltritt, weil sie zu ausgedehnte „Gebetszeiten" in seinem Auto machten ... Andere benutzen den Vorwand, miteinander „über geistliche Dinge zu reden", als Gelegenheit, einander vorschnell sehr private Details zu erzählen. Es kann zwar richtig und passend sein, jemandem von einer Sünde zu erzählen, die man begangen hat, und dieser Person gegenüber dann auch Rechenschaft über die weitere Entwicklung abzulegen, aber wenn es um sexuelle Verfehlungen geht, ist es immer besser, sich dazu jemanden vom eigenen Geschlecht zu suchen.

Ein weiterer ganz wichtiger Aspekt beim Wachsen in der Gemeinschaft ist es, der Gefahr vorzubeugen, dass wir Gottes Platz im Leben des anderen einnehmen. Wenn ihr euch gegenseitig als Hauptquelle für alle Zufriedenheit, Ermutigung und Freude seht, läuft etwas falsch. Erinnert euch immer wieder gegenseitig daran, diese Dinge bei Gott zu suchen und nicht einander etwas aufzubürden, das ihr auf Dauer gar nicht tragen könnt.

Romantik

Diesen Punkt habe ich mir absichtlich bis zum Schluss aufgehoben! Auf romantischem Gebiet näher kommen sollte man sich nämlich nur, wenn Freundschaft und Gemeinschaft schon gute Fortschritte gemacht haben.

Die Essenz von Romantik ist es, wenn ein Mann einer Frau in Wort und Tat den Hof macht, ihr Zuneigung, Liebe und Achtung erweist – und die Frau genauso reagiert.

Auch wenn Romantik in einer prüfenden Beziehung nicht die oberste Priorität hat, ist sie doch unheimlich wichtig. Gefühle und ihr Ausdruck sind ein ganz starker Teil dieser Zeit. Wenn Gott die Richtigkeit eurer Beziehung bestätigt, solltet ihr auch eure sich entwickelnden Gefühle als etwas Gutes und Göttliches betrachten. Unser Ziel bei einer Prüfungszeit ist ja schließlich nicht das Unterdrücken von romantischen Gefühlen, sondern wir wollen lernen, in einer gottgefälligen und liebevollen Art mit unseren Gefühlen umzugehen.

In einer tiefer werdenden Beziehung ist es nur natürlich, wenn man „herzliche Liebe" (Römer 12,10) füreinander empfindet und auch ausdrückt. Schick deinem/deiner Liebsten eine E-Mail und lass ihn/sie wissen, dass du an ihn/sie denkst. Schreib Postkarten und mutmachende Zettel. Schenk Blumen oder kleine Aufmerksamkeiten. Romantik muss nicht teuer oder total außergewöhnlich sein. Das Romantischste, was zum Beispiel ein Mann für eine Frau tun kann, sind die kleinen Dinge, die sie wissen lassen, dass sie immer in seinem Herzen und in seinen Gedanken ist. Übrigens gilt das nicht nur für die Werbungszeit, sondern gerade und besonders, wenn man schließlich verheiratet ist!

Unsere Leitlinie für unser Verhalten in dieser Zeit ist ganz deutlich: Lass nicht zu, dass deine romantischen Handlungen mehr versprechen, als du eigentlich halten kannst. Ein Ziel ist es auch, wahrhaftig und ehrlich zu sein. Es bringt niemandem was, wenn die Romantik allem anderen vorauseilt – und übrigens auch nicht, wenn sie völlig hinterherhinkt!

Im ersten Monat seiner Beziehung mit Nicole war mein Freund Steve so erpicht darauf, alles richtig zu machen und ihre Gefühle zu schützen, dass er völlig vergaß, auch ein bisschen Romantik zuzulassen. Deshalb merkte sie auch gar nicht, dass er sie schrecklich gern hatte. Er war sich ziemlich sicher, dass sie die Frau seines Lebens war. Doch Nicole interpretierte seine Zurückhaltung als mangelndes Interesse. Daher war sie in ihren eigenen Äußerungen extrem vorsichtig und so kamen sie sich natürlich nicht besonders viel näher. Zum Glück erkannte Nicoles Mutter das Problem und sprach Steve einmal darauf an, als Nicole ein Wochenende verreist war.

Steve war überglücklich, denn natürlich wollte er nur zu gern seine Gefühle für Nicole deutlicher zeigen. Das war ungefähr so, als hätte man einem Kind geraten, unbedingt mehr Schokolade zu essen! Als er Nicole am Flughafen abholte, hatte er einen riesigen Blumenstrauß dabei. Und das war erst der Anfang!

Liebe Mädels, es ist völlig angemessen, wenn ihr auf die romantischen Bemühungen eures Freundes mit ebensolchen reagiert! Nicole hat zum Beispiel Steves Faden aufgenommen. Als er mit Freunden einen Kurzurlaub machte, versteckte sie überall in seinem Gepäck kleine Zettel mit lieben Botschaften. Sie hatte ihm sogar seine Lieblingsplätzchen gebacken und einer Stewardess mitgegeben, die sie ihm auf dem Flug überreichte. (Erkennt ihr ein gewisses Muster? Mädchen mögen Blumen, bei Jungs geht die Liebe durch den Magen ... da ist echt was dran!)

Meine Herren, wenn ihr wisst, dass ihr ein bestimmtes Mädchen heiraten möchtet, dann könnt ihr aktiv daran arbeiten, ihr Herz zu gewinnen. Gottgefälliges Werben ist nicht gierig und manipuliert auch nicht. Es ist rein, ernsthaft und begleitet von dem Wunsch, mit dieser Frau den Rest des Lebens zu verbringen.

Was bedeutet es, bei aller Romantik auf unser Herz aufzupassen? Shannon und ich haben versucht, einem einfachen Prinzip zu folgen: Die Romantik sollte in unserer Beziehung proportional zu unserer stärker werdenden Vertrautheit und Hingabe mitwachsen. Ich wollte die Flammen unserer Gefühle nicht unnötig anfachen, so lange ich noch nicht sicher war, dass wir heiraten würden. Ich wollte weder Shannon noch mich verletzen – und romantische Leidenschaft, die ohne Hingabe und Verantwortung ausgelebt wird, kann zu ganz hässlichen Verletzungen führen.

Ein praktisches Beispiel für dieses Prinzip ist die Frage, wann man zum ersten Mal „Ich liebe dich" sagt. Wenn du Liebe für die Person empfindest, solltest du das dann auch sagen? Auch hier müssen wir uns nach dem richten, was für den Anderen das Beste ist. Manchmal kann es lieblos sein, zu früh und „einfach so" diese tiefen Worte auszusprechen.

Es gibt da keine Formel, wann es angesagt ist. Dazu braucht man Weisheit. Ich habe die drei magischen Worte „Ich liebe dich" zum ersten Mal ausgesprochen, als ich Shannon den Heiratsantrag gemacht habe. Ich wollte, dass sie sieht, dass diese Worte mir sehr viel bedeuteten und dass ich sie auch mit meiner Hingabe und meinem Leben füllen würde.

Natürlich heißt das nicht, dass man mit den „drei wichtigsten Worten" unbedingt erst beim Heiratsantrag rausrücken sollte. In einer anderen Beziehung kann es absolut passend und auch hilfreich sein, wenn man es früher ausspricht und dem Anderen so die Tiefe seiner Gefühle preisgibt. Das Wichtigste ist, dass man es nicht auf die leichte Schulter nimmt oder mal eben im Überschwang der Gefühle sagt.

Jetzt wird's spannend

Wenn ein Paar freundschaftlich, geistlich und romantisch mehr und mehr zusammenwächst, muss es sich trotzdem noch Gedanken um die Rollenverteilung machen, ehrlich miteinander kommunizieren und sich einen „Strategieplan" machen, um sexuell nicht aus der Bahn zu geraten. Über diese und andere Themen werden wir in den nächsten Kapiteln sprechen.

Ist es unrealistisch, eine prüfende Beziehung eingehen zu wollen und dabei behutsam und liebevoll vorzugehen? Nein! Es ist schwierig und idealistisch, aber nicht unmöglich. Jemand hat mal gesagt: „Ideale sind wie Sterne; wir werden sie nie mit Händen greifen können, aber wenn wir ihnen folgen wie ein Seefahrer auf dem Meer, werden wir unser Ziel erreichen."

Ich glaube, dass wir über das Ideal, einander ehrlich zu lieben und weise über eine Ehe zu entscheiden, das Ziel erreichen können, ein Leben lang eine gute Beziehung zu führen.

6. Was man mit seinen Lippen anfängt ...

Praktische Prinzipien für eine gute Kommunikation

Ich hatte mein Handy erst ein paar Tage, da klingelte es schon ununterbrochen. Dummerweise waren die Anrufe nicht für mich. Wie sich herausstellte, hatte meine neue Nummer vorher zu einem Pizzaservice gehört. Jetzt bestellten also zahllose Menschen zu jeder Tages- und Nachtzeit bei mir etwas zu essen!

„Tut mir Leid", sagte ich zum tausendsten Mal. „Hier ist nicht Dominos Pizzaservice. Doch, die Nummer stimmt, aber sie gehört jetzt mir ... Nein, die neue Nummer von Dominos habe ich nicht. Klar. Kein Problem. Tschüss."

Die meisten Leute verstanden das. Was ich erstaunlich fand, waren die Anrufer, die ein Nein als Antwort einfach nicht akzeptieren wollten.

„Ich möchte eine große Pizza mit extra Käse bestellen", meinte eine Dame.

Ich sagte mein Sprüchlein auf und sie antwortete: „Wie viel macht das dann?"

„Äh, ich weiß nicht. Hier ist nicht ..."

„Und wie lange wird es dauern?"

„Entschuldigung, ich kann Ihnen wirklich keine Pizza bringen!"

„Ach, Sie haben gar keinen Lieferservice?"

„Ich hab noch nicht mal Pizza!"

Mehr als nur reden

Kommunikation. Gar nicht so einfach, oder? Neben den Komplikationen, die wir durch unsere Böswilligkeit oder Dussligkeit verursachen, und den ganz normalen Unterschieden zwischen Männern und Frauen müssen wir uns auch noch mit falschen Telefonnummern rumschlagen!

Selbst die allertollsten Beziehungen haben ihre „Käsepizza-Momente". Das sind die Gelegenheiten, bei denen wir nicht miteinander, sondern aneinander vorbei reden; Augenblicke, in denen wir so überempfindlich reagieren, dass wir jede Menge Zeit damit verschwenden, rumzustreiten; Momente, in denen wir so auf unser Ego fixiert sind, dass wir vergessen, dass Hören noch lange nicht dasselbe ist wie Zuhören.

Eine Menge Leute nehmen an, dass man automatisch kommunizieren kann, nur weil man reden kann. Wenn's nur so einfach wäre! Meine Erfahrungen mit den Pizzabestellern beweist, dass klare Kommunikation mehr bedeutet als bloß ein bisschen quatschen. Ich habe schließlich auch mit der Dame geredet, die eine Pizza mit extra Käse wollte – aber kommuniziert haben wir ganz sicher nicht!

Warum nicht? Weil sie mir nicht zugehört hat. Sie hat mich nicht verstanden, sie hat auch nicht auf das reagiert, was ich gesagt hatte. Klare Kommunikation findet statt, wenn zwei Leute nicht nur wissen, was sie sagen wollen, sondern auch noch wann und wie sie es sagen sollten – und wenn sie einander zuhören.

Viele Paare meinen, dass sie ja ständig miteinander reden und auch jede Menge romantische Gefühle füreinander haben – also ist mit ihrer Kommunikation doch alles bestens, oder? Leider stimmt das so nicht. Man kann tausend Worte miteinander austauschen, aber trotzdem keine Ahnung haben, was dem Anderen wirklich wichtig ist. Es ist auch möglich, sich in das zu verlieben, was man meint, im anderen zu sehen, und dabei hat man keine Ahnung, wer diese Person wirklich ist.

Wenn du in einer Beziehung bist und über die Möglichkeit einer Ehe nachdenkst, dann lies dieses Kapitel bitte sehr aufmerksam. Vielleicht hast du anhand des Titels vermutet, dass es hier um die heißesten Kusstechniken geht. Sorry – Fehlanzeige. Das Wichtigste, was du im Moment mit deinen Lippen anfangen kannst, ist nicht etwa Knutschen, sondern Kommunikation.

Wir sind alle verbesserungswürdig

Echte Kommunikation ist eine Kunst, die man mit viel Zeit, Anstrengung und Entschlossenheit lernen kann. Man braucht auch Demut dazu. Der erste Schritt auf dem Weg zu guter Kommunikation ist zuzugeben, dass wir im Moment noch nicht besonders gut darin sind. Auf diesem Gebiet sind wir alle Anfänger.

Männer haben in diesem Bereich besonders viel zu lernen. Wir sollten diese Schwäche aber nicht als „eben typisch männlich" beiseite legen. Wir müssen uns vielmehr weiterentwickeln, damit wir die tiefe Freude intensiver Beziehungen erleben können.

Und Frauen sollten auch nicht denken, dass sie schon alles wissen. Meine Mutter hat früh in ihrer Ehe gemerkt, dass sie zwar ziemlich gut mit meinem Vater über ihre Ideen, Prinzipien oder Pläne sprechen konnte, dass sie aber in Bezug auf ihre Gefühle nur ganz mühsam miteinander kommunizierten.

Meine Mutter kam aus einer, wie sie sagt, „ruhigen japanischen Familie", in der man ganz selten über Gefühle sprach oder sie zeigte. Ihre Hauptgelegenheit zur Kommunikation war die Schule, in der sie mit ihren Lehrern und Mitschülern über alle möglichen Themen diskutierte. Deshalb waren ihre Kommunikationsfähigkeiten einseitig. Auf einem Gebiet war sie topfit, auf einem anderen völlig ungeübt.

Meiner Mutter war klar, dass sie unbedingt über diese Schwäche reden und daran arbeiten musste, wenn sie wollte, dass ihre Beziehung zu meinem Vater gelang. Es dauerte sehr lange, bis es besser wurde. „Manchmal haben wir eine ganze Nacht durchgeredet, um einem Problem auf den Grund zu gehen", hat sie mir erzählt. „Wenn wir einen Konflikt hatten, zog er mir geduldig alles aus der Nase, was ich dazu dachte und fühlte. Am Anfang konnte ich es nicht mal in Worte fassen. Aber im Laufe der Zeit lernte ich wahrzunehmen, was in meinem Herzen war, und auch darüber zu sprechen."

Ich möchte dich dazu ermutigen, Gott darum zu bitten, dass er dir zeigt, wo deine Kommunikationsfähigkeiten noch verbesserungswürdig sind. Wenn du dann auf Schwachpunkte stößt, versuch sie nicht wegzuerklären, sondern bitte Gott um die Kraft, diese Dinge zu verändern. Gott hat versprochen, den Demütigen Gnade zu schenken (Jakobus 4,6). Du kannst ihm vertrauen, dass er dir bei deinem Lernprozess hilft!

Fünf Prinzipien guter Kommunikation

Erinnerst du dich noch an die beiden zentralen Prioritäten einer „göttlichen" Beziehung, über die wir im fünften Kapitel gesprochen haben? Es ging darum, einander respektvoll zu behandeln und eine weise Entscheidung zu treffen. Auch in Bezug auf die Kommunikation sollten diese beiden Prinzipien uns leiten. Wir wollen schließlich mal mit reinem Gewissen sagen können, dass unsere Worte echt und ehrlich waren. Wir möchten den Charakter des anderen realistisch einschätzen und unseren eigenen offen legen, wir möchten einander verstehen, die Einstellungen, Werte und Überzeugungen unseres Gegenübers kennen lernen.

Eine Beziehung ist die richtige Zeit, um Schwachpunkte in unseren Kommunikationskünsten zu erkennen und daran zu arbeiten. Unser Anspruch sollte dabei nicht *Perfektion*, sondern *Wachstum* sein. Die folgenden fünf Prinzipien können dir dabei helfen, deine Kommunikationsfähigkeiten zu verbessern:

1. Kommunikationsprobleme sind meist „Herzprobleme"

In seinem erfolgreichen Buch „Männer sind anders, Frauen auch" benutzt der Bestsellerautor John Gray eine lustige Metapher dafür, warum Männer und Frauen bei der Kommunikation so viele Schwierigkeiten haben. Er sagt, dass sich vor sehr langer Zeit Marsianer und Venusianer ineinander verliebt haben und zur Erde ausgewandert sind. Doch dort vergaßen sie dann, dass sie von verschiedenen Planeten gekommen waren. „Und seit diesem Tag", so Gray, „haben sie Probleme miteinander." Tja, nette Erklärung, oder? Wenn ich ein Buch zu diesem Thema schreiben würde, würde der Titel lauten: „Männer sind von der Erde, Frauen sind von der Erde und unsere Probleme haben eine Ursache: Sünde!" (Zugegeben, das klingt weniger griffig ...)

Es stimmt schon, Männer und Frauen bringen verschiedene Bedürfnisse und Kommunikationsmuster in ein Gespräch ein. Aber Gott sagt uns immer wieder, dass unsere Worte und unser Kommunikationsstil aus unserem Inneren kommen. Jesus sagte: „Ein guter Mensch bringt Gutes hervor, weil er im Herzen gut ist. Aber ein schlechter Mensch kann nur Böses hervorbringen, weil er von Grund auf böse ist. Sein Mund spricht nur aus, was sein Herz erfüllt!" (Lukas 6,45). Jakobus fragt: „Woher kommen denn die Kämpfe und Streitigkeiten zwischen euch? Sie entspringen den Leidenschaften, die ständig in eurem Inneren toben. Ihr verzehrt euch nach etwas, was ihr gerne hättet. Ihr seid neidisch und eifersüchtig, aber das bringt euch dem ersehnten Ziel nicht näher. Ihr kämpft darum, aber ihr bekommt es nicht" (Jakobus 4,1–2).

Jason und Gina sind beinahe ein Jahr zusammen, aber ihre mangelnde Kommunikationsfähigkeit beginnt ihre Beziehung zu beeinträchtigen. „Sie meint, ich rede nicht genug mit ihr", sagt Jason. „Aber ich kann doch nicht mein innerstes Wesen verändern! Ich bin halt kein gesprächiger Typ."

Rob hat Leslie schon oft gesagt, dass ihr beißender Sarkasmus ihn verletzt, aber sie kann anscheinend nicht

95

damit aufhören. Sie sagt Rob immer wieder, dass er eben ein Teil ihrer Persönlichkeit und nicht zu ändern sei.

Gibt es wirklich keine Möglichkeit für Leslie oder Jason, sich zu verändern? Doch! Aber das wird nur klappen, wenn sie kapieren, dass ihr Verhalten nicht nur an ihrer Herkunft, Erziehung oder Persönlichkeit liegt, sondern dass sie ein „böses" Herz haben.

Unsere Lippen sind eigentlich nur die Botschafter unseres Herzens. Unsere Worte entspringen dem, was in uns ist. Wir können uns nicht mit irgendwelchen Ausreden von unserem Kommunikationsstil distanzieren; unsere Erziehung und unsere Persönlichkeit sind sicher Faktoren, aber sie sind nicht an dem „schuld", was mit uns nicht stimmt. Wenn unsere Worte selbstsüchtig, sündig oder lieblos sind, dann liegt das daran, dass *wir* selbstsüchtig, sündig und lieblos sind!

Die gute Nachricht für selbstsüchtige „Erdlinge" aber lautet folgendermaßen: Gott hat seinen Sohn geschickt, um unseren schuldverseuchten Planeten und uns zu retten! Wir können nicht nur in den Himmel kommen, sondern er ist auch gekommen, um die Macht der Sünde in unserem Leben und unseren Beziehungen hier auf der Erde zu zerbrechen. Wir können echte, anhaltende Veränderung auch in unserem Kommunikationsstil erleben, wenn wir bereit sind, Gottes Hilfe anzunehmen. Mit coolen Methoden und starkem Willen allein gelingt so eine Veränderung nicht; das kann nur Gottes Geist in uns bewirken, denn er bestimmt das Wollen und das Tun (siehe Philipper 2,13). Wenn wir den Heiligen Geist einladen, in unser Herz zu kommen und es zu verändern, werden unsere Worte von Liebe, Freude, Frieden, Geduld, Freundlichkeit, Güte, Treue, Sanftmut und Selbstbeherrschung gekennzeichnet sein (siehe Galater 5,22).

Obwohl es weder einfach noch bequem für ihn ist, beginnt Jason sein Kommunikationsverhalten gegenüber Gina als falsche Einstellung seines Herzens zu sehen, die er verändern muss. „Mein Pastor hat mir die Augen dafür geöffnet, dass ich einfach redefaul war", erklärt Jason.

Und während er zu den Wurzeln seines Problems vor-
dringt, verändert sich auch seine Einstellung.

Dasselbe hat auch Leslie erlebt. Statt sich völlig zu ver-
krampfen und sarkastische Bemerkungen gerade noch
abzufangen, bevor sie über ihre Lippen kommen (oder
lieber gar nichts mehr zu sagen), bat sie Gott darum, ihr
Herz zu verändern, aus dem diese ätzenden Sprüche
schließlich kamen. „Gott hat mir gezeigt, dass ich sehr
stolz bin", erzählt sie. „Ich halte mich selbst für besser als
andere Leute und darum putzte ich sie mit meinem Sarkasmus runter. Vielleicht habe ich das in meiner Familie
so gelernt, aber die Sünde habe ich selbst verzapft."
Indem sie die Bibel intensiv studiert hat und viel über
Demut, Verantwortung und Umkehr gelernt hat, konnte
Leslie ihren Kommunikationsstil deutlich zum Positiven
verändern.

2. In punkto Kommunikation sind deine Ohren dein wichtigstes Werkzeug

Warum sehen wir uns automatisch reden, wenn wir an
das Wort „Kommunikation" denken? Die Antwort liegt
auf der Hand: Wir denken, dass das, was *wir* zu sagen
haben, ziemlich wichtig ist ... und zwar wichtiger als das,
was die anderen so von sich geben. Dabei ist es oft viel
besser, einfach mal die Klappe zu halten und zuzuhören.

Mein Vater hat neulich meinem fünfjährigen Bruder
Isaac erklärt, dass Gott den Menschen zwei Ohren und
nur einen Mund gegeben hat, damit wir doppelt so viel
zuhören wie reden. Isaac riss vor Staunen die Augen auf.
Seitdem spricht er ständig wildfremde Leute an und
fragt sie: „Wissen Sie eigentlich, warum Sie zwei Ohren
haben?"

Das ist eine gute Frage für jeden, der seine kommuni-
kativen Fähigkeiten verbessern will. Bist du ein guter
Zuhörer? Dem Anderen wirklich zuzuhören ist ein Ausdruck von Demut und Interesse. „Ich habe schon so viele
Abende mit Männern verbracht, die die ganze Zeit nur
von sich reden und dann beim Nachtisch sagen: ‚Ach, ich

habe das Gefühl, dich schon seit Ewigkeiten zu kennen!'
Es ist zum Heulen!", sagte einmal eine attraktive junge
Frau zu mir.

Wenn wir wirklich wissen wollen, was in anderen
Menschen vorgeht, müssen wir danach fragen und
zuhören. Kannst du das? Oder wartest du nur ange-
spannt auf den passenden Moment, wieder mal selbst
einen Satz anzubringen? Wie oft fällst du anderen Leuten
ins Wort oder beendest einen Satz für sie?

Wenn du echte Kommunikation in deinen Beziehungen praktizieren willst, werde zuerst ein guter Zuhörer.
Wenn du jemandem eine Frage stellst, nimm die Antwort
wirklich in dich auf. Hör nicht nur die Worte, sondern
auch die Art, wie sie ausgesprochen werden. Frag nach,
erforsche die Meinung und die Ideen des anderen.

Die Bibel sagt, dass nur ein Dummkopf sich am
Äußern seiner eigenen Meinung erfreut (Sprichwörter
18,22). Sei kein Dummkopf! Hör doppelt so oft zu, wie du
redest!

3. Gute Kommunikation entsteht nicht zufällig

In der Gemeinde von Don und Susan wurde jungen Paaren geraten, mindestens zwei Jahre befreundet zu sein,
bevor sie sich verlobten. Die Idee dahinter war, sie vor
überstürzten Entschlüssen zu bewahren. Allerdings kann
man sich noch so lange Zeit lassen – einander wirklich
kennen lernen kann man nur, wenn man auch tatsächlich miteinander redet!

Don und Susan hielten sich brav an die Regeln und
heirateten nach zweieinhalb Jahren. Doch erst dann
merkten sie, wie wenig sie wirklich miteinander kommuniziert hatten.

„Die Ehe war wie ein gigantisches Weckerklingeln für
uns!", sagt Don. „Wir kannten uns eigentlich gar nicht
richtig, weil unsere Gespräche doch immer ziemlich an
der Oberfläche geblieben waren."

Susan stimmt ihm zu. „Wir hatten uns einige blöde
Dinge angewöhnt. Unsere Treffen waren meistens sehr

lustig gewesen, aber wir haben nur ganz selten über unsere Gefühle oder unseren Glauben geredet. Körperlich kamen wir uns ziemlich nah und hatten deshalb den Eindruck, einander besser zu kennen, als es wirklich der Fall war. Wenn wir einen Konflikt hatten, versuchten wir ihn immer ganz schnell beizulegen, und oft bedeutete das, das Problem ungelöst zu lassen."

Sich mit einer Beziehung Zeit zu lassen ist sicher weise. Aber geht nicht einfach davon aus, dass sich eine gute Kommunikation dann ganz von selbst ergibt. Das muss man schon einüben.

Wir Männer sollten da die Verantwortung nicht einfach aus der Hand legen. Plant nicht nur nette Aktivitäten, sondern auch Gespräche. Bevor ihr euch das nächste Mal trefft, überleg dir ein paar Fragen, die du ihr stellen möchtest. Was willst du Neues entdecken? Sei neugierig!

Als Shannon und ich uns miteinander befreundeten, platzte ich förmlich vor lauter Fragen, die ich an sie hatte. Was liebte sie, was hasste sie? Worüber konnte sie lachen? Was machte sie traurig? Welche Lieder trällerte sie, wenn sie allein war? Was bestellte sie beim Italiener? Mochte sie Sushi?

Um sie nicht völlig zu überrollen, hielt ich mich zurück und stellte immer nur ein paar Fragen auf einmal. Für jedes Treffen hielt ich Ausschau nach kreativen Einleitungen für ein richtig gutes Gespräch. Einmal fand ich ein ganz tolles Buch, es hieß *The Book of Myself – A Do-it-yourself Autobiography* („Das Buch über mich selbst – eine Autobiografie zum Selberschreiben"). Darin waren 201 Fragen, die einem dabei helfen sollten, seine eigene Biografie zu schreiben. Ich hatte den Titel mit schwarzem Edding übermalt und aus dem „Myself" Shannon gemacht und so schleppte ich es mit zu unserer nächsten Verabredung. Es standen Fragen darin wie: „Welche Fähigkeit oder Charaktereigenschaft deiner Mutter hast du am meisten bewundert?" Oder: „Welche Person hat dich am stärksten beeinflusst?" Ihre Antworten waren immer total spannend für mich und ich lernte viel Neues über sie.

Wenn ihr eure Aktivitäten plant, nehmt euch viel Zeit einfach zum Reden. Man kann sich das vornehmen und trotzdem ganz locker dabei bleiben! Dein Gegenüber soll sich ja nicht vorkommen wie bei einem Verhör. Mach keinen Druck und erzwing keine Gespräche. Kommunikation ist ein natürlicher Teil eurer Beziehung, den ihr zwar pflegen müsst, der aber keinen Stress bedeuten sollte.

4. Fehlende Konflikte bedeuten noch keine gute Kommunikation

„Wir haben die perfekte Beziehung", seufzte Lisa glücklich. „Wir haben uns noch nie gestritten!"

Ich wand mich innerlich bei diesem gründlichen Missverständnis. Eine verwitwete Bekannte hat mir neulich erzählt, dass auch ihr Mann und sie sich in den 40 Jahren ihrer Ehe fast nie gestritten hatten. Sie hielt das aber keineswegs für ein Zeichen einer „perfekten Beziehung"! „Ich habe vor Freunden immer damit angegeben, wie gut mein Mann und ich miteinander auskamen. Aber heute sehe ich, dass wir uns nur deshalb nie gestritten haben, weil wir uns nie wirklich ernsthaft unterhalten haben!"

Unser Ziel sollte nicht unbedingte Konfliktvermeidung sein, sondern wir müssen lernen, mit Konflikten konstruktiv umzugehen und Probleme auf eine Gott gefällige Art zu lösen. In ihrem Buch *Love That Lasts* („Liebe, die Bestand hat") liefern Gary und Betsy Ricucci zehn Tipps für eine gute Kommunikation in Konfliktsituationen:

1. Lerne, deine Gefühle und Frustrationen ehrlich auszudrücken, aber ohne die andere Person anzugreifen oder zu beschuldigen (Sprichwörter 11,9).
2. Wähle Worte, Ausdrücke und einen Tonfall, die freundlich oder zumindest höflich sind. Stachle einen Streit nicht mit Kraftausdrücken an (Sprichwörter 15,1).

3. Nicht übertreiben, unterbrechen oder die Wahrheit etwas verzerren. Auch extreme Begriffe wie „nie" oder „immer" sollte man vermeiden (Epheser 4,25).
4. Benutze aktuelle und spezifische Beispiele. Wenn nötig, mach dir vorher Notizen, was du sagen willst. Allgemeinplätze helfen nicht.
5. Kümmere dich darum, Lösungen zu finden, statt deine Wunden zu lecken. Das Ziel ist es nicht, es dem Anderen heimzuzahlen, sondern Konflikte zu lösen (Römer 12,17–21).
6. Hör genau hin, was dein Gegenüber sagt, fühlt und braucht. Versuche auch, verborgene Ängste wahrzunehmen (Jakobus 1,19).
7. Weigere dich, Bitterkeit, Wut, Rückzugstendenzen oder verbalen Schlagabtausch zuzulassen. Obwohl dies natürliche Reaktionen sind, darf man sie nicht einfach ungefiltert rauslassen (Epheser 4,26).
8. Zögere nicht, deine Fehler zuzugeben, und sei schnell bereit, dem Anderen zu vergeben. Stell sicher, dass du nicht heimlich doch schmollst (Lukas 17,3–4).
9. Redet so lange weiter und stellt Fragen, bis ihr sicher seid, dass jeder verstanden hat, was der andere meint und fühlt. Arbeitet zusammen auf eine Lösung hin (Römer 14,19).
10. Trainiere deinen Mund und dein Herz, bis du im richtigen Moment das Richtige aus den richtigen Motiven heraus und auf die richtige Art sagen kannst!

Denk dran, ein Konflikt ist nicht unbedingt etwas Schlechtes. Und sei nicht überrascht, wenn der erste Streit da ist. Das ist ein Zeichen dafür, dass ihr euch so langsam richtig kennen lernt! Lauft nicht davor weg; bittet lieber Gott um Hilfe dabei, dieses Problem demütig und liebevoll zu lösen!

5. Die Motivation ist wichtiger als die Technik

Bevor wir uns Gedanken um Methoden und Vorgehens-
weisen machen, sollten wir sicherstellen, dass die Motivation unseres Herzens darin besteht, Gott zu gefallen. Er
möchte, dass wir aus Liebe und aus dem Wunsch handeln, anderen zu dienen – sie aufzubauen, zu ermutigen
und ihnen generell *nützlich* zu sein.

„Lasst kein giftiges Wort über eure Lippen kommen",
schreibt Paulus. „Seht lieber zu, dass ihr für die anderen
in jeder Lage das rechte Wort habt, das ihnen weiterhilft"
(Epheser 4,29).

Es gibt jede Menge Bücher, die uns bessere Kommunikationsfähigkeiten versprechen, so dass wir bekommen,
was wir wollen. Doch das macht Worte zu Waffen, die
unseren egoistischen Wünschen dienen sollen. Die Bibel
bezeichnet diese Art der Kommunikation aber als wertlos.
Noch einmal ein Zitat von Paulus: „Wenn ich die Sprachen
aller Menschen spräche und sogar die Sprache der Engel
kennte, aber ich hätte keine Liebe –, dann wäre ich doch
nur ein dröhnender Gong, nicht mehr als eine lärmende
Pauke" (1. Korinther 13,1). Himmlische Eloquenz ist mehr
als gewählte Worte. Wenn der Kommunikation Liebe zu
Gott und den Menschen fehlt, ist sie ziemlich daneben.

Ein göttliches Motiv – die Liebe – verändert das, was
wir sagen und wie wir es sagen. Statt Worte zu verwenden, die uns selbst Vorteile bringen, benutzen wir sie, um
Gott zu ehren und die Interessen der anderen in den Vordergrund zu stellen.

„Obacht geben, länger leben"

Im fünften Kapitel haben wir gesehen, dass die Prüfungszeit eine Phase ist, in der man „mehr als Freunde,
aber weniger als Liebende" ist – eine Zeit, in der wir uns
näher kommen, aber trotzdem unsere Herzen behüten
sollten, weil wir noch nicht wissen, ob wir für immer
zusammenbleiben werden.

Vorsicht lässt man walten, indem man weder Versprechungen macht, die man vielleicht nicht halten kann, noch andeutet, mehr Sicherheit zu haben, als man tatsächlich vorweisen kann.

In seiner Beziehung zu Brittany fand Kyle, dass er so lange nicht über ihre gemeinsame Zukunft reden sollte, bis er nicht die innere Bereitschaft hatte, ihr einen Heiratsantrag zu machen. „Es wäre doch nicht fair gegenüber Brittany, wenn ich sagen würde: ‚Oh, wäre es nicht klasse, wenn wir später auch mal so ein Haus hätten wie das da drüben?‘, oder: ‚Später werden wir mal das und das machen.‘ Wie soll man sich da noch auf die Frage konzentrieren, ob wir füreinander bestimmt sind oder nicht?"

Klare Kommunikation hat nichts mit voreiliger gesprächsmäßiger Intimität zu tun. In seiner Freundschaft mit Ginger initiierte mein Freund Chuck immer wieder Gespräche, die er „Herz-Checks" nannte. Das waren Unterhaltungen, in denen Ginger und er sich über ihre Erwartungen und Sorgen austauschten und über ihre Sicht der Beziehung. Chuck bemühte sich immer, seine Gefühle offen zu legen, und Ginger reagierte ebenso offen. Dabei ging es aber nicht um „vorgezogene" Dinge, sondern um den Ist-Zustand ihrer Beziehung: Wie ging es ihnen darin, was war der nächste Schritt, was war schlecht gelaufen? Sie sprachen nicht von ihren Zukunftsplänen oder darüber, wie sie ihre sieben Kinder nennen wollten.

Wir müssen vorsichtig sein mit dem, was wir sagen und wie wir es sagen. Damit kommuniziert man nämlich unter Umständen viel deutlicher, als man denkt! Jemand hat mal gesagt: „Schreib keinen Scheck mit deinem Mund aus, den dein Körper nicht bezahlen kann!" In anderen Worten: „Versprich nicht mehr, als du mit deinen Taten abdecken kannst!"

Donnas Beziehung mit Bill endete nicht in einer Ehe, aber sie ist dankbar, dass er ihr gegenüber immer zurückhaltend mit seinen Versprechungen war. „Wenn er das

Gefühl hatte, dass ein Gespräch in eine Richtung abdriftete, die wenig hilfreich war oder noch nicht angebracht, dann lenkte er es immer behutsam um", berichtet sie. „Ein- oder zweimal kam er nach einer Unterhaltung zu mir und entschuldigte sich für etwas, das er gesagt hatte und das nicht gut für mich war. Ich fand das eigentlich eher lustig, aber heute merke ich, dass es mich davor bewahrt hat, ständig zu hoffen und mich darauf einzuschießen, dass wir mal heiraten würden."

Wenn sich eure Liebe vertieft und ihr immer sicherer werdet, dass ihr heiraten wollt, möchtet ihr euch natürlich auch mal über Themen unterhalten, die für eure Ehe relevant sind (mehr dazu in den Kapiteln 10 und 11). Aber überholt euch nicht links!

Die Bibel sagt: „Eine offene, ehrliche Antwort ist wie ein Kuss auf die Lippen" (Sprichwörter 24,26). Das illustriert ziemlich deutlich, wie wichtig (und angenehm!) gute Kommunikation ist. Es ist ein Haufen Arbeit, aber es lohnt sich.

Als du dieses Kapitel gelesen hast, ist dir vielleicht aufgegangen, dass du ein bisschen Bammel davor hast, wirklich echt und ehrlich zu sein. Das kannst du ruhig zugeben, es ist überhaupt keine Schande und das geht den meisten Leuten so. Es ist ja auch ein gewisses Risiko dabei, einen anderen Menschen dein wahres Ich sehen zu lassen. Was, wenn er oder sie es nicht mag? Was, wenn die Beziehung schließlich auseinander geht?

Ich möchte dich ermutigen, Gott zu vertrauen. Er weiß, was er tut. Er ist auch in eurer Beziehung am Werk. Du musst dich nicht von der Angst vor der Meinung eines anderen Menschen bestimmen lassen.

Es ist möglich, dass Ehrlichkeit und gute Kommunikation letztlich dazu führt, dass einer von euch oder ihr beide erkennt, dass eure Beziehung nicht in einer Ehe münden sollte. Der Gedanke tut sicher weh, aber denk an die Alternative: Würdest du wirklich wollen, dass sich dein Freund/deine Freundin in etwas oder jemanden verliebt, der du gar nicht bist? Wäre es wirklich liebevoll, den

Anderen in einem Irrglauben über dich zu lassen, oder wäre eine gesunde Ent-Täuschung nicht letztlich besser? Denk an die viel bessere Möglichkeit, dass du Gott vertraust und klar kommunizierst, und der Mann oder die Frau deines Herzens sich dann in dein wahres Ich verliebt!

Du kannst niemanden lieben, den du nicht kennst. Du kannst auch nicht wirklich geliebt werden, wenn du nicht auch gekannt wirst. Und der einzige Weg, um deinen Partner kennen zu lernen und dich ihm bekannt zu machen, ist nun mal Kommunikation. Lass uns also mutig sein! Wir wissen schließlich, was wir mit unseren Ohren, Herzen und Lippen anfangen sollten.

7. Wenn Jungs Männer wären, wären Mädchen dann Frauen?

Zum Thema Rollenverteilung

Ich habe neulich in einer Buchhandlung ein Buch mit dem Titel „Der Verführungs-Ratgeber für passive Männer" entdeckt. Ich kann das Werk nicht empfehlen. Die Hauptaussage des Buches ist, dass Frauen heutzutage die Aggressoren in einer Beziehung sein möchten – sie wollen die Entscheidungen treffen und die Regeln festlegen. Das heißt, eigentlich wollen sie die „Männer" sein. Daher sei der effektivste Weg für einen Mann, um eine Frau zu verführen, die Taktik, sich zurückzulehnen, passiv zu sein und die Frau machen zu lassen.

Wie romantisch!

Diese sesselpupsende Sicht von Männlichkeit ist nur ein Beispiel für die momentan herrschende Verwirrung im Hinblick auf die Geschlechterrollen. Und das ist leider nicht nur ein säkulares Problem. Christen sind in diesem Bereich genauso durcheinander.

Mein Freund Mike war total schockiert, als ihm eine fromme Frau, mit der er gut befreundet war, aus heiterem Himmel einen Antrag machte.

„Du weißt doch, dass ich dich heiraten werde, oder?", sagte sie eines Tages geradeheraus. „Willst du? Schau mal, ich würde sogar die Ringe kaufen, wenn es das leichter für dich macht."

Mike schüttelte ungläubig den Kopf, als er mir die Story erzählte. „Sie meinte es wirklich ernst! Aber ... aber Frauen sollten so was doch nicht tun, oder?"

Die Wahrheit ist, dass wir keine Ahnung haben, was wer tun sollte und was nicht. Männer wissen nicht mehr, was es bedeutet, ein Mann zu sein, deshalb wählen sie einfach den Weg des geringsten Widerstands. Und auch Frauen wissen nicht mehr, was es bedeutet, eine Frau zu sein, deshalb verhalten sie sich wie Männer. Doch ein bestimmtes Verhalten gegenüber dem anderen Geschlecht ist schwierig, wenn man gar nicht so richtig weiß, wer oder was nun das andere Geschlecht ist.

Eine ehrliche Frage

Bisher haben wir uns darüber unterhalten, wie ein Mann und eine Frau mit ihrer Beziehung in Richtung Ehe steuern und Gott dabei Ehre machen können. Doch bevor wir mit diesem Thema weitermachen können, müssen wir uns erst mit der Frage auseinander setzen, was es überhaupt heißt, ein Mann oder eine Frau zu sein.

Der Titel dieses Kapitels ist ganz ernst gemeint. Wenn Jungs Männer wären, wären Mädchen dann Frauen? In anderen Worten, sind wir bereit, auf Gottes Waage zu steigen und uns an seiner Definition von reifer Männlichkeit oder Weiblichkeit messen zu lassen? Nur wirklich wenige Dinge sind wichtiger für eine Beziehung.

Rebellische Kinder

Für viele Menschen ist die Idee allein schon abstoßend, dass der Schöpfer uns bestimmte Rollen zugedacht hat. Sie wollen sich weder von einer Person noch von einer Religion vorschreiben lassen, wie sie ihre Männlichkeit oder Weiblichkeit ausdrücken sollen. Sie verabscheuen die Idee von gottgegebenen Rollen und tun alles, um die Unterschiede zwischen den Geschlechtern zu verwischen.

Der Zustand der menschlichen Sexualität ist heute wie ein Theaterstück, in dem die Schauspieler gegen den

Regisseur und sein Drehbuch rebellieren. Stell dir nur das Chaos vor! Die Schauspieler hassen den Regisseur. Sie lehnen ihre Rollen ab und machen sich über das Skript lustig. Sie weigern sich, ihre Texte zu lernen. Oder sie tauschen untereinander die Rollen und Kostüme und verwirren damit die komplette Handlung. Andere kommen zum falschen Zeitpunkt auf die Bühne, stören Dialoge oder würzen sie mit Obszönitäten.

Dies ist ein Bild für unsere Generation, in der wir aber wie Sterne leuchten sollten (Philipper 2,15). Es ist die Generation der Geschlechtsumgewandelten, in der Männer sich wie Frauen verhalten und Frauen wie Männer. Und mitten in diesem Chaos möchte Gott, dass seine Kinder den Rollen treu bleiben, die er für sie vorgesehen hat, auch wenn der Rest der Menschheit das alles pervertiert hat.

Genau wie ein Theaterstück von einem guten Autoren geschrieben wird, hat Gott die Geschichte der Menschheit verfasst. Die Bibel erzählt davon, dass unsere Rollen als Männer und Frauen ein Teil der wundervollen Geschichte sind, die Gott schreibt.

Seit Gott uns nach seinem Bild erschaffen hat, spiegeln wir etwas davon wider, wie er ist (siehe Genesis 1,27). Daher ist der Gehorsam gegenüber Gottes Definition von Männlichkeit und Weiblichkeit immer auch ein Stück Gehorsam gegenüber Gott selbst. Jede „Szene", in der wir mitwirken – biblische Männlichkeit und Weiblichkeit während unserer Singlezeit, in Freundschaften mit dem anderen Geschlecht, in Beziehungen, in der Ehe –, ist eine Chance, dem Autoren Ehre zu machen. Die Bibel sagt sogar, dass die Vereinigung von Mann und Frau in der Ehe auf das große Finale der Geschichte hinweist, die Wiederkunft Christi, wenn Jesus zurückkommt und seine Braut, die Gemeinde, zu sich holt, für die er sein Leben gegeben hat (siehe Epheser 5,31–32).

Darum sind unsere Rollen als Männer und Frauen wichtig. Darum sollten wir unsere gottgewollten Unterschiede annehmen und nicht wegemanzipieren. Gott hat uns männlich und weiblich erschaffen, um eine Geschichte zu erzählen, die zu hoch für uns ist. Er hat die Geschlechter unterschiedlich gemacht, um eine Realität zu reflektieren, die lange vor uns existierte. Gottes Skript für unsere Sexualität zu folgen bedeutet, in allen Szenen seine Wahrheit zu leben und seine Geschichte zu erzählen. Wenn wir das tun, erleben wir das Leben in seiner ganzen Fülle, wie Gott es für uns Männer und Frauen gewollt hat. Sein Plan, sein Drehbuch führt zu Freude und Erfüllung.

Die Rollenverteilung im Garten Eden

Was sagt Gott denn nun dazu, was es heißt, ein Mann oder eine Frau zu sein? Die erste Adresse für diese Frage ist der Schöpfungsbericht, denn da fing das ganze Problem schließlich an. Der erste Akt von Gottes Theaterstück.

Jesus hat gesagt, dass der Schöpfungsbericht das Fundament für unsere Sicht von Männlichkeit und Weiblichkeit sein sollte. Als er zum Thema Ehe befragt wurde, sagte er: „Habt ihr nicht gelesen, was in den Heiligen Schriften steht? Dort heißt es, dass Gott am Anfang den Menschen als Mann und Frau geschaffen hat" (Matthäus 19,4). Und auch Paulus machte dasselbe. Als er im Brief an die Epheser beschrieb, wie Mann und Frau sich einander gegenüber verhalten sollten, erinnerte er seine Leser an Gottes ursprüngliche Intention, die er offenbarte, bevor die Sünde in die Welt kam (Epheser 5,31): „Ihr kennt das Wort: ‚Deshalb verlässt ein Mann Vater und Mutter, um mit seiner Frau zu leben. Die zwei sind dann eins, mit Leib und Seele.'"

Aus den ersten beiden Kapiteln der Bibel erfahren wir, dass Adam und Eva in Gottes Augen gleichwertig geschaffen wurden. In unserer chauvinistischen Kultur, in der Frauen oft geringer geschätzt oder missbraucht werden, muss diese Tatsache klar vertreten werden. Gott hat

Männer und Frauen mit vollkommen gleichem Wert, gleichem Persönlichkeitsrecht und gleicher Würde erschaffen. Frauen sind nicht weniger wichtig oder wertvoll für Gott als Männer.

Innerhalb des Kontextes ihrer Gleichwertigkeit hat Gott Männern und Frauen unterschiedliche Rollen zugedacht. Er schuf Adam zuerst und machte Eva aus einem Teil seines Körpers, um ihm zu helfen. Sie wurde geschaffen, um ihn zu ergänzen und ihm bei den Aufgaben zur Seite zu stehen, die Gott ihm zugedacht hatte. Diese Helferin war Gottes größtes Geschenk an den Mann (Genesis 2,18). Das schränkt die Rolle der Frau keineswegs ein, sondern es definiert sie lediglich.

Männer und Frauen wurden gleichwertig erschaffen, aber unterschiedlich. Die Tatsache, dass wir so verschieden sind, ist eigentlich toll! Wäre doch ganz schön langweilig, wenn das andere Geschlecht nicht so geheimnisvoll, erstaunlich und zum Teil so schrecklich anders wäre als wir!

Gott hat uns nicht als Männer und Frauen geschaffen, um uns einfach zu duplizieren, sondern um Gegengewichte zu bilden. Der Punkt hier ist nicht, dass Adam besser gewesen wäre als Eva, genau wie Gott der Vater nicht „besser" ist als Gott der Sohn. Vater und Sohn sind gleich an Macht, Ehre und Wert, aber sie haben unterschiedliche Rollen und der Sohn unterstellt sich gern der Führung des Vaters (1. Korinther 15,28). So ähnlich ist es auch mit Mann und Frau.

In seinem Kommentar zur Schöpfungsgeschichte schreibt Matthew Henry: „Eva wurde nicht aus Adams Gehirn geschaffen, um ihm auf den Kopf zu steigen; auch nicht aus seinen Füßen, dass er auf ihr herumtrampeln sollte, sondern aus seiner Seite, um ihm gleichgestellt zu sein, unter seinem Arm, um von ihm geschützt zu werden, nahe seinem Herzen, um von ihm geliebt zu werden."

In Epheser 5,21–33 sagt Paulus, dass die Leiterschaft des Mannes nicht tyrannisch oder hochmütig sein darf, sondern von Liebe und Freundlichkeit geprägt sein muss. Männer sollen ihre Frauen selbstlos und opferbereit lieben, so wie Jesus die Gemeinde liebt. Und Frauen sollen ihren Männern folgen, so wie die Gemeinde Jesus folgt. Dabei geht es nicht um stumpfen Kadavergehorsam, sondern um eine aktive Teilnahme, eine Reaktion auf eine liebevolle Führung.

Erst Bruder und Schwester, dann Ehemann und Ehefrau

Weißt du was? Du musst nicht erst bis zur Ehe warten, um jetzt schon an Gottes genialem Plan für die Geschlechterrollen teilzunehmen. Nicht erst eine Heirat macht dich zum Mann oder zur Frau – das bist du schon längst! Und Gott möchte, dass du gleich jetzt damit anfängst, eine reife Männlichkeit beziehungsweise Weiblichkeit einzuüben.

In 1. Timotheus 5,2 rät Paulus dem (allein stehenden) Timotheus, junge Frauen als „Schwestern, mit der gebotenen Zurückhaltung" zu behandeln. Wie dir sicher auffällt, sagt er ihm nicht, mit Mädchen wie mit einem seiner Kumpels umzugehen. Timotheus soll seine Maskulinität gegenüber Frauen auf eine einzigartige Weise ausdrücken: Er soll sie als seine Schwestern betrachten.

Das sagt uns, dass unsere Geschlechterrollen *unser ganzes Leben hindurch* wichtig sind. Bevor wir Ehemänner und Ehefrauen werden, sind wir Brüder und Schwestern, die zusammen Gottes Definition von Männlichkeit und Weiblichkeit proben. Jungs, wir können jetzt schon üben, liebevoll und demütig Leiterschaft auszuüben. Mädels, ihr könnt euch schon mal darin erproben, verantwortliche Unterstützung zu geben. Nur gemeinsam können wir zu den gottgefälligen Männern und Frauen reifen, als die wir gedacht sind.

„Lasst wahre Männer um mich sein ..."

Zuerst ein Wort an euch, Männer! Wir haben unsere Aufgabe vorliegen und sollten sie sehr ernst nehmen. Was haben wir in der Annäherung an ein Mädchen verloren, wenn wir eigentlich noch gar nicht genau wissen, was es heißt, ein Mann zu sein? Genau – nichts! Wir schulden es den weiblichen Wesen in unserem Leben (einschließlich unserer zukünftigen Frau) und Gott, das herauszufinden!

Elisabeth Elliot, eine Frau, die ich sehr respektiere, hat ihrem Neffen Peter einmal Folgendes geschrieben: „Die Welt schreit nach Männern, die stark sind – stark in ihren Überzeugungen, stark in ihrer Leiterschaft, in ihrem Mut, in ihrer Leidensbereitschaft. Ich bete, dass du so ein Mann wirst, der froh ist, dass Gott ihn als Mann erschaffen hat, der gern die Bürde der Männlichkeit schultert, auch wenn dies in unserer Zeit oftmals Nachteile mit sich bringt."

Ich möchte so ein Mann sein. Ich habe noch einen langen Weg vor mir ... bisher falle ich öfter dabei hin, als ich Erfolg habe. Ich lasse meine Sünde, meine Angst und meine Faulheit die Oberhand gewinnen. Aber ich möchte mich verändern. Ich weiß, dass Gott mich absichtlich als Mann erschaffen hat. Egal, was unsere Gesellschaft sagt und sogar was einige Frauen sagen – ich bin gern ein Mann.

Ich habe dir eben von einem Buch erzählt, das Männer dazu anhielt, gegenüber Frauen passiv zu sein. Dem Autor zufolge ist die einzige Alternative zur Passivität aggressive Aufdringlichkeit. Traurigerweise fahren tatsächlich viele Männer einen dieser beiden Kurse. Aber sie sind beide nicht in Gottes Sinne. Biblische Maskulinität ist weder passiv noch aggressiv. Gott beruft uns Männer dazu, demütige Initiatoren zu sein – Leiter, die dienen. Wir sollen Beschützer sein, keine Verführer.

Hier sind vier ganz praktische Möglichkeiten, wie du diese Dinge in deine aktuellen Freundschaften mit Frauen einbringen kannst:

1. Nimm die Verantwortung an, in deinen Beziehungen zu Frauen initiativ zu sein

Leiten ist eine Form des Dienens. Wenn du Richtungen vorschlägst, Ideen einbringst und Gespräche anregst, dienst du deinen Schwestern.

Das bedeutet keineswegs, dass du Frauen behandeln sollst, als ob du der Chef seiest und ihnen sagen kannst, wo es langgeht. So läuft das nicht und das hat auch nichts mit Dienen zu tun.

Praktisch dienen kannst du Frauen zum Beispiel, indem du Zeit mit ihnen einplanst. Das kann man auf eine Beziehung ebenso anwenden wie auf ganz normale Freundschaften. Meine allein stehenden Kumpels Jacob und Ryan, die zusammen in einer WG wohnen, initiieren zum Beispiel immer wieder Videoabende in ihrer Wohnung. Sie organisieren Aktivitäten mit ihren weiblichen Bekannten und laden andere Jungs und Mädchen mit dazu ein.

Eine Frau erzählte mir einmal, wie lästig es für sie sei, wenn ihre männlichen Bekannten einfach immer nur herumsitzen und warten, dass die Mädels die Planung übernehmen. „Ich finde es ätzend, wenn ein Mann ständig nur fragt: ‚Was willst du unternehmen?' Ich will auch mal überrascht werden!"

Und, wie sieht's bei dir aus? Fängst du Gespräche an? Planst du deine Verabredungen sorgfältig? Denkst du voraus und steuerst den Kurs eurer Beziehung? Es ist deine Aufgabe sicherzustellen, dass ihr euch in einem gesunden Tempo gemeinsam weiterentwickelt.

Wie du siehst, erfordert dienende Leiterschaft einen Haufen Arbeit. Es bedeutet, auch mal auf einer Idee sitzen zu bleiben und trotzdem neue vorzubringen, Richtungen einzuschlagen und erst mal allein vorauszugehen, zuzuhören, die Interessen und Bedürfnisse anderer in den Vordergrund zu stellen. Es bedeutet auch, sich manchmal anderen unterzuordnen. Leiterschaft hat nichts mit Tyrannei zu tun; es ist gelebtes Dienen. Es ist schwierig, aber es gehört zu unserem Mannsein dazu!

2. Denk in deinen Beziehungen zu Frauen auch an die geistliche Entwicklung

Männer, wir sind dazu berufen, das geistliche Marsch-tempo in unseren Freundschaften zu bestimmen. Wir sollten diejenigen sein, die dafür sorgen, dass unsere Freundschaften nicht an der Oberfläche bleiben, sondern sich auf Gott konzentrieren und von biblischer Gemein-schaft geprägt sind.

Der erste wichtige Schritt dahin ist es, dein eigenes geistliches Weiterkommen zu einer Priorität zu erklären. Gib dich nicht damit zufrieden, ein lauwarmer Christ zu sein – das Leben mit Gott ist es wert, eine Leidenschaft dafür zu entwickeln!

Mein Freund Joseph ist da ein super Beispiel. Wenn er mit Freunden unterwegs ist, stellt er irgendwann Fragen wie zum Beispiel: „Wie fandest du eigentlich die Predigt am Sonntag?", oder: „Hab ich dir schon erzählt, was Gott mir neulich gezeigt hat ...?"

Joseph initiiert absichtlich biblische Gemeinschaft. Er stellt Fragen, die zum Kern vordringen. Er spricht mit sei-nen Freunden über die Realität Gottes in ihrem Leben. Und er ist ganz bestimmt kein frommer Streber! Unser Ziel sollte es nicht sein, superfromm rüberzukommen. Joseph möchte sein eigenes Leben und das seiner Freunde mit tiefen Gesprächen bereichern, in denen es um die Dinge geht, die wirklich wichtig sind. Er weiß so gut wie du und ich, wie schnell ein Abend rumgeht, ohne dass man auch nur einen vernünftigen Satz miteinander gewechselt hat. Und er weiß, dass er mit seinen Freunden immer enger zusammen sein und gemeinsam mit ihnen wachsen will.

Männer, in der Ehe sollen wir einmal die geistlichen Leiter unserer Familie sein (sorry, das steht so in der Bibel). Und das müssen wir schon vorher üben, sonst wird es nie was.

3. Tu in deinen Freundschaften mit Frauen kleine Dinge, die Zuneigung, Respekt und Beschützerinstinkte ausdrücken

Das muss gar nicht so kompliziert sein, wie du jetzt vielleicht denkst. Sei einfach den Frauen in deinem Leben gegenüber ein Gentleman. Dein Ziel ist es, ihnen durch dein Verhalten zu zeigen, dass ihr Status als Frau etwas Besonderes ist.

Lass sie deinen Respekt und deine Fürsorge spüren. Das geht mit kleinen Gesten: ihnen die Tür aufhalten, sie zum Auto begleiten ... kleine Aufmerksamkeiten eben. Wenn du ein paar Ideen brauchst, frag doch mal die eine oder andere Frau, was ihr gefallen würde. Du wirst überrascht sein, wie gern sie dich auf deinem Weg weiterbringen!

In deiner Liebesbeziehung denk dran, dass du all diese kleinen Dinge nicht tust, um deine Freundin zu beeindrucken, sondern um Gott zu ehren.

(Kleiner Tipp an die Frauen: Wenn ihr mit einem Mann nur so befreundet seid und er versucht, euch wie eine Dame zu behandeln, interpretiert das nicht automatisch als romantisches Interesse. Damit könntet ihr einem werdenden Gentleman ganz schnell die Lust am Aufmerksamsein vermiesen!)

4. Ermutigt Frauen dazu, ihre Weiblichkeit als Geschenk des Himmels zu sehen

Wenn eine Frau es dir ermöglicht, deine Seiten als Gentleman zu kultivieren, dann danke ihr dafür. Wenn eine Frau sehr weiblich rüberkommt, sag es ihr als Kompliment. Es erfordert viel Kraft, als Frau nicht taff und zickig zu sein, obwohl man das dauernd nahe gebracht bekommt (siehe den Bestseller „Gute Mädchen kommen in den Himmel, böse überall hin!").

Wenn du also auf ein Mädchen triffst, das begabt ist und eine tolle berufliche Karriere macht, sich aber trotzdem noch wie eine Frau verhält, solltest du dich darüber freuen und das dem Mädchen auch sagen. Lass sie wissen, dass du sie respektierst.

Wir Männer sollten die allergrößten Mutmacher und Beter für Frauen sein, die Gott in ihrer Weiblichkeit die Ehre geben wollen.

Eine Herausforderung an die Mädchen

Mädels, ich hoffe, ihr habt weitergelesen! Ich weiß, dass dieses Kapitel euch vermutlich zum Teil die Fußnägel gekräuselt hat. Ihr habt vielleicht gedacht: *Frauen sollen die Leiterschaft des Mannes anerkennen? Weibliches Rollenverständnis? Lass mich bloß damit in Ruhe.*

Ich kann mir ziemlich gut vorstellen, dass sich das nicht verlockend anhört. Ganz bestimmt haben im Lauf der Zeit auch schon viele, viele Männer die biblischen Aussagen fehlinterpretiert und für ihre Zwecke verbogen, um Frauen zu dominieren. Das tut mir ehrlich sehr Leid! Bitte glaubt mir aber, dass es viele Männer gibt, die euch beweisen möchten, dass dies ganz und gar nicht der Zweck biblischer Maskulinität ist!

Gebt uns noch nicht auf. Wir brauchen eure Unterstützung. Nur mit eurer Hilfe können wir unseren Blick auf Gott fixieren.

Hier kommen vier praktische Vorschläge, wie ihr den Männern in eurem Leben wahre Schwestern sein und reife Weiblichkeit einüben könnt.

1. Gebt ihnen Raum, biblische männliche Eigenschaften einzuüben

Die größte Versuchung eines Mannes ist es, in Beziehungen passiv zu sein; die einer Frau, die Kontrolle an sich zu reißen. Der Mann gibt keinen Kurs vor, also ergreift die Frau das Steuer. Und Recht hat sie! Aber das ist nur die kurzfristige Lösung. Auf lange Sicht entmutigt es den Mann total; seine Initiative ist schließlich völlig überflüssig.

Du als Frau kannst Männer dazu ermutigen, sich im Sinne der Bibel „männlich" zu verhalten, indem du dich weigerst, die (oft ja auch unangenehme) Führungsrolle für sie zu übernehmen. Zumindest solltest du aufpassen, dass es dir nicht zur *Gewohnheit* wird, in deinen Beziehungen mit Männern den Ton anzugeben. Das heißt natürlich nicht, dass du nicht auch mal das Sagen hast. Es bedeutet auch nicht, dass du als Single-Frau brav tun sollst, was irgendein Mann dir sagt. Gott hat diese spezielle Nehmen-Geben-Beziehung ausschließlich der ehelichen Gemeinschaft von Mann und Frau vorbehalten. Du kannst aber sehr wohl Männern dabei helfen, ihre männlichen Seiten stärker auszuleben.

Wenn du in einer Liebesbeziehung bist, gib deinem Freund die Möglichkeit, sein Leiterschaftspotenzial zu trainieren. Lass ihn mal die Verantwortung übernehmen. Wie soll er es sonst lernen? Und wie sollst du es schaffen, später in der Ehe die Führungsrolle loszulassen?

Sylvia, die Mitte dreißig ist, hat mir mal ein Beispiel dafür gegeben, wie Frauen den Männern häufig die Butter vom Brot nehmen: „Wir Mädels sind oft viel zu schnell dabei, ein unangenehmes Schweigen zu unterbrechen", sagte sie. „Wir denken: *Oh nein, er sagt nichts! Ich muss schnell die Lücke füllen!* Dabei kann man es ruhig auch mal aushalten, dass niemand etwas sagt, und warten, bis der Mann sich dazu aufrafft, das Gespräch in andere Bahnen zu lenken."

Noch ein paar Beispiele? Lehn dich mal zurück und plane eure Verabredungen nicht selbst. Sei auch nicht diejenige, die klärende Gespräche initiiert, à la „Wo stehen wir eigentlich?" – Gib ihm höchstens unauffällige kleine Schubser in die richtige Richtung.

Und schließlich: Hab Geduld! Die meisten von uns Männern sind auf diesem Gebiet totale Stümper. Wir sind meist nicht so gut darin, unsere Gefühle in Worte zu fassen. Für die meisten von uns ist eine Beziehung das erste Mal, dass wir initiativ werden, gut kommunizieren und emotional völlig von der Rolle sind. Lasst uns Zeit! Ich bin echt froh, dass Shannon so geduldig mit mir war. Ich habe einen Haufen Fehler gemacht (mache ich auch immer noch ständig!) und oft war ich furchtbar unsicher. Sie hat aber meine ehrlichen Versuche nicht unterminiert oder gleich die Führung an sich gerissen, wenn von mir mal nicht so viel kam, sondern mich immer ermutigt.

Mit Gottes Hilfe kannst du das auch. Wenn ein Mann sich gut verhält, lass ihn wissen, dass du das zu schätzen weißt. Wenn er ein Gespräch anfängt, Aktivitäten plant, Gemeinschaft sucht, feuere ihn dabei an!

2. Sei den Männern in deinem Leben eine Schwester

Was sind denn so die Kategorien, die du für die männlichen Wesen in deinem Leben hast – Verwandtschaft, potenzielle Heiratskandidaten, nicht potenzielle Was-auch-Immers? Vergiss diese Schubladen am besten ganz schnell und versuche die Jungs um dich her als Brüder zu sehen.

Sei ihnen eine gute Schwester. Bete für sie, sei ganz natürlich, setz keine Maske auf. Sei eine Freundin.

Und denk dran, generell Männer zur Initiative zu ermuntern bedeutet nicht, dass du nicht auch immer mal Gespräche anleiern solltest oder gute Ideen für Unternehmungen einbringen kannst. Meine Kollegin Dawn und ihre drei Mitbewohnerinnen laden zum Beispiel alle zwei Wochen ein paar Freunde zu sich in die WG zum Essen ein. Sie kochen zusammen, haben Spaß und führen tief gehende Gespräche. Damit erweisen sich Dawn und die anderen Mädchen als echte Schwestern für die Jungs. Coole Sache!

3. Lass dich auf den Gedanken ein, dass Muttersein eine tolle Sache ist

Viele Leute schauen heutzutage mehr oder weniger auf das Muttersein und die dazu nötigen Fähigkeiten herab. Eine Frau gibt ungern zu, dass sie „nur Hausfrau" ist. Es hat immer so den Anschein, als würde sie ihre Talente verschwenden. Ein Seelsorger an einem großen College hat mir einmal anvertraut, dass die meisten Studentinnen sich heimlich wünschten, zu heiraten und Kinder zu bekommen, aber dass sie sich nicht trauten, es zuzugeben. Was für eine Tragödie!

Bitte fall nicht auf die Lügen unserer Gesellschaft herein, dass das Muttersein etwas Minderwertiges ist. Wenn Gott den Wunsch in dein Herz gelegt hat, Kinder zu haben, dann solltest du dich deswegen nicht schämen. Es ist ein Teil von Gottes Plan für dein Leben.

Natürlich kannst du auch biblische Weiblichkeit leben, ohne verheiratet zu sein und Kinder zu haben. Auch als Single-Frau gibt es viele Möglichkeiten, deine feminine Seite zum Ausdruck zu bringen, zum Beispiel indem du oft Gäste einlädst und dich um Leute in deiner Nähe kümmerst.

4. Pfleg deine innere Schönheit

Ein Mädchen hat mir einmal geschrieben, wie Gott Sprichwörter 7,5 dazu benutzt hat, ihr zu zeigen, dass sie sich wie die Männer verführende Frau in dieser Bibelstelle verhielt. „Ich möchte nicht so eine Verführerin sein", schrieb sie. „Ich werde sofort damit aufhören, ständig zu flirten und aufreizende Klamotten zu tragen, weil Männer mich so nie als Schwester in Christus wahrnehmen können!"

Wenn du willst, dass Männer dich respektieren und als Frau schätzen, ohne dich gleich zu begehren, dann steig nicht auf die allgemeine gesellschaftliche Fixierung auf äußerliche Schönheit ein. Dabei geht es um eine innere Einstellung, die sich dann auch auf dein äußeres Auftreten auswirkt.

Ist deine Kleidung und dein Styling ein Ausdruck deiner Persönlichkeit und deiner Liebe zu Gott oder willst du damit Leute, besonders Männer, beeindrucken? Shannon sagt oft bei unseren Vorträgen zu Frauen: „Es ist ein großer Unterschied, ob man sich gut anzieht oder ob man sich anzieht, um anziehend zu sein!" Was ist dein Motiv? Hast du mal deinen Vater oder eine christliche Freundin gebeten, deinen Klamottenstil kritisch zu überprüfen? Bist du bereit, die neueste Mode sein zu lassen, um Gott zu gehorchen?

Shannon hat sich in unserer Prüfungszeit immer sehr dezent gekleidet und verhalten. Ein paar Mal hat sie sich vor einem Treffen mit mir sogar noch umgezogen, weil sie das Gefühl hatte, das Outfit wäre nicht passend (Mädels, ihr werdet nie so richtig verstehen, wie wir Männer ticken, höchstens vielleicht nach ein paar Jahren Ehe!). Einmal trug sie Shorts, die schon eher Hot Pants waren, und als ich ihr gestand, dass ich dadurch ziemlich in Bedrängnis geriet, zog sie sich schnell um.

Petrus rät in der Bibel frommen Frauen, dass sie sich mehr um ihre innere als um ihre äußere Schönheit Gedanken machen sollen: „Freundlichkeit und Herzensgüte sind der unvergängliche Schmuck, der in Gottes Augen Wert hat" (1. Petrus 3,5). In seinem Kommentar zu diesem Vers schreibt John Stott:

„Die Kirche sollte ein wahrer Schönheitssalon sein und die Frauen dazu ermutigen, sich mit guten Taten zu schmücken. Frauen müssen daran denken, dass Gottes Gnade sie zu wahren Schönheiten machen kann, auch wenn die Natur sie nicht so sehr begünstigt hat, und dass gute Taten sie noch schöner erscheinen lassen, wenn die Natur sie ohnehin schon gesegnet hat."

Gottes Idee von Weiblichkeit macht dich von innen her schön und für christliche Männer anziehend. Deshalb solltest du deine innere Schönheit wichtiger nehmen als deine äußere!

Eine Frage der Einstellung

Vorhin habe ich Elisabeth Elliot bereits für die Männer zitiert. Jetzt möchte ich auch den Frauen ein Zitat von ihr mitgeben: „Eine wahre Frau", schreibt sie, „versteht, dass der Mann als Initiator geschaffen wurde, und sie handelt unter dieser Prämisse. Das ist vor allem eine Frage der Einstellung. Ich bin überzeugt, dass eine Frau, die die Unterschiede zwischen männlich und weiblich freudig begreift, ganz ohne Vorbehalte oder Reue eine Frau sein kann."

Ich bete, dass du so eine Frau wirst – eine Frau, die ihre Gaben und Talente einsetzt, ihre Intelligenz weiterentwickelt, Gott liebt und durch und durch weiblich ist. Mir ist klar, dass die Einstellung, die Elisabeth Elliot beschreibt, unsere gesellschaftlichen Normen gegen den Strich bürstet. Frauen werden heute ermuntert, alles und jedes zu sein, was sie wollen – nur nicht unbedingt feminin ...

Aber unsere Kultur sollte nicht unser Maßstab sein. Stütz deine Träume oder deine Sicht von Erfolg nicht auf eine Welt, die Gott nicht mehr kennt; lass dich von Gott selbst inspirieren. Dein Vater hat dich zu seiner Ehre als Frau erschaffen, und sein Plan mit dir ist schöner als alles, was die Welt zu bieten hat!

Für ihn und für mich

Ich möchte noch mal eines ganz klarstellen, falls es in diesem Kapitel missverständlich rübergekommen ist: Mir geht es auf gar keinen Fall darum, irgendwelche archaischen Strukturen wieder einzuführen, die wir dank der Aufklärung und der Emanzipation längst hinter uns gelassen hatten. Ich will hier nicht propagieren, dass Frauen an den Herd gehören und der Mann der Herr im Haus ist. Schon gar nicht, wenn dieser Mann sich irgendwie blöd, herrisch oder chauvinistisch aufführt.

Eigentlich, liebe Mädels, habt ihr bei Gottes Arbeitsplatzbeschreibung für die Ehe eindeutig die leichtere Aufgabe bekommen! Die Männer sollen nämlich ihre Frauen lieben, wie Jesus die Gemeinde liebt. Das bedeutet: absolut selbstlos, unendlich geduldig, vollkommen opferbereit, perfekt liebevoll. Stellt euch doch mal ganz praktisch vor, ein Mann würde euch so lieben. Da würde es doch nicht schwer fallen, seinen Ideen zuzuhören und seinen Vorschlägen nachzukommen – oder? Ein Mann, bei dem ihr ganz sicher sein könnt, dass er bei jeder Entscheidung ganz intensiv nach Gottes Willen fragt, der immer euer

Wohl im Blick hat und der durch und durch toll ist (wie Jesus eben), dürfte euch doch vermutlich auch ab und zu mal sagen, was zu tun ist, ohne dass ihr euch unterdrückt oder bevormundet vorkommt.

Und genau das soll ja auch eure Aufgabe sein. Nicht duckmäuserisch Ja und Amen zu allem sagen, was euer Pascha von sich gibt, sondern euren Mann, der euch so liebt, wie Jesus seine Gemeinde liebt, in seinen Aufgaben unterstützen, ihm helfen und – wenn er denn so handelt, wie Gott das von ihm möchte – ihm auch mal das Steuerrad eurer Beziehung überlassen. Im Vergleich habt ihr es da doch eindeutig leichter ... herzlichen Glückwunsch! Macht das Beste draus!

8. Beziehungen sind Gemeinschaftsprojekte

Wie man aus Gemeinde und Familie Richtungsweisung, Unterstützung und Kraft bekommt

Ich schaute aus dem Fenster in den wolkenlosen Himmel und grinste. Kein Regen in Sicht!

Die Freunde von Kevin Russell und Megan Kauflin hatten seit Wochen die „Wetterabteilung" des Himmels bestürmt, damit es an diesem Tag trocken blieb. Offensichtlich waren ihre Gebete erhört worden. Eine Stunde noch bis zur Trauzeremonie und die Sonne strahlte vom Himmel – perfektes Wetter für eine Trauung unter freiem Himmel.

Alle hatten hektisch gearbeitet, um alles „genau richtig" hinzubekommen. Es schien, als ob unsere halbe Gemeinde irgendwie beteiligt war. Wenn man mit einem Flugzeug über das Gemeindegrundstück geflogen wäre, hätte es sicher wie ein Ameisenhaufen ausgesehen. Leute eilten höchst beschäftigt hierhin und dorthin. Ein paar Männer testeten das Soundsystem, Frauen legten letzte Hand an die Blumengestecke an und Kellner bauten das Büfett auf.

Das Ergebnis dieses vereinten Kraftaktes war überwältigend. Jedes Detail wirkte wie aus einem Märchen.

Die Freude teilen

Die Dekoration war wunderschön, das Wetter perfekt ... doch wenn ich an Kevins und Megans Hochzeit zurückdenke, war der beste Teil wohl das absolute Gefühl von Gemeinschaft, das an diesem Tag herrschte. Jeder Moment von den Vorbereitungen über die Zeremonie und den Empfang danach war der Inbegriff von „geteilter Freude".

Der Augenblick, der dies am deutlichsten widerspiegelte, war der, als Megans Mutter Julie den Gang hinunterschritt. Während sie in die Gesichter ihre Freunde und Verwandten sah, sagte sie: „Danke, dass du hier bist ... wie schön ... danke, dass ihr mit uns feiert." Die Botschaft hinter dem Lächeln der Gäste war: „Wir freuen uns mit euch ... eure Freude ist unsere Freude."

Wir waren mehr als nur Gäste und Zeugen, wir waren Teilnehmer. Die Freunde, Lehrer, Verwandten, Mentoren, Pastoren, die mit Kevin und Megan gelacht, geweint, gebetet und gelebt hatten, seit sie kleine Kinder waren. Sie waren ein Teil von uns, denn jeder von uns trug einen besonderen Teil ihrer Geschichte in sich. Wir waren gekommen, um diesen Moment mit ihnen zu teilen und so die Freude zu vervielfachen.

Wir feierten nicht nur, dass Kevin und Megan von nun an zusammengehörten, sondern dass wir, ihre Freunde und Verwandten, auch zu ihnen gehörten und sie zu uns. „Obwohl wir viele sind, bilden wir durch die Verbindung mit Christus ein Ganzes, als Einzelne aber stehen wir zueinander wie Teile, die sich gegenseitig ergänzen", schreibt Paulus in Römer 12,5. Durch die Verbindung mit Jesus bildeten wir eine geistliche Familie, die so eng miteinander verwoben war, dass man unmöglich sagen konnte, wo die Freude der Brautleute endete und unsere begann.

Eine leere Kirche

Während die meisten von uns nachvollziehen können, wie schön es ist, eine Hochzeit in der Gesellschaft vieler Freunde und Verwandten zu erleben, möchte ich in diesem Kapitel deutlich machen, dass die Gemeinschaft anderer Christen auch in der Zeit vorher von größter Wichtigkeit ist. Wenn eine Hochzeit ein Gemeinschaftserlebnis ist, dann sollte die vorangehende Beziehung ein Gemeinschaftsprojekt sein!

Was Kevins und Megans Hochzeit so schön machte, war die Tatsache, dass sie der Höhepunkt einer Beziehung war, die die Gemeinde zu jedem Zeitpunkt miteinbezogen hatte. Ihre Freundschaft wuchs, während sie gemeinsam in Kirchenprojekten mitarbeiteten. Als Kevin seine Gefühle für Megan entdeckte, sprach er mit seinem Pastor und einigen guten Freunden darüber. Megan holte sich ebenfalls Rat bei ihren Eltern und einigen Freundinnen, bevor sie einer Beziehung mit Kevin zustimmte. Auch während ihrer Verlobungszeit waren sie immer offen für das, was Familie und Freunde ihnen zu sagen hatten.

Kevin und Megan luden nicht nur einfach ein paar nette Leute zu ihrer Hochzeit ein. Viel früher hatten sie uns schon an ihrer Liebesgeschichte teilhaben lassen. Die Gesundheit und das Gedeihen ihrer Beziehung hing direkt mit der Unterstützung, Liebe und Kraft zusammen, die ihnen die Gemeinschaft mit anderen Christen gab. Niemand ist eine Insel und auch ein Paar kann nicht alleine stehen. Eine gesunde Beziehung kann nicht isoliert von den Menschen um die beiden Beteiligten herum wachsen.

Eine Beziehung ohne Gemeinschaft ist wie eine Hochzeit ohne Gäste. Kannst du dir so etwas vorstellen? Eine Trauung, bei der nur Braut und Bräutigam anwesend sind. Keine Brautjungfern, Eltern, nicht mal ein Pfarrer. Die Kirche ist leer und still. Der Bräutigam steht in seinem Frack allein vor dem Altar, die Braut schreitet ohne

Begleitung den Gang entlang nach vorn. Sie trägt ein wunderschönes weißes Kleid, aber niemand ist da, um es zu bewundern. Niemand erhebt sich, wenn sie hereinkommt, niemand übergibt sie dem Bräutigam.

Warum erschreckt uns diese Vorstellung so sehr? Weil eine Hochzeit, die niemand mit dem Brautpaar teilt, irgendwie keine Hochzeit ist! Eine Hochzeit ist der heilige Austausch eines Eheversprechens vor Zeugen. Und auch eine Beziehung ist mehr als einfach nur die Privatangelegenheit eines Mannes und einer Frau, die zusammen sein wollen. Sie schließt die geistliche Familie mit ein, zu der beide gehören – die Gemeinschaft der Menschen, die die Liebe dieser beiden bezeugen, bestärken, schützen und feiern!

Was Gemeinschaft nicht bedeutet

An diesem Punkt kratzt du dich vielleicht am Kopf und findest das alles ziemlich befremdlich. Vielleicht erlebst du deine Gemeinde völlig anders. Das kann ich gut nachvollziehen. Wir sind es gewöhnt, andere aus unserem Leben auszuschließen. Ich hoffe aber, dass du darüber nachdenkst, dass wir damit auch einen großen Teil der Freude, Weisheit und Ermutigung ausschließen, die Gott uns eigentlich gönnt.

Der Stellenwert der Gemeinschaft in einer christlichen Liebesbeziehung ist biblisch – und wunderschön! Wenn du genau hinschaust, wirst du entdecken, dass es deine Freude an eurer Beziehung noch vertiefen kann, wenn du andere Menschen mit hineinblicken lässt, und dass es die Wahrscheinlichkeit erhöht, dass ihr zusammenbleibt.

Doch bevor wir weitergehen, möchte ich klarstellen, dass ich mich nicht missverständlich ausgedrückt habe. Ich sage *nicht*, dass ihr eure gesamte Zweisamkeit opfern sollt. Als Pärchen Zeit nur miteinander zu verbringen, ist unheimlich wichtig. Zweitens sage ich auch nicht, dass ihr jeden in eure Beziehung reinreden lassen solltet. Und drittens sage ich auf gar keinen Fall, dass jemand anderer (Eltern, Pastor oder sonst wer) entscheiden soll, wen ihr heiratet oder nicht. Diese Wahl steht nur dir zu!

Unser Problem heute ist, dass wir die Wichtigkeit von Privatsphäre und Entscheidungsfreiheit so sehr überbetont haben, dass wir völlig vergessen, was die Bibel über die Wichtigkeit der Gemeinschaft sagt. Natürlich hat niemand anderer darüber zu bestimmen, wen wir heiraten, aber wie arrogant und dumm wäre es zu denken, dass wir so eine Entscheidung völlig ohne Rat und Hilfe von anderen treffen können! Und natürlich braucht ein Paar viel Zeit nur für sich allein, aber wie dumm und kurzsichtig wäre es, uns völlig von den Leuten abzukapseln, die uns am besten kennen!

In der Bibel erinnert uns Gott immer wieder daran, dass wir nicht dazu gemacht sind, uns als christliche Einzelkämpfer durch den Dschungel des Alltags zu schlagen – wir brauchen andere, um stark, heilig und treu zu bleiben. Gott hat uns in seine neue Familie hineinadoptiert. Zusammen sollen wir sein heiliges *Volk* sein, nicht nur heilige Individuen (Epheser 5,3).

Während die Menschen in der Welt um uns herum immer mehr in die Isolation abdriften, will Gott uns als seine Kirche immer enger zusammenfügen (Epheser 2,22). „Ihr (...) seid also nicht länger Fremde und Gäste. Ihr gehört mit zum Volk Gottes und seid in Gottes Hausgemeinschaft aufgenommen" (Epheser 2,19). „Einer soll sich um den anderen kümmern und ihn zur Liebe und zu guten Taten anspornen. Einige haben sich angewöhnt, den Gemeindeversammlungen fern zu bleiben. Das ist nicht gut; vielmehr müsst ihr einander Mut machen. Ihr seht doch, dass der Tag näherrückt, an dem der Herr kommt" (Hebräer 10,24–25).

Was Gemeinschaft zu bieten hat

Die Bibel führt uns zu der Wichtigkeit der Gemeinschaft mit anderen Christen in jedem Bereich unseres Lebens zurück – einschließlich der Romantik. Unser Herangehen an Beziehungen sollte den radikal anderen Lebensstil als Christen in der Gemeinschaft der Geretteten widerspiegeln. Wir sind nicht dazu gemacht, alles allein zu schaffen – wir brauchen einander wirklich!

Wie sieht das denn nun während einer Liebesbeziehung ganz praktisch aus mit der Gemeinschaft?

Die Gemeinschaft hält uns auf dem Boden der Tatsachen

Nichts kann einen so starken Realitätsverlust bewirken wie Verliebtheit! Wenn unsere Gefühle verrückt spielen, ist es fast unmöglich, noch objektiv zu sein. Wir können uns, den anderen und die Situation nicht klar beurteilen.

Da können Freunde und Gemeinde ganz gut helfen. Zum Beispiel haben sie eine ganz andere Perspektive von eurer Beziehung. Wenn Kevin und Megan nicht irgendwann einmal von guten Freunden einen „Reality Check" bekommen hätten, wären sie wahrscheinlich nie zusammengekommen. Denn als Megan mitbekam, dass Kevin an ihr interessiert war, hätte sie ihn beinahe abgewiesen. Er war einfach nicht so ihr Typ. Doch ihre Freundin Claire (die Claire aus Kapitel vier!) brachte sie in einem Gespräch auf die Eigenschaften, die bei einem Mann wirklich wichtig sind. Das veränderte Megans Sichtweise.

Einer ihrer Tagebucheinträge aus dieser Zeit belegt die langsame Veränderung ihres Denkens, während sie mit Claire im Gespräch war:

Am Mittwoch war ich mit Claire essen. Ich war wegen Kevin total verwirrt. Meine Gedanken und Gefühle wirbelten vollkommen durcheinander und das alles versuchte ich Claire zu erzählen.

Sie hörte zu – und lachte mich aus! Dann erzählte sie mir von ihren Erfahrungen mit David und dass er eigentlich auch ganz anders war als die Jungs, die sie vorher gut gefunden hatte. Aber dann hatten sie seine Eigenschaften wie Bescheidenheit und Dienstbereitschaft angezogen. Während ich ihr so zuhörte, wurde mir klar, dass ich die Anziehungskraft von Jungs immer an Gefühlen und Aussehen festgemacht hatte. Claire hat mir aber deutlich gemacht, dass man eine Beziehung, die auf eine Ehe zusteuert, nicht auf so etwas Wackligem wie Gefühlen oder äußerer Attraktivität aufbauen kann. Julie hat auch schon mal so was Ähnliches gesagt; dass man seinen Gefühlen nicht trauen kann, wohl aber Liebe und gutem Charakter.

Dieses Gespräch hat all meine romantischen Ideale ganz schön durcheinander gerüttelt! Dann fragte Claire mich, ob ich die Meinung anderer Leute in meine Entscheidung einfließen lassen würde. Ich merkte, wie sehr die Meinung anderer meinen ersten Impuls beeinflusst hatte, Nein zu Kevin zu sagen. Ich fand wohl, dass ich etwas „Besseres" verdient hätte. Wie blöd! Und wie arrogant! Je mehr mir Claire über ihre Erfahrungen mit David erzählte, desto deutlicher wurde mir, dass meine Motive bisher total falsch gewesen waren. Und ich beschloss, dass ich meine Werte ganz neu definieren musste.

Claire hat mich nicht dazu überredet, mit Kevin etwas anzufangen; sie hat mir nur geholfen zu überprüfen, was meine Meinung beeinflusst hat und warum ich so dachte und fühlte, wie ich es nun mal tat. Am Abend habe ich auch noch einmal mit Mama und Papa geredet, die mir ungefähr dasselbe gesagt haben wie Claire.

Megans Tagebuch zeigt, wie Gott die Worte einer Freundin benutzt hat, um sie sanft in die richtige Richtung zu schubsen. Megan war verwirrt. Ihre Gefühle überwältigten sie. Wie jemand, der durch ein nebliges Tal irrt, brauchte sie jemanden, der auf einem Hügel stand und ihr sagen konnte, welches die richtige Richtung war. Claire traf nicht die Entscheidung für Megan, sondern sie gab ihr einen „Reality Check" jenseits ihrer vernebelten Gefühle. Und damit half sie ihr weiter.

Eine andere Möglichkeit des „Reality Checks" durch die Gemeinschaft mit anderen Christen sind die lebensnahen Beispiele, die uns andere Leute ganz automatisch liefern. Außerdem bietet uns Gemeinschaft mit anderen einen Kontext, in dem wir unseren zukünftigen Partner ganz genau beobachten sollten. Verabredungen zu zweit sind super, aber wenn sich zwei Leute nur so kennen lernen, bekommen sie kein wirklich realistisches Bild voneinander.

Darum ist es wirklich hilfreich, wenn man sich innerhalb der Familie, des Freundeskreises oder der Gemeinde erlebt. Das, was man da sieht, könnte man unser natürliches Verhalten nennen. Wenn du den wahren Charakter und das Wesen eines Löwen kennen lernen willst, solltest du nicht in den Zoo gehen, sondern in die Steppen Afrikas! Dort kannst du sein natürliches Verhalten beobachten, seine Fähigkeiten und kleinen Laster. Genauso ist es auch mit deinem Partner. Nur in seiner „natürlichen Umgebung" kannst du sein wahres Wesen sehen … nämlich das, zu dem er später wieder zurückkehren wird, wenn die erste Aufregung und Verliebtheit abgeebbt sind.

Darum ist es unheimlich wichtig, Zeit zusammen mit anderen zu verbringen; auch mit euren Familien. Manche Pärchen finden diese Idee lächerlich, altmodisch, blöd. Aber die Art, wie dein Partner mit seinen Eltern umgeht, liefert dir eine Menge Informationen. Zum Beispiel, wenn ein Junge, mit dem du ausgehst, respektlos und grob zu seiner Mutter ist … dann ist das vermutlich keine Ausnahme oder ein dummer Ausrutscher, sondern eher sein normales Verhalten – und die nette, höfliche Art, wie er *dich jetzt* behandelt, ist die Ausnahme! So, wie er sich in seiner Familie verhält, ist er tatsächlich. Das gilt auch für sein oder ihr Verhalten mit Freunden. Wenn ihr ein klares Bild voneinander gewinnen wollt, dann bastelt inmitten einer Gemeinschaft an eurer Beziehung – nicht nur allein bei romantischen Dinners mit Kerzenschein!

„Reality Checks" muss man wollen
Wie siehst du das mit der Realität, die die Gemeinschaft in eure Beziehung einbringen kann? Achtet darauf, dass ihr zwischen Dates zu zweit und Aktivitäten mit anderen eine gute Balance haltet. Am Anfang eurer Beziehung könnte es sogar weise sein, mehr Zeit mit anderen zu verbringen als allein.

Als Nächstes öffnet euch für „Reality Checks" aus verschiedenen Richtungen. Wartet nicht, bis Freunde oder Verwandte mit ihren Beobachtungen zu euch kommen – geht auf sie zu! Wer sind die Leute um euch herum, die ihr als weise einschätzt? Geht zu ihnen hin, bittet um ihre Meinung und ihre Gebete.

Meine Freunde Brian und Sarah haben sich gezielt von ihren Eltern und anderen gestandenen Paaren in ihrer Gemeinde „checken" lassen. Bevor sie sich verlobt haben, sind sie mit fünf verschiedenen Ehepaaren zum Essen ausgegangen und haben sie gelöchert: „Was ist eure ehrliche Meinung zu unserer Beziehung? Habt ihr irgendetwas beobachtet, das euch Sorgen macht? Würdet ihr uns raten, an einem bestimmten Thema zu arbeiten? Meint ihr, wir sind für eine Ehe miteinander reif?"

Warum sie das machten? Sie wollten eine realistische Einschätzung ihrer Beziehung von reifen, weisen, im Glauben kampferprobten Paaren haben, die sie schon längere Zeit miteinander beobachtet hatten.

Natürlich muss man nicht alles absolut ernst nehmen und sklavisch befolgen, was andere einem sagen und raten. Aber einfach ignorieren sollte man die Beobachtungen von anderen auch nicht, schon gar nicht, wenn mehrere Leute ein Problem in demselben Bereich ansprechen. Wenn einige vertrauenswürdige Personen echte, begründete Zweifel daran haben, ob es gut ist, dass ihr zusammen seid, dann solltet ihr auch eine Trennung in Erwägung ziehen. Geht auf keinen Fall davon aus, dass tatsächliche Probleme einfach durch Zauberei verschwinden, wenn ihr erst verheiratet seid.

Gemeinschaft bedeutet Schutz

In der Zeitschrift „Reader's Digest" erzählte eine Frau eine witzige Geschichte, die zeigt, wie viel Schutz Gemeinschaft für eine Beziehung bieten kann. Eines Abends waren diese Frau und ihr Mann mit Freunden in einem Restaurant, in dem ihre Tochter Misty als Bedienung arbeitete. Ein Mann am Nebentisch, der schätzungsweise 15 Jahre älter war als Misty, begann ziemlich aggressiv mit ihr zu flirten. Sie ignorierte seine Avancen und auch die Bitte um ihre Telefonnummer, aber er hörte nicht auf. Schließlich hielt sie inne und sah dem Typ direkt in die Augen. „Sehen Sie den Mann da drüben?", fragte sie und zeigte auf ihren Vater. „Das ist mein Vater. Wir haben dieselbe Telefonnummer. Wenn Sie sie haben wollen, holen Sie sie sich von ihm!"

Bei allem Humor in dieser Geschichte denke ich doch, dass das Prinzip dahinter ziemlich ernst zu nehmen ist. Ich finde, jedes Mädchen sollte einen Gott gefälligen Mann hinter sich haben, auf den sie zurückgreifen kann, wenn jemand ihr zu nahe tritt. Wir brauchen Gemeinschaft, weil wir Schutz brauchen!

Ich bin mir auch im Klaren darüber, dass manchmal Männer Schutz vor gefährlichen Frauen brauchen! Aber meist ist es doch eher die Frau, die beschützt werden muss. Die schlimmste Konsequenz der fehlenden Gemeinschaft heute ist die Tatsache, dass Frauen in Beziehungen immer verletzlicher werden. Sieh dir doch nur mal die Zahlen der Vergewaltigungs-Statistiken an oder die Fälle von Gewaltausübung (physischer oder emotionaler Art) innerhalb von Beziehungen. Wo sind denn hier die Väter? Wo sind die Brüder? Wo sind die Männer, die diese Rolle für die Vaterlosen übernehmen?

Es ist eine gottgewollte Aufgabe von Männern, Frauen Schutz zu bieten. Wie ich schon im Kapitel sieben sagte, geht es dabei nicht um eine Demonstration unserer männlichen Überlegenheit, sondern um einen Ausdruck unserer Rolle als dienende Beschützer.

Kevin ist zu Megans Vater gegangen und hat ihn um seine Erlaubnis gebeten, sich mit Megan zu befreunden. Es ist wichtig, dass du weißt, dass Megan sich das *gewünscht* hatte. Sie vertraute ihrem Vater und schätzte seinen Überblick und sein Urteil. Sie wollte, dass er sich den jungen Mann ansah, der an ihr Interesse hatte. Sie wollte auch, dass er während ihrer Beziehung ein Auge auf sie beide hatte. Als Bob Megan dann an ihrem Hochzeitstag an Kevin „übergab", war das mehr als nur eine traditionelle Handlung – es symbolisierte die Realität, dass Bob Kevin nun die Rolle als Megans Beschützer übertrug.

Mädels, auch wenn ihr von eurem irdischen Vater leider etwas anderes erlebt habt, sollt ihr wissen, dass euer himmlischer Vater euch von ganzem Herzen liebt und beschützen will. Es ist nicht in seinem Sinne, dass ihr ungeschützt seid. Es tut mir von Herzen Leid, dass viele von euch von einem menschlichen Vater nie diese Fürsorge erfahren haben. Es tut mir Leid, dass ihr euch männliche Attribute aneignen musstet, um euch selbst zu schützen und zu verteidigen. Das war nie Gottes Plan – es ist eine Konsequenz unserer Sünde und unseres Ungehorsams. Jesus ist gekommen, um die Macht dieser Dinge zu brechen. Ein Grund, warum er die Gemeinde erfunden hat, ist die Tatsache, dass sie den Vaterlosen Väter geben kann. Die Gemeinde ist die geistliche Familie, die das ausfüllen kann, was unsere biologische Familie leer gelassen hat.

Meine Freundin Karen hat ihren Vater verloren, als sie 26 Jahre alt war. Als sie mit Alex eine Beziehung einging, bat sie ihren Schwager Tom, der ebenfalls in ihre Gemeinde ging, die Rolle ihres Beschützers zu übernehmen.

„Wenn es Tom nicht geben würde, wären da nur Alex und ich", sagt Karen. „Die Wahrheit ist, dass ich mir selbst nicht so ganz über den Weg traue. Ich brauche wirklich Toms Rat. Und ich brauche einen Puffer zwischen Alex und meinen Gefühlen; jemanden, der mich herausfordert und für mich eintritt."

Schutz zulassen

Lasst euch dazu ermuntern, den Schutz zuzulassen, den die Gemeinde euch geben kann.

Wenn das Mädchen, in das du verliebt bist, gläubige Eltern hat, könntest du sie im Vorfeld auf die Sache ansprechen. Wenn sie dir grünes Licht für die nächsten Schritte geben, ist das eine ehrenhafte Sache und du hast ihnen dabei geholfen, ihre Tochter zu schützen. Versuch nicht, ihre Rolle als Eltern zu unterlaufen, auch wenn das bedeutet, noch zu warten oder die Sache anders anzupacken, als du es eigentlich möchtest.

Wenn du als weiblicher Teil der Beziehungskiste gläubige Eltern hast (auch wenn du nicht mehr zu Hause wohnst), möchte ich dich hiermit ermutigen, sie an diesem Bereich deines Lebens teilhaben zu lassen. Rede mit ihnen darüber, was für einen Mann du dir als Lebenspartner wünschst. Bete mit ihnen und bitte sie, für dich und deinen Zukünftigen zu beten. Hol ihren Rat ein. Nimm deinen Vater oder deine Mutter als persönlichen „Einstellungsberater" für in Frage kommende Jungs.

Jetzt denkst du vielleicht: „Aber in meiner Situation geht das nicht!" Das verstehe ich, und ich hoffe, du verstehst das Prinzip, das hinter meinen Ausführungen steht. Unterschiedliche Menschen wenden es ganz unterschiedlich in ihrem Leben an.

Zum Beispiel habe ich nicht mit Shannons Eltern gesprochen, bevor ich mich mit ihr befreundet habe. Sie lebte schon lange nicht mehr zu Hause und obwohl ihre Eltern nette Leute sind, sind sie keine Christen und konnten dadurch mit der ganzen Idee nicht viel anfangen. Es hätte sie ziemlich verwirrt, wenn ich sie angerufen und um Erlaubnis gebeten hätte, mit Shannon auszugehen.

Deshalb habe ich stattdessen mit Shannons Pastor geredet und außerdem mit zwei verheirateten Paaren aus der Gemeinde, die Shannon sehr nahe standen. Ich wollte sicherstellen, dass sie keine Vorbehalte oder echte Zweifel an unserem Zusammensein hatten. Erst als sie mich ermutigten, sprach ich Shannon an.

Ich habe dann am nächsten Tag Shannons Eltern angerufen und ihnen erzählt, dass wir zusammen waren und ihre „Einmischung" in unsere Beziehung erwünscht war – natürlich in dem Sinne, dass sie eingeladen waren, uns positive und negative Beobachtungen mitzuteilen.

Wir haben nicht alle die perfekte Familiensituation, aber wir können alle in der einen oder anderen Form das Prinzip umsetzen, den Schutz und die Teilnahme der Gemeinde als unsere „Familie" in unserer Beziehung willkommen zu heißen.

Gemeinschaft erzieht zur Verantwortlichkeit

Andere Menschen können uns sehr wohl dabei helfen, auf Kurs zu bleiben und das zu leben, was wir als richtig erkannt haben. Wenn wir das wollen, müssen wir sie darum bitten, uns herauszufordern, nachzubohren und uns in Frage zu stellen, damit unsere Taten und unsere Überzeugungen nicht auseinander driften.

Die Bibel ist voll von Hinweisen auf die Sünde, die in uns lauert. In Jeremia 17,9 steht: „Nichts ist so abgründig wie das menschliche Herz. Voll Unheil ist es; wer kann es durchschauen?" Und in 1. Johannes 1,8 lesen wir: „Wenn wir behaupten, ohne Schuld zu sein, betrügen wir uns selbst, und die Wahrheit lebt nicht in uns."

Die Tatsache, dass unsere eigenen Herzen uns verraten können, spricht schon dafür, dass wir christliche Freunde brauchen, die uns helfen, den Kampf zu kämpfen und dem „inneren Schweinehund" zu widerstehen. Das ist auch der Grund, aus dem Steve und Jamie, ein Pärchen von Mitte dreißig, Walter und Brenda regelmäßig Rechenschaft über ihre Beziehung ablegen, einem älteren Ehepaar aus ihrer Gemeinde. Obwohl (oder gerade weil!) Steve und Jamie beide bereits eine gescheiterte Ehe hinter sich haben, wollen sie in ihrer wachsenden Beziehung besonders auf dem Gebiet der Sexualität rein bleiben.

„Wenn du schon mal verheiratet warst und drei Kinder hast, ist es ganz leicht, dem Gedanken nachzugeben, dass es nicht mehr so wichtig ist, noch auf sexuelle Reinheit zu achten", sagt Jamie. „Man denkt sich: *Hey, komm, ich bin schon ein großes Mädchen!* Aber das ändert ja nichts an der Wichtigkeit von Gottes Geboten."

Steve stimmt ihr zu. „Ich möchte in meiner Beziehung zu Jamie nicht meine alten Fehler wiederholen. Das Wissen, dass Walter mich am nächsten Tag fragen wird: ‚Und, wie hast du dich benommen?‘, hat mir ehrlich schon einige Male geholfen, mich am Riemen zu reißen."

Verantwortlichkeit ist nicht nur wichtig, damit man sexuell nicht über die Stränge schlägt. Der Balanceakt von Wachstum und Vorsicht, den wir im fünften Kapitel besprochen haben, verlangt auch die Hilfe von anderen Leuten. Deine Eltern, Freunde oder Gemeindemitglieder können dir auch hier eine hilfreiche Unterstützung bieten.

Ich möchte euch auch ermutigen, mit Leuten weiter im Gespräch zu sein und ihnen Einblick in eure Beziehung zu geben, auch wenn ihr verheiratet seid. Auch als Einzelpersonen solltet ihr solche Leute haben, die euch durch und durch kennen und euch auch mal unbequeme Wahrheiten sagen dürfen. Sucht euch ein Ehepaar, das vielleicht schon ein bisschen älter ist als ihr und das auch bereit und in der Lage ist, euch, wenn nötig, den Marsch zu blasen. Am besten ist es, wenn dieses Paar oder die Einzelpersonen in den Bereichen stark sind, in denen du und ihr schwach seid. Schließlich ist es wenig hilfreich, wenn derjenige, dem du Rechenschaft ablegst, auf die gleiche Art und Weise herumsündigt wie du!

Ist das nicht alles etwas übertrieben?

Obwohl eine Beziehung nie in einem Vakuum fernab von allen anderen Menschen entstehen und wachsen sollte, darf sie andererseits auch keinesfalls von anderen Menschen kontrolliert oder manipuliert werden. Biblischerweise sollten wir demütig den Rat anderer Leute suchen.

Das bedeutet aber nicht, dass wir andere die Entscheidungen für uns treffen lassen. Weder Eltern noch Freunde oder der Pastor dürfen uns sagen, wen wir heiraten sollten; das ist allein unsere eigene Sache. Obwohl wir durchaus darauf hören sollten, wenn jemand begründete Zweifel oder Bedenken hat, sind doch letztlich wir diejenigen, die auf Gott hören und dann entscheiden, ob und wen wir heiraten.

Viele Singles haben keine gläubigen Eltern; andere haben sie und sind nicht sicher, wie viel Einfluss sie ihnen auf ihre Beziehung zugestehen sollten. Ich habe schon viele traurige Geschichten von Eltern gehört, die ihre Kinder in deren Beziehungen zu manipulieren und zu kontrollieren versucht haben. Das ist falsch und unbiblisch.

Welches Prinzip sollte uns in dieser Frage leiten? Die Bibel macht deutlich, dass ein Kind so lange seinen Eltern gehorchen sollte, wie sie nicht von ihm verlangen, etwas zu tun, was Gottes Willen widerspricht (Epheser 6,1). Wenn wir erwachsen sind, sind wir nicht mehr verpflichtet, unseren Eltern zu gehorchen, aber wir sollen sie ehren (Exodus 20,12). Das bedeutet auch, dass wir ihren Rat respektieren und in unsere Überlegungen einfließen lassen sollten.

Wie sehr wir diesen Rat annehmen, hängt natürlich auch von der geistlichen Reife und Weisheit unserer Eltern ab. Gott hat mich mit einem Vater und einer Mutter beschenkt, die ihm seit vielen Jahren dienen und seit über 25 Jahren glücklich miteinander verheiratet sind. Für mich hat ihr Rat viel Gewicht. Sie haben mir im Hinblick auf Shannon nie vorgeschrieben, was ich tun oder lassen soll, aber sie waren meine besten Ratgeber. Und weil sie gleichzeitig auch demütig sind und mich lieben, haben sie mir auch nahe gelegt, die Meinung anderer Leute einzuholen.

In Sprichwörter 15,22 steht: „Pläne ohne Beratung schlagen fehl; durch gute Ratgeber führen sie zum Ziel." Die Entscheidung, wen du heiratest, sollte viele gute Ratgeber einschließen! Wenn deine Eltern gläubig sind und ihr Leben gute Früchte trägt, sollten sie ganz oben auf deiner Beraterliste stehen. Deswegen muss ihre Sichtweise noch nicht absolut ausschlaggebend für dich sein. Auch die der anderen Ratgeber und deine eigene Überzeugung vor Gott ist wichtig.

Bei mir war es so, dass mir oft der Überblick und die Weisheit meiner Pastoren weitergeholfen hat. Ihre Gebete, ihre Beratung und ihre Zuverlässigkeit hat Shannon und mich darin bestärkt, unseren Kurs beizubehalten. Ich möchte dich daher ermutigen, dir auch solche klugen Berater zu suchen und eure Beziehung auf Herz und Nieren prüfen zu lassen. Gute, biblische Ratgeber sind ehrlich und offen, aber sie mischen sich nicht ungebührlich ein.

Die Freude vervielfältigen

Gottes Plan von der Gemeinschaft ist nicht dazu gedacht, eure Freude aneinander zu schmälern, sondern sie zu vervielfältigen! Ist ein Sonnenuntergang nicht viel schöner, wenn man ihn gemeinsam mit jemand anderem anschaut und sich gegenseitig auf seine Facetten hinweist? Wenn wir etwas Schönes mit anderen teilen, wächst unsere Freude daran und vermehrt sich. Das ist die beste Motivation, um die „Einmischung" deiner Familie und Gemeinde in deine Beziehung zu wollen!

Wenn eure Liebe zueinander wächst, ist es wunderschön zu beobachten, wie Familie und Freunde deine/n Auserwählte/n auch immer lieber gewinnen. Das hat auch Megan so erlebt, wie der folgende Tagebucheintrag zeigt. Zu diesem Zeitpunkt waren sie vier Monate zusammen und Kevin würde ihr in einem Monat den Heiratsantrag machen ...

Es ist Weihnachten. Gestern haben wir den Baum geholt und heute Einkäufe gemacht – Kevin, Chelsea und ich. Dieses Jahr ist Weihnachten so unglaublich spannend. Kevin bringt eine ganz neue Dimension in unsere Familie. Gestern Abend war so ein unsterblicher Moment, als wir zusammen den Baum geschmückt haben. Im Hintergrund liefen Weihnachtslieder, und wir haben zusammen gearbeitet ... die Familie und Kevin.

Von allen unerwarteten Überraschungen dieses Jahres ist diese die beste: Wie Kevin in unsere Familie mit hineinwächst. Es ist ein schönes Gefühl, dass er willkommen ist und ein Teil unserer Traditionen wird. Er albert mit Jordan herum, zieht Chelsea auf und spielt mit den Kleinen. Es ist einfach toll zu sehen, wie er in meine Welt hineinkommt, in mein Leben.

Ich habe das nie so erwartet. An diesen Aspekt einer Beziehung hatte ich gar nicht gedacht. Ich bin so dankbar, dass er kein Problem damit hat, Zeit mit meiner Familie zu verbringen, sodass sie ihn auch kennen und lieben lernen können. Ich bin gern mit ihm allein, aber wenn wir zusammen mit der Familie etwas unternehmen – einen Spieleabend, einen Film sehen, einfach uns unterhalten –, dann ist das etwas ganz Besonderes und ich würde es nicht gegen zehn Abende zu zweit eintauschen!

Warum brauchen wir andere Menschen für eine gelingende Beziehung? Weil wir ganz einfach einander immer und überall brauchen.

Wir brauchen andere Menschen, um uns an die Realität zu erinnern.

Wir brauchen andere als Schutz.

Wir brauchen Hilfe dabei, diejenigen zu sein, die wir wirklich sind, und das zu tun, was wir glauben.

Gott sei Dank sind wir nicht allein! Jesus hat uns mit seinem Tod die Freiheit erkauft und er hat uns die Möglichkeit gegeben, uns mit uns selbst, mit Gott und mit anderen Menschen auszusöhnen. Wir sind eine Familie – seine Kinder, Brüder und Schwestern.

9. Wahre Liebe wartet nicht einfach nur ...

Wie man leidenschaftlich verliebt sein und trotzdem rein bleiben kann

„Wen willst du denn hier veräppeln?"

Ich schloss die Augen und versuchte die Stimme zu ignorieren.

„Du kannst sowieso niemanden täuschen", sagte sie wieder.

Ich reagierte immer noch nicht. Vielleicht würde es ja aufhören. Einfach so.

Shannon und ich hatten uns vor zwei Monaten verlobt und waren nun zu Besuch bei ihrer Mutter Mitzi in ihrem Strandhaus in Ocean City. Mir war die Pause von den Hochzeitsvorbereitungen und der Arbeit ganz recht. Brauchte mein Gewissen nicht vielleicht auch mal eine Pause? Es hatte in den letzten Monaten auf Hochtouren gearbeitet. Jetzt konnte es sich doch mal ein bisschen entspannen, oder?

„Das ist lächerlich, Josh", sagte es wieder. „Du weißt, dass das falsch ist!" Anscheinend war es nicht urlaubsreif!

Und – es hatte Recht. Ich wollte es nur nicht zugeben. Ich hatte vorgeschlagen, dass Shannon und ich ein Mittagsschläfchen einlegten. Und zwar in der Hängematte auf der hinteren Veranda. Ich wollte Shannon einfach so nahe wie möglich sein und mein Gewissen war mit Recht pikiert. „Ein Mittagsschläfchen in einer *Hängematte*? Ich bitte dich!", schrie es. „Das ist keine Flucht vor der Versuchung, sondern eine Einladung!"

Mach dich mal locker, gab ich zurück, während Shannon und ich uns zwei Kissen nahmen und zu der Hängematte gingen. *Hast du schon mal was von der Freiheit des Christenmenschen gehört? Wir sind schließlich verlobt und das ist nur ein ganz unschuldiges Nickerchen!*

„Komm mir nicht mit frommen Sprüchen, Junge!", meinte mein Gewissen. „Würdest du das hier auch machen, wenn dein Pastor hier wäre? Würdest du das in einem Buch schreiben: ‚Wenn ihr sexuell rein bleiben wollt, kuschelt euch in einer Hängematte zusammen?!'"

Ich bin kein Pharisäer, gab ich zurück, während Shannon und ich unter einigen Schwierigkeiten in das wacklige Ding stiegen und uns jeweils mit den Köpfen ans andere Ende der Hängematte platzierten. *Mein Leben richtet sich nicht nach den Standards anderer Leute und ich habe Frieden über dieser Sache hier!*

„Wenn das stimmt, warum diskutierst du dann mit mir?"

Gute Frage! Ich hatte keine Antwort darauf, deshalb entschied ich mich für die Schweigetaktik. Ich wollte mich einfach nicht damit auseinander setzen. Meine Güte, Shannon und ich waren doch schon so zurückhaltend! Wir waren verlobt und das Innigste an körperlicher Nähe, was wir machten, war Händchen halten und hier und da mal eine Umarmung. Und jetzt lagen wir zusammen in einer Hängematte. Na und? Ja, wir waren uns ziemlich nah. Ja, wir waren sozusagen aneinander gepresst. Und ja, es war schön und es törnte mich an. Aber verflixt noch mal, ich wollte es so!

„Glotz nicht auf ihre Beine, Josh", sagte mein Gewissen. „Deine halb geschlossenen Augen können mich nicht täuschen!"

Ich bewundere sie eben einfach nur!

„Du geierst!"

Na ja, in vier Monaten wird sie meine Frau sein!

„Aber jetzt ist sie es noch nicht!"

Gott will doch nicht, dass ich meine Sexualität total unterdrücke, oder?

„Unterdrücken nein, kontrollieren ja!"

Warum muss man denn aus allem gleich so ein Drama machen?

„Eine letzte Frage noch, dann lasse ich dich in Ruhe."

Was?

„Wenn Jesus Christus – derjenige, der dich mit deiner Sexualität gesegnet hat und dieses Mädchen in dein Leben brachte, derjenige, der am Kreuz für dich gestorben ist, damit die Sünde keine Macht mehr über dich hat – wenn er jetzt hier stünde, wärst du dann noch so locker und fändest es ganz okay, was du tust?"

Ich war still.

„Josh?"

Ich steige aus.

Ich schwang meine Beine aus der Hängematte und taumelte raus.

„Stimmt was nicht?", fragte Shannon verwirrt ob meines überstürzten Abgangs.

„Ich sollte das nicht machen", sagte ich. „Es tut mir Leid, aber ich habe das aus den falschen Gründen genossen. Ich hätte das mit dem Nickerchen gar nicht erst vorschlagen sollen. Am besten gehe ich jetzt erst mal 'ne Runde spazieren."

„Okay", sagte sie lächelnd. Sie hatte keine Ahnung von der heißen Debatte, die gerade in meinem Inneren abgegangen war.

„Übrigens, ich liebe dich!", rief sie mir dann noch hinterher.

„Ich dich auch", sagte ich. Und es stimmte, ich liebte sie wirklich. Und darum ging ich auch weg.

Nicht einfach nur warten

„Weil ihr Gott gehört, schickt es sich nicht, dass bei euch von Unzucht, Ausschweifung und Habgier auch nur gesprochen wird", steht in Epheser 5,3. Wegen solcher klaren Worte und wegen der Realität unserer gottgegebenen Sexualität müssen wir uns manchmal solchen „Hängematten-Diskussionen" stellen – Momente, in denen wir uns zwischen dem entscheiden müssen, was wir wollen, und dem, was unser Herr für uns möchte.

Die Versuchung mag so unschuldig aussehen wie ein kleiner Kuss oder so ernst wie die Frage, ob man miteinander ins Bett geht. Was auch immer es ist, der innere Kampf ist derselbe. Die Frage ist letztlich, wem du glaubst. Ist es deine innere Stimme, die sofortige Freuden verspricht, oder ist es Gottes Wort, das allein dir letztlich Erfüllung geben kann? Was macht dich auf lange Sicht wirklich glücklich?

Wir alle kennen natürlich die „richtige" Antwort, aber wenn unsere Wünsche und die Lust mit ins Spiel kommen, dann ist das auf einmal alles gar nicht mehr so einfach. In der Hitze des Augenblicks brauchen wir mehr als nur das theoretische Wissen um den Wert sexueller Reinheit. Um fest zu bleiben, können wir nicht nur intellektuell mit dem Thema umgehen. Wir müssen richtig *gepackt* sein von der Schönheit und Freude an Gottes Plan mit uns. Das schließt ein, dass wir mit Gott *übereinstimmen*, dass Sex innerhalb der Ehe das einzig Wahre ist; es bedeutet auch, die Kompromisse und Kopien *abzulehnen*, die die Welt uns anbietet, und es beinhaltet eine gesunde *Furcht* vor den Konsequenzen von grenzenlosem Sex.

Das alles passiert nicht durch Zufall oder von ganz allein. Man muss sich schon aktiv darum bemühen. Der Autor Ken Myers sagte mal zu mir: „Wahre Liebe wartet nicht einfach nur – sie plant auch aktiv!" Er hat Recht. Während wir solo oder befreundet sind, müssen wir mehr tun als einfach nur das Falsche zu vermeiden. Wir müssen planen und daran arbeiten, uns vom Guten richtig fesseln zu lassen. In diesem Kapitel werden wir uns daher näher mit der Frage befassen, wie man in einer Beziehung weise vorausplanen kann, damit der Sex in der Ehe absolut toll und gottgefällig wird.

Bist du bereit?

Lobpreis im Bett

Gott feiert reinen Sex in der Ehe und er lädt uns ein, das auch zu tun. „Welche heiligere Form des Feierns haben wir schon als die körperliche Liebe?", fragt Douglas Jonas. Er schreibt, dass das Ehebett nicht nur ein Ort der Befriedigung körperlicher Bedürfnisse sein sollte, sondern auch ein Ort, wo man sich an der geheimnisvollen Schönheit dieser Bedürfnisse erfreut. Warum hat es Gott wohl gefallen, uns mit weicher Haut, runden Brüsten, festen Muskeln, zum Ineinanderverschlingen geeigneten Beinen und küssbaren Mündern zu erschaffen?

Ja, warum? Die Antwort ist: Uns zur Freude und ihm zur Ehre. Denn er ist sehr, sehr gut. Er hätte den Fortpflanzungsakt so kurz und langweilig wie ein Niesen machen können. Stattdessen hat er ihn zum größten Thrill aller Zeiten erkoren. Und wenn ein Mann und eine Frau sich an diesem Geschenk freuen und Gott dafür danken, dann geben sie ihm die Ehre. Sex wird zu einem wunderschönen Zwei-Personen-Lobpreisgottesdienst!

Um ein tolles Sexleben zu haben, müssen wir begreifen, dass die Bibel Sex in keiner Weise als abstoßend, sündig oder heikel ansieht, sondern dass wir Gottes ursprüngliche Idee von erfüllter Sexualität so sehr lieben müssen, dass wir den Umgang unserer Welt damit als Perversion erkennen. „Genießt reinen Sex!", ruft Gott praktisch in Sprichwörter 5,18–19: „Freue dich an der Frau, die du jung geheiratet hast ... Ihre Brüste sollen dich immer berauschen, in ihren Armen kannst du dich selbst vergessen."

Berauschen, sich selbst vergessen ... das klingt nicht gerade nach Langeweile, oder? Gott legt uns nahe, uns am Körper unseres Partners zu erfreuen, uns ganz hinzugeben, ohne Vorbehalte und Rückversicherung.

Lass dich nicht einwickeln

Nur wenn wir von der Schönheit von Gottes Plan richtig gepackt sind, können wir es vermeiden, Gefangene der Sünde zu werden. Wir können entweder der Gerechtigkeit hingegeben sein oder dem Bösen. „Deine Sünde wird dir zur Schlinge, in der du dich selber fängst. Wer keine Selbstbeherrschung hat, kommt um. Seine bodenlose Dummheit bringt ihn ins Grab" (Sprichwörter 5,22–23). Ein Mann und eine Frau, die mal eben das schnelle Vergnügen von Sex außerhalb der Ehe mitnehmen, haben vielleicht den Eindruck, frei zu sein, aber das Gegenteil ist der Fall – die Tentakeln der Sünde strecken sich aus, wickeln sie ein und ziehen sie nach unten, in den Tod.

Welchen Weg wählen wir? Gott drängt uns dazu, das Leben und die Freude zu wählen: „Du hast doch deinen eigenen Brunnen, deine Quelle, die klares Wasser sprudelt. Trink aus dieser Quelle! Willst du, dass ihr Wasser auf die Straße fließt? Willst du es etwa mit anderen teilen? Für dich allein soll es sprudeln! ... Mein Sohn, willst du wirklich dein Glück bei einer anderen suchen und dich an den Brüsten einer Fremden berauschen?" (Sprichwörter 5, 15–17;20).

Die Bibel leugnet nicht die Reize von unerlaubtem Sex. Ja, es fühlt sich gut an, ja, es kann aufregend sein. Doch dieses Vergnügen ist leer, wenn man es mit den Freuden der Ehe vergleicht, und dumm im Licht der Konsequenzen, die es für Seele, Körper und Gefühle hat.

Was ist der Lohn sexueller Sünde? „(Dann) bist du deine Ehre los, und du bringst dich um alles, was du in langen Jahren erworben hast. Dann leben Fremde von deinem Vermögen, und der Ertrag deiner Mühe kommt einem Unbekannten zugute. Wenn du schließlich am Boden bist, dann stöhnst du und jammerst" (Sprichwörter 5,9–11).

Übertreibt die Bibel hier? Ich glaube nicht. Frag Michelle, ein Mädchen, das ich in einer Buchhandlung in Phoenix kennen lernte. 22 Jahre lang hatte sie sich ihre Jungfräulichkeit für ihren zukünftigen Ehemann bewahrt. Sie arbeitete als Model, als sie einen höchst attraktiven Mann kennen lernte, der es anscheinend darauf angelegt hatte, sie zu entjungfern. Sie ließ sich mit ihm ein und genoss seine Aufmerksamkeit. Und eines Tages gab sie auf seinem Designersofa seinen Annäherungsversuchen nach. Nur ein einziges Mal. Weniger als eine Stunde gestohlenes Vergnügen. Jetzt ist er weg und sie ist eine allein erziehende Mutter, die ganz schön kämpfen muss, um sich und ihre zweijährige Tochter ohne Vater durchzubringen.

Die Bibel ist nicht einfach nur dramatisch, wenn sie sagt, dass man „stöhnen und jammern" wird. Frag den Missionar in Asien, von dem mir einmal ein Freund erzählt hat. Er war 32 Jahre alt und wollte in zwei Monaten heiraten. Bisher war er sexuell rein gewesen, doch eines Nachts war die Versuchung so groß und er so müde vom Kampf, dass er sich ins Rotlichtmilieu verirrte und im Bett einer Prostituierten landete. Nur ein einziges Mal. Nur 15 Minuten in einem schäbigen, schmierigen Zimmer – ein einziger schwacher Moment in Jahren des Dienstes für Gott. Er verließ die Prostituierte und hatte sich mit dem AIDS-Virus infiziert. Zwei Monate später steckte er seine nichts ahnende junge Ehefrau an, die geduldig auf ihn gewartet hatte. Stöhnen und Jammern ist gar kein Ausdruck für das Leid, das sie beide jetzt erleben.

Wenn dir diese Beispiele zu extrem scheinen, dann sieh einfach mal in die Augen von den vielen Leuten, die keine unehelichen Kinder oder Geschlechtskrankheiten haben, sondern die einfach nur Scham und Reue empfinden. Es gibt so viele Frauen, die früher mal die sexuelle Revolution in den 70er Jahren als befreiend empfanden und heute die bitteren Früchte ernten. Deborah Belonick schreibt von Frauen, die heute verheiratet sind und Kinder haben und es doch nicht ertragen können, wenn ihre Ehemänner sie berühren oder umarmen, weil es sie an die betrunkenen Orgien ihrer Jugend erinnert. Frauen, die unfruchtbar sind, weil sie sich eine sexuell übertragbare Krankheit eingefangen haben. Frauen, die Biopsien, Untersuchungen und Behandlungen über sich ergehen lassen müssen, weil sie wegen ihrer vielen Sexualpartner ein erhöhtes Krebsrisiko haben oder gar an Krebs erkrankt sind.

Frag mal solche Frauen, ob es das wert war. Sprich mit verheirateten Paaren, die vor der Ehe miteinander geschlafen haben und nachher noch jahrelang mit dem Misstrauen und der Bitterkeit zu kämpfen haben, die daraus entstanden sind.

Keine Ausreden

Ein Teil der Motivation, die wir brauchen, um uns für reinen Sex aufzuheben, besteht in der nüchternen Erkenntnis, dass Gott es mit der Bestrafung von Sündern ernst meint. Lass dich nicht veräppeln! Gott spricht von uns! „Gott wird alle verurteilen, die Unzucht treiben und Ehebruch begehen", steht in Hebräer 13,4. Und in 1. Thessalonicher 4,6 lesen wir: „Es soll keiner in die Ehe seines Bruders einbrechen ... Wir haben euch das schon früher gesagt: Wer solche Dinge tut, den wird der Herr bestrafen." Da gibt's keine Mildtätigkeit oder andere Interpretationsmöglichkeiten. Lass es auf dich wirken!

Gott entschuldigt keine Sünden, weil wir eigentlich so nett sind oder uns sonst gut verhalten haben! Es ist für ihn nicht entscheidend, ob du die letzten 20 Jahre ein sexuell reines Leben geführt hast, wenn dann eine sündige Nacht kommt – diesen Akt hasst Gott trotzdem. Lies die Geschichte von König Davids ehebrecherischer Affäre mit Bathseba in 2. Samuel 11. Obwohl David immer wieder als „Mann nach dem Herzen Gottes" beschrieben wird, hasste Gott sein Verhalten und bestrafte es. David erlangte Vergebung, als er seine Tat bereute, aber die Konsequenzen seines Tuns spürte er für den Rest seines Lebens. Die Lektion für uns ist die Tatsache, dass

Gottes Standards für nichts und niemanden gelockert werden.

Gott übersieht auch nicht unsere Sünden, weil sie nicht so schlimm sind wie die anderer Leute. Es gibt immer jemanden, der es noch schlimmer getrieben hat als wir, aber das ändert nichts an der Realität unserer eigenen Schuld. Gott misst Schuld nicht auf einer Skala und er fällt sein Urteil auch nicht nach den angesagten Trends des Tages. Seine Standards sind unwandelbar (siehe Psalm 102,27 oder Hebräer 13,8).

Gott entschuldigt unsere Sünden nicht, weil wir ja so verliebt sind und es ja auch niemandem wehtut. Das Argument hast du bestimmt schon gehört oder selbst angebracht. Tja – aber wer wird wohl in der Gleichung „Wir sind zwei Erwachsene und wollen es beide" vergessen? Der allmächtige Schöpfer dieser beiden Erwachsenen.

Paulus schreibt: „Hütet euch um jeden Preis vor der Unzucht! Alle anderen Sünden, die ein Mensch begehen kann, betreffen nicht seinen Körper. Wer aber Unzucht treibt, vergeht sich an seinem eigenen Körper. Wisst ihr denn nicht, dass euer Körper der Tempel des heiligen Geistes ist? Gott hat euch seinen Geist gegeben, der jetzt in euch wohnt. Darum gehört ihr nicht mehr euch selbst. Gott hat euch als sein Eigentum erworben. Macht ihm also Ehre durch die Art, wie ihr mit eurem Körper umgeht!" (1. Korinther 6,18–20).

Die Warnungen sind ernst gemeint und es gibt keine Ausnahmen. Klar, einige Leute scheinen irgendwie den Konsequenzen zu entwischen, aber es wird ja noch eine Verhandlung kommen, bei der sich niemand davonstehlen kann. Jeder Mann und jede Frau, die sich weigern, ihre sexuellen Sünden loszulassen und Gott stattdessen ihre Bedürfnisse und Wünsche anzuvertrauen, werden sich eines Tages ziemlich unangenehmen Fragen stellen müssen.

Warum der Sextrieb ein Geschenk ist

„Okay", denkst du jetzt vielleicht. „Ich finde auch, dass Sex in der Ehe ziemlich klasse klingt, und ich glaube auch, dass sexuelle Sünden fatal sind. Aber was mache ich denn mit meiner jetzigen Lust auf Sex? Hat Gott mich so geschaffen, um mich ein bisschen zu quälen?"

Natürlich nicht. Obwohl dir deine sexuelle Lust zeitweise ziemlich lästig oder auch schrecklich qualvoll erscheinen kann und obwohl du sie zu deinem eigenen Besten oft nicht ausleben solltest, ist sie von Gott gewollt und absolut natürlich. Tatsächlich ist sie sogar dann ein Segen, wenn wir sie nicht befriedigen können.

Lass mich das einmal näher erklären. Wenn Gott Sex so wenig reizvoll gemacht hätte, dass wir gar nicht groß in Versuchung geraten würden, verfrüht über die Stränge zu schlagen, dann wäre das Ganze wohl keine große Sache und auch kein Geschenk. Jedes Mal, wenn wir uns nach körperlicher Nähe sehnen, sollten wir Gott danken, dass er uns als sexuelle Wesen erschaffen hat und dass Sex so eine tolle, verlockende Erfindung von ihm ist. Die Bibel sagt: „Die Ehe soll von allen geachtet werden. Mann und Frau sollen sich gegenseitig treu sein" (Hebräer 13,4). Gott hat sexuelle Intimität als kostbares Geschenk gedacht … und deshalb sollen wir auch gut darauf Acht geben!

Gott hat aber nicht nur den Sex an sich gut geschaffen, sondern er hat auch noch die Freude daran erhöht, indem er ihn für die Ehe reserviert hat. Wenn wir nicht darauf warten müssten, gäbe es auch keine Vorfreude, keine Erwartung, keine freudige Erregung.

Als ich noch klein war, habe ich mal ein Märchen von einem Jungen gelesen, der sich wünschte, es sollte jeden Tag Weihnachten sein. Sein Wunsch wurde ihm erfüllt und eine Weile war es super – jeden Abend rannte er die Treppe hinunter in ein festlich geschmücktes Wohnzimmer voller Geschenke. Doch nach ziemlich kurzer Zeit verlor die Sache ihren Reiz. Irgendwie war nichts Besonderes mehr daran. Der Junge begann seine Geschenke blöd zu finden. Er dachte, ständiges Weihnachten würde ihn glücklich machen, aber stattdessen hatte er den Heiligen Abend seines ganzen Zaubers und seiner Bedeutung beraubt.

Paare, die sich ungeduldig und gierig ohne die Verbindlichkeit einer Ehe auf den Sex stürzen, machen etwas Ähnliches. Vorehelicher Sex ist wie jeden Tag Weihnachten. Die Angelegenheit verliert sehr schnell an Reiz und Zauber.

Warum ermutigt Gott also Singles dazu, den täglichen Kampf gegen ihre sexuellen Wünsche und Bedürfnisse aufzunehmen? Eine Antwort ist, dass er einfach auf guten Sex steht! Ich habe mal einen Bericht über ein spezielles „Flitterwochen-Hotel" gelesen. Der Manager erzählte leicht gestresst, dass sie immer neue Attraktionen und Animationsangebote auffahren müssten, weil ihre Gäste schon so lange miteinander sexuell aktiv seien, dass sie zum Zeitpunkt ihrer Eheschließung der Gedanke an Sex eigentlich nur noch langweilen würde. Da geht es einem enthaltsamen Pärchen doch ganz anders. Ich will jetzt nicht ins Detail gehen, aber Shannon und ich brauchten auf unserer Hochzeitsreise ganz sicher kein zusätzliches Unterhaltungsprogramm! Eigentlich haben wir unser Zimmer kaum verlassen ... wir hatten schließlich einiges nachzuholen! Alles war neu, aufregend und fesselnd.

Es gibt noch einen Grund, warum der K(r)ampf mit der Lust vor der Ehe ein Segen ist. Gott will ja nicht nur, dass ein Paar den Sex in der Ehe möglichst stark genießt, sondern er möchte auch, dass sie beide ihm gemeinsam immer mehr vertrauen. Wenn ein Mann und eine Frau sich ihre Gelüste verkneifen und das als Zeichen ihres gemeinsamen Glaubens und ihrer Hingabe an Gott tun, dann legen sie eine solide Grundlage für ihre Ehe. Sie lernen, der Versuchung gemeinsam zu widerstehen. Sie lernen, die eigenen Bedürfnisse zum Wohl des Partners zurückzustellen. Sie lernen, füreinander zu beten und einander zu ermutigen. Ganz praktisch unterstellen sie ihre Beziehung Gott.

Wahre Liebe zeigen

Gottes Aufruf zur sexuellen Reinheit ist kein Fluch, sondern ein Segen. Natürlich fühlt es sich meist nicht so an und wenn man mittendrin steckt, ist es verflixt schwierig. Darum ist es so wichtig, dass wir einen wohl überlegten Spielplan für den Verlauf unserer Beziehung haben. Wir brauchen Wegweiser, die uns helfen, unsere Herzen mit dem Plan Gottes im Einklang zu halten. Das Motiv für unsere Zurückhaltung ist nicht Askese oder religiöse Verkrampfung, sondern der Wunsch nach echter Erfüllung.

Ich will dir mal ein paar von den Prinzipien schildern, die Shannon und mir während unserer Beziehung geholfen haben, auf Kurs zu bleiben.

Während einer vorehelichen Beziehung besteht das „Liebe machen" darin, dass man die Reinheit des anderen bewahrt und sich in Zurückhaltung übt.

Ihr müsst euch darüber im Klaren sein, dass vorehelicher Sex mit *Liebe* herzlich wenig zu tun hat.

Willst du deinem Freund/deiner Freundin deine tiefen Gefühle zeigen, ohne viele Worte zu machen? Dann sei behutsam mit ihm/ihr, fache kein voreiliges Feuer an und halte dich zurück. Das ist die Art von wahrer Liebe, die Gott für diese Phase eures Zusammenseins möchte!

Ich habe dieses Kapitel mit der Story meiner „Hängematten-Versuchung" angefangen. Dass ich damals aus der Hängematte ausgestiegen bin, war meine Art, Shannon meine Liebe zu zeigen. Ich tat ja nicht so, als würde ich keine Lust auf sie empfinden; ich wollte diese Gefühle nur einfach Gott unterstellen. Sie wusste das zu schätzen. Obwohl sie es auch schön gefunden hätte, wenn ich geblieben wäre (sie ist ja schließlich auch nicht aus Holz), war es für sie ein gutes Gefühl zu wissen, dass ich sie nicht als Objekt für meine Gelüste benutzte.

„Christus opferte sein Leben für uns; daran haben wir erkannt, was Liebe ist. Auch wir müssen deshalb bereit sein, unser Leben für unsere Brüder zu opfern" (1. Johannes 3,16). Vor der Ehe können sich zwei Freunde beweisen, dass sie sich wirklich lieben, indem sie ihre eigenen sexuellen Wünsche hinten anstellen und die Reinheit des anderen schützen.

Wirkliche Hingabe erkennen

Wirkliche Hingabe zu erkennen kann schwierig sein, besonders wenn man gelernt hat, Sex mit Liebe gleichzusetzen. Sonja war drei, als ihr Vater ihre Mutter verließ. Während ihrer Teenagerzeit suchte sie in den Armen ihrer ständig wechselnden „Lover" nach der fehlenden Liebe ihres Vaters, doch sie fand sie nie, weil sie körperliche Nähe mit wirklicher Hingabe verwechselte. Schließlich lernte sie Zachary kennen, der sie wirklich liebte und dem sie sehr wichtig war. Doch weil er nie versuchte, sie ins Bett zu kriegen, dachte Sonja, dass er sie wohl nicht besonders gern hatte. „Ich habe total verdreht gedacht", sagt Sonja heute. „Endlich war mir ein Typ begegnet, der mich mit Respekt und Liebe behandelte, und ich konnte seine Liebe nicht spüren, weil er mich nicht so benutzte wie all die Jungs vor ihm!"

Viele Gespräche, Gebete und Bemühungen von Zachary waren nötig, um Sonja bei einer Veränderung ihres Denkens zu helfen. Schließlich begriff sie, dass Zacharys Zurückhaltung kein Zeichen von mangelnden Gefühlen für sie war, sondern gerade ein Beweis für seine echte Liebe. Sie musste auch hart daran arbeiten, die Anerkennung und Nähe, die sie brauchte, nicht bei Männern zu suchen, sondern sich an Gott zu wenden.

Es ist ganz wichtig, dass in eurer Beziehung keiner versucht, die Standhaftigkeit des anderen zu testen oder ihn in Versuchung zu führen. So hat es zum Beispiel Becky gemacht. Sie wollte ihre eigene Wirkung auf ihren Freund testen und machte daher immer mal wieder kleine verführerische Sachen. Sie kam in einer durchsichtigen Bluse ohne BH an die Tür, als er klingelte, oder schmiegte sich beim Fernsehen ganz eng an ihn. Nicht nett. Und auch nicht schlau!

Brad löcherte seine Freundin Allison immer mit der Bitte um „nur einen kleinen Kuss", obwohl er eigentlich noch viel mehr wollte. Allison wusste das nur zu gut, doch auch sie sehnte sich nach ein bisschen mehr körperlicher Nähe. Was sollte sie tun? Wir sollten nie vom anderen erwarten, dass er auch noch für uns stark ist. Das ist wenig liebevoll! Becky und Brad verhielten sich egoistisch. Damit taten sie aber weder sich selbst noch ihren Partnern einen Gefallen, und mit Liebe hat das auch wenig zu tun!

Verlustgeschäfte

Ein wichtiger Teil des Plans „Haltet eure Beziehung sauber" besteht darin, das Prinzip der Lust-Lüge zu verstehen. Der folgende Satz kann dir zumindest eine Handhabe dagegen geben:

Lust wird nie gestillt.

Lust verführt uns zu dem Gedanken, dass sie uns glücklich machen kann. Wenn wir ihr nur geben, was sie will, hört sie auf, uns zu belästigen, und alle Beteiligten sind zufrieden. Kauf ihr das bloß nicht ab! Lust wird nie gestillt, sie ist nie zufrieden. Man kann nicht mit ihr feilschen und ein gutes Geschäft machen. Lust nimmt den Sex als Geisel. Sie will deine Wünsche anheizen, sodass du dich am Thrill des Verbotenen satt isst und deinen Appetit auf das verlierst, was gut und richtig ist.

Ray und Angelina schliefen in ihrer Verlobungszeit miteinander. Es fühlte sich so richtig an – wie könnte es falsch sein? „Es war unglaublich", sagt Ray. „Da war diese fast schon tierische Anziehungskraft zwischen uns." Sie rechtfertigten ihre „fleischlichen Gelüste" damit, dass die elektrische Spannung zwischen ihnen aus ihrer Sicht die Tatsache bestätigte, dass sie füreinander bestimmt waren. Und sie nahmen an, dass das in Zukunft und mit wachsender Übung eigentlich nur noch besser werden konnte. Sie lagen leider falsch – sie hatten mit der Lust verhandelt und waren Pleite gegangen.

Anderthalb Jahre nach ihrer Hochzeit war die sexuelle Anziehungskraft zwischen ihnen heftig abgeflaut. Doch leider kehrten sie an den Verhandlungstisch mit der Lust zurück. Sie liehen sich Pornofilme aus, um sich „anzuheizen": Es funktionierte nicht. Je mehr sie ihre Lust entflammten, desto unbefriedigter fühlten sie sich. Inzwischen ist Ray mehr oder weniger abhängig von Internet-Pornografie und hat auch schon das eine oder andere Auge auf Arbeitskolleginnen geworfen. Wieder mal erzählt ihm die Lust, dass das, was er „wirklich braucht", etwas ist, das er nicht hat.

Ist Rays und Angelinas Geschichte der Beweis dafür, dass die Ehe das Sexleben eines Paares ruiniert? Nein, sie ist ein weiteres trauriges Beispiel dafür, dass Lust das Sexleben eines Paares ruiniert! In ihrer Verlobungszeit lernten sie, sich an etwas zu erfreuen, das außerhalb der Grenzen lag. Sie wurden nicht von der Leidenschaft für das Gute und Hilfreiche angetrieben, sondern von dem Thrill des Verbotenen. Als sie verheiratet waren und Sex etwas Gutes und Reines war, hatten sie keinen Appetit mehr darauf.

Versuch nicht, mit der Lust ins Geschäft zu kommen! Schmeiß sie raus. Sonst findest du nie wahre Befriedigung.

Wenn die Phantasie zu weit geht

Es ist sehr verlockend, in einer Beziehung und vor allem während der Verlobungszeit über Sex mit dem zukünftigen Partner nachzudenken und sich alles auszumalen. Gib Acht, dass sich die von Gott gewollte Vorfreude nicht in Lust verwandelt. Auch wenn es schwer ist, musst du immer noch auf dein Herz aufpassen. Der Schritt vom „Vorstellen der Hochzeitsnacht" zu lustvollen Phantasien ist nicht sehr groß.

In unserer Verlobungszeit hatte ich besonders morgens mit sexuellen Gedanken an Shannon zu kämpfen. Wenn ich morgens aufwachte, gestattete ich mir einen kleinen Tagtraum und stellte mir vor, wie wir eines Tages gemeinsam aufwachen würden und dann ... schwupps, schon hatte mich die Lust fest im Griff. Wenn ich ihr nicht gleich nachgab, zeigte sie sich dann spätestens in der Art, wie ich an diesem Tag mit Shannon umging. Obwohl ich immer wieder versagte, wollte ich doch mit Gottes Hilfe dagegen kämpfen, denn mir war klar, dass ich sofort der Lust-Lüge glauben würde, wenn ich ihr nachgab.

Darum sprang ich immer beim ersten Weckerklingeln aus dem Bett und bat Gott, mir in meiner Schwäche zu helfen. Darum erzählte ich es meinem Mitbewohner Andrew, der mich dann immer mal wieder befragte, wie es um mich stand. Und darum versuchte ich, meinen Fokus auf Gott zu richten, wann immer mich sexuelle Gedanken an Shannon befielen. Ich dankte ihm für das, was die Zukunft für Shannon und mich bereit hielt, und bat ihn um seine Hilfe, damit ich Geduld üben und stark sein konnte, bis es so weit war.

Durchgezogene Linien

Die Realität von Sünde und Lust ist der Grund, warum das zweite Prinzip so wichtig ist. Um sexuelle Sünde zu vermeiden, brauchen wir einen Fahrplan. Und ein Prinzip hilft uns dabei, unsere Überzeugungen und unsere Taten im Einklang miteinander zu halten:

Spezifische Richtlinien für eure körperliche Annäherung können das Vertrauen in Gottes Führung nicht ersetzen – aber sie können sehr hilfreich sein!

Jedes Paar sollte sich zunächst gemeinsam die biblischen Aussagen zum Thema „Körperliche Nähe" genau anschauen und dann ihre ganz persönlichen Richtlinien für die körperliche Annäherung ausarbeiten. Was ist für euch in eurer Beziehung okay, was nicht? Trotzdem dürfen diese Richtlinien nicht das Gebet und die Beziehung zum Heiligen Geist ersetzen, sondern ihr solltet sie als einen Ausdruck eures tiefen Wunsches betrachten, Gott zu gehorchen. Eine unklare Definition von „sauber bleiben" kann ganz schnell zu faulen Kompromissen führen.

Die Richtlinien, die ihr für euch festlegt, sind wie der weiße Mittelstreifen auf der Straße. Der kann einen auch nicht davon abhalten, drüber zu fahren (und in eurem Fall zu weit zu gehen). Der Mittelstreifen ersetzt auch keinen Führerschein oder aufmerksames Fahren. Trotzdem ist er wichtig, damit man weiß, wo die eigene Grenze der Straße verläuft und um nicht mit einem anderen Wagen zu kollidieren. Obwohl der Mittelstreifen einen Kamikaze-Fahrer nicht daran hindern könnte, die Seiten zu wechseln, hilft er doch denjenigen Fahrern, die Gefahr vermeiden wollen.

Ganz wichtig: Wir können nicht mit unseren Richtlinien anfangen! Der Ausgangspunkt muss unser Wunsch sein, das Richtige zu tun, Gott zu ehren und dem Anderen zu dienen. Paulus hatte ganz Recht, als er sagte, dass Gesetze allein nicht die Macht haben, die Menschen zu moralischem Verhalten zu bringen (Kolosser 2,23). Nur die Kraft des Heiligen Geistes in uns kann uns wirklich verändern. Nur durch seine Gnade können wir Nein sagen, wenn es dran ist (siehe Titus 2,12).

Doch ganz wichtig ist, dass wir uns nicht nur auf Gottes Gnade verlassen, sondern auch unser Leben so einrichten, dass wir die Versuchung meiden und der Sünde keinen Raum geben. Und dabei helfen uns nun wiederum unsere Richtlinien und Gesetze. Wir setzen nicht unsere Hoffnungen auf diese Grenzen und sie sind auch nicht unser Ausgangspunkt. Aber sie können uns dabei helfen, unsere Überzeugungen in die Tat umzusetzen.

Unsere Richtlinien

Nach dem jäh unterbrochenen Hängematten-Nickerchen wurde mir klar, dass Shannon und ich klarere Richtlinien für unsere körperliche Annäherung brauchten. Wir hatten einige Freunde, die uns „überwachten", aber so richtig hatten wir noch nicht festgelegt, wo unsere Grenzen lagen und wie wir sie schützen wollten. Wenn ich so an die vier Monate dachte, die uns noch von unserer Hochzeit trennten, wusste ich, dass es schwierig werden würde, wenn wir in unseren Grenzen nicht eindeutiger wurden.

Wir haben uns also ein paar Richtlinien ausgedacht, die ich dir im Folgenden schildern werde. Damit will ich aber nicht sagen, dass du sie in deiner Beziehung genauso anwenden solltest. Vielmehr ist es wichtig, dass ihr beiden eure ganz persönlichen Grenzen zieht. Ihr habt andere Stärken und Schwächen als Shannon und ich. Was ich nur deutlich machen will, ist die Notwendigkeit, ganz spezifisch zu sein.

Wir wollen uns nicht leichtfertig in brenzlige Situationen bringen. Das bedeutet für uns
- keine eng umschlungenen Fernsehabende auf dem Sofa,
- keine Nackenmassagen oder Ähnliches,
- nicht zusammen in einem Bett liegen,
- keine spielerischen Ringkämpfe oder Durchkitzeln.

Wir möchten unsere Gespräche sauber halten. Das bedeutet für uns
- keine Unterhaltungen über unser zukünftiges Sexleben,
- keine gedanklichen Reisen in brenzlige Gefilde,
- keine Beschäftigung mit Büchern oder Filmen, die uns „anheizen" würden.

*Wir werden keine langen Zeiträume allein miteinander ver-
bringen*
Das ist ein besonders empfindlicher Punkt von uns beiden. Wir sind schwächer, wenn wir müde sind, deshalb
sollten wir besonders spätabends nicht zu lange miteinander allein sein.

Diese Richtlinien haben wir als Grenzzäune eingeführt,
damit wir uns nicht über Gottes Gebote hinwegsetzen.
Das heißt wie gesagt nicht, dass dies bei euch genauso
aussehen muss. Denkt sorgfältig nach, in welchen Gebie-
ten eure Zäune etwas dünn sind beziehungsweise wo ihr
besonders gefährdet seid.

Heute muss ich grinsen, wenn ich an unsere Richtlinien denke. Aber in dieser besonderen Zeit brauchten wir
sie, um zu unseren Überzeugungen zu stehen. Obwohl
das ziemlich peinlich war, gaben wir meinen Eltern,
unserem Pastor und seiner Frau, einem befreundeten
Ehepaar, meinem besten Freund und Shannons drei Mitbewohnerinnen je eine Kopie davon. Wir wollten uns
nicht selbst betrügen können; alle Menschen in unserem
Leben sollten wissen, was wir wollten, und uns zur Verantwortung ziehen, wenn wir uns nicht daran hielten.
Das taten sie auch. Shannons Mitbewohnerinnen klebten
unsere Richtlinien doch tatsächlich an den gemeinsamen Kühlschrank!

Noch mal: Ihr sollt nicht unsere Richtlinien übernehmen. Vielleicht könnt ihr einige der Dinge, die wir uns
verkniffen haben, mit einem völlig reinen Gewissen Gott
gegenüber tun. Prima! Schaut genau hin, wo eure
Schwächen und Stärken liegen, und macht euch eure
eigenen Richtlinien. Aber bitte ehrlich sein, auch wenn es
unbequem wird!

Wenn ihr euch stark und stabil fühlt, braucht ihr diese
„weiße Linie" vermutlich nicht, sondern genau dann,
wenn eure Widerstandskräfte schwach sind und eure
Überzeugungen ins Wanken geraten. In so einem
Moment könnt ihr nicht entscheiden, was ihr nun tun

oder lassen wollt; das muss vorher geklärt sein. Wenn ihr in einem Moment der Schwäche entscheidet, werdet ihr garantiert auch schwach werden!

Die große Sache mit den Kleinigkeiten

Wie entscheidet ihr nun also, was ihr in der Zeit eurer Freundschaft tun wollt und was nicht? Das nächste Prinzip kann euch dabei helfen, eure eigenen Richtlinien aufzustellen.

Je länger eure „Kein Problem"-Liste vor der Hochzeit ist, desto kürzer wird eure „Was ganz Besonderes"-Liste nach der Hochzeit sein!

Viele Paare überzeugen sich ihre ganze Freundschaft hindurch davon, dass Küssen und Petting schon okay sind. Wenn sie dann schließlich die Hochzeitsnacht erleben, ist nicht mehr viel übrig, was sie noch nicht gemacht haben und was dieses Ereignis so besonders macht. Schade eigentlich!

Ich habe ja schon erwähnt, dass Shannon und ich uns sogar den ersten Kuss für die Hochzeit aufheben wollten. Natürlich ist das ein völlig bedeutungsloses Vorhaben, wenn dahinter nicht der tiefe Wunsch steht, Gott und einander zu dienen. Ich will kein Pärchen dazu ermutigen, sich so etwas zu versprechen, damit sie sich anderen gegenüber irgendwie moralisch überlegen fühlen. Ich halte es auch nicht für einen geeigneten „Test wahrer Geistlichkeit" oder so was. Wie ich schon erzählt habe, habe ich im Kopf weitaus mehr gesündigt, obwohl ich Shannon wirklich nicht vor der Hochzeit geküsst habe, als viele Jungs, die ihre Freundinnen durchaus küssen. Das, worauf es hier ankommt, ist die persönliche Motivation und das, was unserer Meinung nach Gottes Wille ist.

Aber lass mich noch erklären, warum Shannon und ich das mit dem Küssen zu so einer großen Sache gemacht haben. Zunächst mal hatten wir beide vorher Beziehungen, in denen wir die jeweiligen Partner auch geküsst haben. Wir hatten beide erlebt, wie bedeutungslos das Küssen ohne wirkliche Liebe sein konnte. Wir wollten es deshalb wieder ganz neu lernen und es zu einem ehelichen Privileg erklären. Zum Zweiten hatten wir die progressive Kraft von körperlichen Zärtlichkeiten schon gut kennen gelernt. Wenn man erst mal angefangen hat, ist es verflixt schwer, wieder aufzuhören. Und deshalb wollten wir schon beim Küssen das Stoppschild hochhalten. Wenn sich die Lippen eines Mannes und einer Frau berühren und ihre Zungen den Mund des anderen erforschen, hat eigentlich schon das Einswerden begonnen.

Es ist ein Sammelpaket

Man könnte also sagen, dass wir das Küssen zum Gesamtpaket der sexuellen Vereinigung hinzugerechnet haben. Weil wir das nicht zerstückeln wollten, sodass wir schließlich ganz unauffällig mehr und mehr davon nehmen würden (wir sind nämlich alle kleine Schlawiner, gib's zu!), haben wir es uns komplett verkniffen.

Viele christliche Paare möchten sich den Sex bis zur Ehe aufheben. Dummerweise bedeutet das meist, dass sie nur mit dem wirklich allerletzten Bisschen warten und alles andere schon vorher durchexerzieren. Eigentlich ist das ziemlich unsinnig. Sex ist schließlich nicht nur das „Reinstecken"! Der Autor John White macht deutlich, dass man den Vorgang des „Liebemachens" nicht in verschiedene Bestandteile aufspalten kann:

Ich kenne so genannte Experten, die zwischen leichtem und intensivem Petting unterscheiden und dann wieder klar zwischen heftigem Petting und Sexualverkehr trennen. Aber gibt es wirklich einen moralischen Unterschied zwischen zwei Leuten, die nackt miteinander im Bett liegen und einander durch Petting zum Orgasmus bringen, und zweien, die dies durch direkten Verkehr tun? Ist das eine weniger Sünde als das andere? Ist Petting mit Kleidung vielleicht weniger verwerflich? Und wenn ja, was ist dann besser: Petting ohne Kleider oder Verkehr mit Kleidern?

Das klingt vielleicht etwas grob, aber wenn wir diese Argumentation weit genug treiben, werden wir sehen, dass der Versuch, die Moralität von vorehelichem Sex an bestimmten Verhaltensweisen oder Körperteilen festzumachen, nur etwas für Pharisäer ist. Ein Blick kann so sinnlich sein wie die stärkste Berührung, und ein Finger, der sanft über die Haut streicht, so erotisch wie ein Orgasmus.

In einem sehr klugen Zeitschriftenartikel mit dem Titel „Küss mich (nicht)!" macht Bethany Thorode deutlich, dass das Problem vieler Christen darin besteht, dass wir „sexuelle Intimität nicht als Gesamtereignis sehen". Bethany fordert Christen heraus, die tiefere Bedeutung von etwas zu erforschen, was die meisten von uns recht locker handhaben:

Ich bin Studentin und noch ungeküsst. An meinem 16. Geburtstag hatte ich mir selbst vorgenommen, meine Lippen zu „versiegeln", bis ein Mann kommt, der das „ganze Paket" heiratet. Mein erster Kuss wird an meinem Hochzeitstag mit meinem Ehemann stattfinden. Ja, ich weiß, da haben wir viel vor: Von einem unerfahrenen ersten Kuss am Altar zur Hochzeitsnacht ... glaubt mir, das haben meine Freunde mir auch schon gesagt. Aber andererseits haben Adam und Eva es ja auch hingekriegt ...

Bethany und viele andere Christen haben gemerkt, dass in einer körperlichen Beziehung eins zum anderen führt. Ob Küssen also keine große Sache ist oder doch, ist relativ. Auf jeden Fall sollte unser Verhalten von dem Wunsch geleitet sein, Gott zu ehren. Bethany fährt fort:

Gott hat die Verlobungszeit sicher nicht als Gelegenheit gedacht, körperlich herumzuexperimentieren und schon mal unters Geschenkpapier zu gucken. Küsse (die schnell ziemlich leidenschaftlich werden können, wenn man verliebt ist) tragen den Funken in sich, der einen Steppenbrand entzünden kann. Im Alten Testament kommt das hebräische Wort für Kuss („Nashaq") aus demselben Wortstamm wie das Wort „entzünden". Ich möchte die Streichholzschachtel nicht öffnen ... Warum den Ofen vorheizen, wenn man das Hähnchen doch nicht braten kann?

Diese Wahrheit finden wir auch in allen möglichen Schriften, von der Bibel bis hin zur Weltliteratur. Das Hohelied Salomos rät uns, die Liebe nicht zu wecken, bis die richtige Zeit gekommen ist (Hoheslied 8,4). Die Märchen „Schneewittchen" und „Dornröschen" haben eine tiefe symbolische Bedeutung: Ein Kuss ist darin das Mittel zur (sexuellen) Erweckung. Ich möchte das auch so halten. Unser erster Kuss soll die Eröffnung unseres Einswerdens sein. Es gibt auch andere Arten, wie man vorher Liebe zeigen kann.

Sicher gibt es viele Paare, die sich bereits vor der Ehe „gefahrlos" küssen können. Wenn das bei euch nicht so ist, seid ehrlich und lasst es bleiben! Fragt euch selbst, ob ihr von Lust und Impulsen getrieben seid oder ob es vor Gott okay ist, was ihr tut. Denn es geht letztlich nur um unsere Motivation und um die Früchte unseres Handelns.

Selbst Porno-Stars kennen Grenzen!

Ich möchte euch auf den Geschmack bringen, möglichst viele Anteile eurer körperlichen Beziehung zu kostbaren Schätzen für eure Ehe zu erklären. Ich habe mal einen Zeitungsartikel über eine Frau gelesen, die in unzähligen Pornofilmen mitgewirkt hat und in der Branche als Star galt. Überraschenderweise hatte diese Dame sich vertraglich zusichern lassen, dass sie nie einen ihrer Filmpartner küssen musste – allerdings hatte sie mit ihnen Sex vor laufender Kamera! Warum sollte eine Frau, die ihren Körper für so ziemlich jede Form der sexuellen Perversion hergibt, etwas gegen das Küssen haben? Sie sagte, dass ein Kuss eines der wenigen wirklich intimen Dinge wäre, die bei ihr noch unverdorben seien. Ein Kuss würde für sie viel mehr bedeuten als Sex.

Am liebsten hätte ich geheult, als ich das las. Mir fielen all die Leute ein, die total irritiert oder richtig abgetörnt waren, als ich ihnen erzählte, dass ich meine Frau erst vor dem Traualtar das erste Mal küssen wollte. „Küssen ist doch keine große Sache!", hörte ich immer wieder. Hm. Stimmt das oder hat die Porno-Queen Recht? Ich glaube, dass beide Unrecht haben! Man kann nicht bestimmte Teile der sexuellen Intimität als wichtig ansehen und andere nicht. Alles am Sex ist bedeutungsvoll und kostbar! Es ist genauso lächerlich zu sagen: „Es war doch nur ein Kuss!", wie „Es war doch nur Sex!" Beides ist ein Teil des wunderbaren und geheimnisvollen Geschenks, das Gott für uns erfunden hat, damit Mann und Frau „ein Fleisch" werden können. Lass uns auch so damit umgehen!

Gut im Bett

Viele Leute haben Angst, dass sie sich in der Hochzeitsnacht irgendwie dumm oder ungeschickt anstellen könnten, wenn sie nicht vor der Ehe ein bisschen „geübt" haben. Aber weißt du was – es ist völlig okay, ein bisschen ungeschickt zu sein! Ihr habt ja schließlich noch ein ganzes Leben Zeit zum Üben!

Ich habe neulich eine E-Mail von einem Mädchen namens Rita erhalten, die meine Entscheidung, Shannon vor der Hochzeit nicht zu küssen, höchst bedenklich fand. Sie hatte mit einer Freundin darüber gesprochen und beide waren zu dem Schluss gekommen, dass man so ganz ohne jede körperliche „Übung" später in der Ehe eine böse Überraschung erleben könnte. Vielleicht würde ich meinen Trieb in der Hochzeitsnacht nicht mehr bezähmen können, nachdem ich ihn so lange unterdrückt hatte, und Shannon halbwegs vergewaltigen.

Ich antwortete Rita, dass sie natürlich insofern Recht hatte, als es wirklich ein gewaltiger Schritt von „kein körperlicher Kontakt" zu „totalem Einssein" ist. Aber dazu hat man doch nach der Eheschließung jede Menge Zeit! Die Hochzeitsnacht ist ja nicht die Deadline, sondern der Auftakt! Keiner sagt schließlich, dass man unbedingt gleich vom Altar ins Bett springen muss. Man kann sich ja auch langsam rantasten, erst mal in kleinen Schritten genießen. Küssen und einander zu berühren, kann der absolute Thrill sein, glaub mir! Wobei ich auch viele Paare kenne, die mit der flotten körperlichen Annäherung gar kein Problem hatten!

Der Punkt ist, dass beide (besonders der Mann!) ganz darauf ausgerichtet sein müssen, dem Anderen zu dienen und nicht nur die eigene Befriedigung im Sinn zu haben. Mit das Schönste in einer Beziehung zwischen zwei Menschen, die sich körperlich noch nicht kennen, ist die gemeinsame Entdeckungsreise. „Ich habe nicht vor, schon ein Experte in Sachen Sex zu sein, wenn ich heirate", schrieb ich Rita.

Die Welt hat Sex zu einer Art Sport erklärt, den man wie Eiskunstlauf bewerten und wettkampfmäßig betreiben kann. Was dieser Idee jedoch fehlt, ist wahre Liebe und man versucht sie durch eine hervorragende „Leistung" zu ersetzen. Ein ziemlich trauriger Ersatz! Wen interessiert es schon, ob du oder dein Partner den ultimativen Orgasmus haben (oder vortäuschen!) könnt, wenn keiner von euch wirklich am anderen interessiert ist?

Das schönste Geschenk, das ihr einander machen könnt, ist die Sicherheit, dass weder du noch dein Partner „Sexperten" sein müsst, wenn es in Richtung Hochzeitsnacht geht. Eine tolle Gelegenheit zu sagen: „Okay, Gott, wir beide vertrauen dir und sind sicher, dass deine Art, mit Sex umzugehen, die beste ist. Wir wollen unsere Hochzeitsnacht als ‚blutige Anfänger' erleben. Keine Praxis, keine Erfahrung, nur der Wunsch, gemeinsam zu lernen und unsere Entdeckungen zu feiern!"

Aber werden wir auch zusammenpassen? Leute – wenn ihr euch wirklich tief und innig liebt und beide bereit seid, auf die Wünsche des anderen einzugehen, dann könnt ihr gar nicht anders als zusammenzupassen. Nur Egoismus und Sünde machen zwei Menschen sexuell „inkompatibel"!

Das schönste Hochzeitsgeschenk

Wahre Liebe plant! Wenn ihr euch wirklich liebt, dann plant ihr auch für eure Reise ins Abenteuerland des Sex voraus. Das Wichtigste ist, dass ihr lernt, über das Thema Sex „göttlich" zu denken, Gottes gute Pläne mit uns zu mögen und die Ungeduld zu bekämpfen, die alles zerstören will.

Es ist die Mühe wert! Jedes Mal, wenn es dir so vorkommt, als würdet ihr euch mit dem Warten einen abkrampfen, tut ihr euch in Wirklichkeit einen großen Gefallen. Jedes Mal, wenn ihr der Versuchung nicht nachgebt, macht ihr euch selbst ein großes Geschenk – das beste Hochzeitsgeschenk überhaupt: Respekt, Vertrauen und jede Menge Leidenschaft!

Teil 3
Bevor ihr „Ja" sagt

10. Wenn die Vergangenheit zur Hintertür hereinschleicht

Wie man sich den Fehlern der Vergangenheit stellt und Gottes Vergebung erlebt

Die Vergangenheit. Eine komische Sache, oder? Vieles, an das man sich gern erinnern würde, verblasst wie ein Traum. Doch die Sachen, die man am liebsten vergessen würde, verfolgen einen oft das ganze Leben lang. Die Erinnerungen und Schuldgefühle plagen einen und wenn man das Gefühl hat, man ist ihnen entkommen, schleichen sie sich zur Hintertür wieder herein!

Die Vergangenheit klopfte an Shannons Tür, als wir unsere Beziehung begannen. Obwohl sie „rein" lebte, seit sie drei Jahre zuvor Christ geworden war, war sie davor ganz schön wild gewesen. Ihr „erstes Mal" hatte sie mit 14 Jahren erlebt und in der Schule und auch später im Studium hatte sie ständig wechselnde Freunde gehabt und auch mit ihnen geschlafen. Sie hatte für den Augenblick gelebt und alles mitgenommen, was sich ihr so an Vergnügungen bot.

Niemand sagt einem vorher, wie sehr man das später bereut, dachte sie oft. Wenn sie doch nur gewusst hätte, was für Konsequenzen ihr Verhalten haben würde! Sie hatte einfach nicht damit gerechnet, dass Unschuld nicht ersetzbar ist.

Jetzt war der Moment der Wahrheit gekommen. Sie musste mir in die Augen sehen und mir alles erzählen, obwohl sie wusste, dass es mich total schocken würde. „Oh Herr, bitte bereite Josh auf das vor, was ich ihm jetzt sagen muss!", schrieb sie in ihr Tagebuch. „Wenn er dann beschließt, dass er mich nicht zur Frau nehmen kann, dann hilf mir, das zu ertragen. Meine Vergangenheit und meine Zukunft liegen in deinen Händen!"

Als sie mir mitteilte, dass wir über ein „paar hässliche Dinge" reden mussten, waren ihre Augen total traurig.

„Können wir das gleich besprechen?", fragte ich.

„Nein", sagte sie. „Lass uns bis morgen warten."

Am nächsten Abend holte ich sie also ab und wir fuhren zum Essen in ein Restaurant. Es war ein tolles Lokal und an jedem anderen Abend hätten wir das Ambiente sicher sehr genossen. Doch heute war uns das Herz schwer.

„Ich möchte, dass du weißt", begann Shannon, „dass ich es verstehe, falls du nach dem, was ich dir jetzt erzähle, unsere Beziehung beenden willst."

„Shannon!"

„Nein, ich meine ...", sie stockte und eine Träne lief ihr über die Wange. Das Essen kam, aber wir nahmen kaum Notiz davon. Shannon machte den Mund auf, um weiter zu reden, aber sie konnte es nicht rausbringen.

„Es tut mir Leid", flüsterte sie.

„Ist schon gut", sagte ich. „Wir haben's ja nicht eilig."

Wir ließen uns Zeit und als Shannon mir schließlich sagte, dass sie keine Jungfrau mehr war, versicherte ich ihr, dass das für mich keinen Unterschied in meinen Gefühlen für sie machte. Obwohl ich noch nicht direkt mit einem Mädchen geschlafen hatte, hatte ich doch auch so einiges auf dem Kerbholz, von daher hatte ich auch nicht das Recht, irgendetwas zu sagen. Wir baten uns gegenseitig um Vergebung und vergossen einige Tränen.

Dieses Gespräch war der erste Schritt auf einer schwierigen Glaubensreise für uns beide. Doch Gott half uns und unterstützte uns. Dasselbe kann er auch für dich tun!

Obwohl es ganz schön mühsam und schmerzhaft sein kann, ist es sehr wichtig für eure zukünftige Beziehung, dass ihr euch eure Vergangenheit erzählt und euch damit auseinander setzt. Das bedeutet nicht, dass man jedes peinliche Detail noch einmal aufwärmen muss, aber ihr müsst euch ehrlich den Auswirkungen stellen, die eure Vergangenheit auf eure gemeinsame Zukunft haben könnte. Es ist im Übrigen auch viel besser, vorher die ganze Wahrheit über einander zu kennen, als später dann ständig in der Angst zu leben, dass etwas rauskommen könnte, das dein Partner nicht weiß!

Dieses Kapitel dreht sich um die Erkenntnis, dass Jesu Tod am Kreuz uns dazu befähigt, uns unserer Vergangenheit zu stellen. Es soll dir helfen, Gottes Vergebung persönlich anzunehmen und auch anderen vergeben zu können.

Obwohl dieses Kapitel also in mancher Hinsicht das traurigste im ganzen Buch ist, ist es gleichzeitig auch das fröhlichste, weil es um Vergebung und neue Anfänge geht. Denn Gottes Gnade ist größer als alles, was vielleicht in unserer Vergangenheit passiert ist. Womöglich bringen die folgenden Seiten schmerzliche Erinnerungen in dir hoch, aber mein Ziel ist es, dir Gottes Gnade bewusster zu machen als deine eigenen Sünden!

Warum das Kreuz?

„Habe ich Gottes Plan für mein Leben zunichte gemacht?", fragte die 19-jährige Blaire in einem Brief. Nach einer herzzerreißenden Trennung von ihrem Freund war sie bitter geworden und hatte aus Trotz gegen Gott und ihren Ex-Freund mit einem Jungen geschlafen, den sie kaum kannte. Jetzt bereute sie das sehr; sie hatte ihren Traum ruiniert, einmal als Jungfrau vor den Traualtar zu treten. Würde der zutiefst christliche Mann ihrer Träume sie denn jetzt noch wollen?

„Ich habe diesen Typen nicht mal geliebt!", schrieb Blaire. „Will Gott mich denn jetzt noch? Wie kann er jemanden gebrauchen, der so was macht? Liebt er mich noch, obwohl ich ihm so wenig vertraut habe? Ist es zu spät für mich?"

Kennst du diese Fragen? Wird Gott dir wirklich vergeben? Und wenn ja, ist es dann vergessen, oder wird er dich in Zukunft immer misstrauisch beobachten? Wirst du lebenslänglich auf Bewährung sein und beim kleinsten Fehler sofort „verhaftet" werden?

„Ich habe meine Fehler bereut und ich weiß, dass in der Bibel steht, dass mir jetzt vergeben ist", erzählte mir ein junger Mann namens Tony. „Aber manchmal denke ich, dass ich immer noch allein bin, weil Gott mich für meine sexuellen Fehltritte bestraft. Jedes Mal, wenn einer von meinen Freunden heiratet, kommt es mir so vor, als würde Gott hämisch grinsen."

Ist Gott so? Auf keinen Fall!

Gottes Vergebung ist nicht halbherzig. Menschen, die sich versündigt haben (auch im sexuellen Bereich), müssen diese Schuld nicht ewig mit sich herumtragen, und sie verlieren auch nicht endgültig ihren Status in Gottes Familie.

Viele Christen glauben aber an solche Lügen und leiden vor sich hin, weil sie Gottes Vergebung mit menschlichen Maßstäben zu begreifen versuchen. Das größte Hindernis zur Vergebung ist aber unsere mangelnde Kenntnis von ihm. Wenn wir seinen Charakter und seine Liebe nicht richtig kennen, können wir ihm auch nicht so vertrauen, wie wir sollten.

Die Wahrheit ist, dass es nie zu spät ist, um zu bereuen und Vergebung zu erlangen (siehe 1. Johannes 1,9). Gott ist ein Meister darin, Menschen ganz neu zu machen (2. Korinther 5,17). Er möchte uns Hoffnung und Zukunft geben (Jeremia 29,11) und er wünscht sich, dass wir uns seiner Liebe absolut sicher sind. Darum bittet er uns zu kommen und auf das Kreuz zu schauen.

Die Rettung

Was hat Jesu Tod denn damit zu tun, dass man sich mit sexuellen Sünden der Vergangenheit auseinander setzt? Wie kann uns eine Kreuzigung, die vor 2.000 Jahren stattgefunden hat, heute helfen, wenn die Vergangenheit an der Hintertür klopft?

Die Antwort: Das Kreuz ist Gottes großer Rettungsplan für die Menschheit. Mit Jesu stellvertretendem Tod ist es uns möglich geworden, Vergebung zu erlangen. Lass uns mal näher an die Sache herangehen. Denk nicht einfach, dass du ja schon alles weißt und verstanden hast, was da passiert ist. Nähere dich dem Kreuz, als sei es das erste Mal. In dem Buch *When God Weeps* („Wenn Gott weint") von Steve Estes und Joni Eareckson Tada habe ich den folgenden Bericht von Jesu Tod gefunden. Lies ihn und versuch es dir alles ganz neu vorzustellen:

Das Gesicht, das Mose so gern gesehen hätte (Exodus 33,19–20), wurde blutig geschlagen. Die Dornen, die Gott geschaffen hatte, um den Aufstand der Menschen im Garten Eden zu bestrafen, bohrten sich nun in seine eigene Stirn.

„Auf den Boden mit dir!" Einer hebt einen kleinen Hammer, um den Nagel einzuschlagen. Doch das Herz dieses Soldaten schlägt weiter, während er die Hand des Gefangenen festhält. Jemand muss das Leben dieses Soldaten jede Minute aufrechterhalten, denn diese Macht hat er nicht selbst. Wer gibt ihm den Atem in die Lungen? Wer verleiht seinen Muskeln Kraft? Wer hält seine Moleküle zusammen? Nur der Sohn (Kolosser 1,17). Das Opfer bewirkt, dass der Soldat weiterlebt. Er holt mit dem Hammer aus.

Während das Werkzeug durch die Luft fliegt, erinnert sich der Sohn daran, wie er und der Vater die Nerven des menschlichen Unterarms geschaffen haben. Die Empfindungen, die er zu spüren in der Lage sein würde. Das Design war vollkommen. Die Nerven funktionieren tadellos.

„Hoch mit dir!" Sie heben das Kreuz an. Gott hängt daran, wird angestarrt, kann kaum atmen.

Doch diese Schmerzen sind nur das Vorspiel zu seinen anderen Qualen. Er beginnt eine ganz fremde Empfindung zu spüren. An diesem Tag hat sich ein fauliger Geruch um ihn ausgebreitet ... nicht in seiner Nase, sondern in seinem Herzen. Er fühlt sich schmutzig. Menschliche Bosheit beginnt sein makelloses Wesen zu umkriechen. Die Exkremente unserer Seelen. Der Augapfel des Vaters wird braun vor Schmutz.

Sein Vater! Er muss so vor den Vater treten!

Im Himmel erhebt sich der Vater nun wie ein aufgestörter Löwe. Niemals hat der Vater den Sohn so angesehen. Nie hat er seinen heißen Atem so auf sich gespürt. Sein Brüllen erschüttert die unsichtbare Welt und verdunkelt den Himmel. Der Sohn erkennt diese Augen nicht wieder.

„Menschensohn! Du hast betrogen, gestohlen, gelästert, gemordet, geneidet, gehasst, gelogen. Du hast verflucht, geraubt, verschwendet, gefressen, beschmutzt, entheiligt, nicht gehorcht. All die Pflichten, die du vernachlässigt, die Kinder, die du verlassen hast! Wer hat die Armen ignoriert wie du, wer war so feige, hat meinen Namen so missbraucht? Hast du jemals deine rasiermesserscharfe Zunge im Zaum gehalten? Was für ein selbstgerechter Kerl du bist – du, der du Kinder verführst, Drogen verkaufst, deine Eltern verspottest. Wer gab dir die Unverfrorenheit, Wahlen zu beeinflussen, Revolutionen blutig zu zerschlagen, Tiere zu quälen und Dämonen anzubeten? Die Liste hat kein Ende! Du hast Familien zerstört, Jungfrauen vergewaltigt, dich verstellt, Politiker gekauft, Pornografie konsumiert, Bestechungsgelder angenommen. Du hast Terror ausgeübt, Bomben gelegt, Häuser in die Luft gejagt, Sklaven verkauft. Ich hasse, ich verdamme all das! Die Abscheu vor dir verzehrt mich. Kannst du meinen Zorn spüren?"

Natürlich ist der Sohn unschuldig. Er ist fehlerlos durch und durch. Der Vater weiß das, aber sie haben eine Abmachung und nun muss das Undenkbare passieren: Jesus wird behandelt, als ob er persönlich für jede Sünde verantwortlich sei, die je begangen wurde.

Der Vater beobachtet den Schatz seines Herzens, sein eigenes Spiegelbild, das langsam in dem Moloch der Sünde versinkt.

„Vater, Vater, warum hast du mich verlassen?"

Doch der Himmel hält sich die Ohren zu. Der Sohn sieht nach oben zu dem Einen, der nicht antworten oder reagieren kann.

Die Dreieinigkeit hat es geplant, der Sohn hat es erduldet, der Geist hat ihn dazu befähigt. Der Vater musste den Sohn zurückweisen, den er liebt. Jesus, der Gott-Mensch aus Nazareth, gab sich hin, und der Vater akzeptierte das Opfer. Die Rettung war da!

Geh nicht zu schnell weg von dieser Szene. Sieh genau hin!

Die Rettungsaktion, die hier vollzogen wurde, galt dir! John Stott schreibt: „Bevor wir das Kreuz als etwas sehen können, das für uns getan wurde (was uns zu Glauben und Lobpreis führt), müssen wir es erst als etwas sehen, das durch uns verursacht wurde (was uns zur Reue führt). ... Wenn wir vor dem Kreuz stehen, dann können wir zu uns selbst beides sagen: ‚Ich habe das getan – meine Sünden schickten ihn dort hinauf‘, und ‚Er hat das getan – seine Liebe für mich trieb ihn dort hinauf!‘"

Siehst du deinen eigenen Anteil an Jesu Tod am Kreuz? Wenn nicht, dann schreib vielleicht einmal deine „Lieblingssünden" auf. Er hat die Strafe für genau diese deine Fehler auf sich genommen. Kannst du seine tiefe Liebe für dich spüren? Er ist für dich gestorben! Er wurde verdammt und verflucht, damit du frei sein kannst; Gott hat ihn verlassen, damit du niemals verlassen werden musst (Hebräer 13,5).

Und das ist es, was Jesu Tod am Kreuz mit unseren sexuellen Sünden der Vergangenheit zu tun hat – und zwar heute!

Was nicht funktioniert

Bevor wir Gottes Gnade und Vergebung annehmen können, müssen wir die falschen Wege verlassen, die wir eingeschlagen haben; die vergeblichen Versuche, außerhalb von Gottes Plan mit unseren Fehlern umzugehen.

Lass uns einmal die drei meistverbreiteten Methoden angucken, wie Menschen versuchen, mit Fehlern aus der Vergangenheit klarzukommen.

1. Sünde herunterspielen

Wir versuchen, unseren Schuldgefühlen zu entkommen, indem wir so tun, als wäre das, was wir so verzapft haben, eigentlich gar nicht so schlimm. Wir passen unsere Moral unserem Verhalten an und nennen unsere Sünden nie beim Namen. Stattdessen sagen wir, wir seien früher „halt ein bisschen wild gewesen" und schieben unser Fehlverhalten auf unsere Hormone. Schließlich sind wir auch nur Menschen!

Doch das Kreuz zeigt, dass Sünde sehr ernst zu nehmen ist. Gott spielt ihre Bedeutung nie herunter. Sexuelle Fehltritte sind ein Missbrauch unseres Körpers, der nach seinem Bild geschaffen ist – also eigentlich Hochverrat an unserem Schöpfer! Tatsächlich ist Sünde ein so schweres Problem, dass die Konsequenz für uns entweder ein Leben in ewiger Trennung von Gott ist oder eben der Kreuzestod von Jesus. Das Kreuz zeigt, dass unsere Sünde und Schuld nicht heruntergespielt werden kann.

2. Heiligkeit ignorieren

Eine andere schlechte Entschuldigung für Sünde ist es, Gottes Heiligkeit einfach zu ignorieren – davon auszugehen, dass Gott dem Thema Sünde auch so tolerant gegenübersteht wie wir. Das ist besonders verbreitet bei „religiösen" Menschen, die Gott natürlich niemals ablehnen würden, aber eigentlich auch nicht von dem Gedanken an einen gerechten Richter belästigt werden möchten. Stattdessen erschaffen wir uns einen bequemen kleinen Gott, der wie wir auch mal ein Auge zudrückt, wenn es um sexuelle Verfehlungen geht.

Wieder überführt das Kreuz diesen Abwehrversuch. Die Qualen, die Jesus durchleiden musste, zeigen, dass Gottes Heiligkeit nicht ignoriert werden kann. Gott sagt: „All diese Dinge hast du getan ... Und ich sollte schweigen zu all diesem Unrecht? Hältst du mich etwa für deinesgleichen? Ich verlange Rechenschaft von dir, ich halte dir jede Schändlichkeit vor Augen" (Psalm 50, 21). Gott ist nicht wie wir. Er ist heilig und seine Ansprüche sind mit den Jahren nicht gesunken. Er hat sich nicht der öffentlichen Meinung angepasst, sondern er bleibt heilig!

3. Selbstgerechtigkeit leben

Die dritte falsche Herangehensweise an die Sünde ist Selbstgerechtigkeit. Sie kann sich auf verschiedene Arten ausdrücken. Zum Beispiel wenn jemand total geschockt ist über das, was er getan hat, und sagt: „Ich kann nicht glauben, dass ich zu so etwas fähig war!" Warum eigentlich nicht? Weil er sich selbstgerecht als „eigentlich ganz guten Menschen" gesehen hat und nicht als hilfebedürftigen Sünder. Leider ist sein Entsetzen über seinen Fehltritt nicht etwa Trauer, weil er Gott nicht gehorcht hat, sondern der Schreck darüber, dass er seiner eigenen aufgeblasenen Meinung von sich nicht gerecht wurde.

Selbstgerecht denkt auch jemand, der Gottes Vergebung nicht annehmen will. „Ich kann mir das einfach selbst nicht verzeihen", sagt er oder sie. „Gott kann das vielleicht, aber ich nicht!" Das klingt zuerst ganz demütig, aber eigentlich ist es eine verzerrte Form von Stolz, denn es bedeutet: „Meine Maßstäbe sind höher als die Gottes!" Statt demütig anzuerkennen, dass man gegen Gott gesündigt hat und nur er diese Schuld vergeben kann, versucht man, sein eigener Retter zu werden. Man will seine eigene Strafe absitzen, indem man sich in Schuldgefühlen verzehrt oder Gutes tut.

Doch das Kreuz untergräbt alle Selbstgerechtigkeit. Wenn wir uns irgendwie selbst rechtfertigen könnten, hätte Gott nicht seinen geliebten Sohn opfern müssen. Das hat er sicher nicht gern getan! Sein Rettungsplan macht eins ganz deutlich: Wir haben mit dieser Rettung nichts zu tun – unser einziger Beitrag ist die Sünde, die das Ganze überhaupt erst nötig machte. Kein Mensch kann seine Rettung selbst bewirken.

Diese drei Mechanismen funktionieren nicht nur langfristig nicht, sondern sie können auch eure Beziehung zerstören. Wenn ihr sexuelle Verfehlungen aus der Vergangenheit zu beichten habt und versucht, sie herunterzuspielen, wird das auch die Kostbarkeit von Gottes großartigem Geschenk der Sexualität kleiner machen. Wenn sexuelle Sünden keine große Sache sind, ist sexuelle Reinheit auch keine! Auch Ignoranz gegenüber Gottes Heiligkeit führt zum Scheitern. Wenn Gott sich nicht um eure Vergangenheit schert, warum solltet ihr euch dann bemühen, in der Ehe treu zu sein? Selbstgerechtigkeit ist das reine Gift. Einer Ehe, die nicht auf Gottes Maßstäben aufbaut, mangelt es an Gnade und Demut, weil den Partnern nicht klar ist, dass sie einen Retter brauchen.

Verändert

Jetzt denkst du vielleicht: „Soll dieses ganze Gerede vom Kreuz und von meinen Sünden nicht eigentlich eine *Gute Nachricht* sein?!" Ja, genau! Erst wenn wir kapieren, wie schlecht die Lage eigentlich aussieht, wissen wir unsere Rettung so richtig zu schätzen!

Rebecca Pippert beschreibt, wie die Sache mit dem Kreuz einen Menschen verändern kann:

Vor einigen Jahren kam nach einem Vortrag eine nett aussehende Frau zu mir, die offensichtlich mit mir reden wollte. Als ich mich zu ihr umdrehte, hatte sie Tränen in den Augen. Wir gingen in ein Hinterzimmer, wo wir ungestört reden konnten. Ein Blick auf sie sagte mir, dass sie eine sensible Frau war und schrecklich unter etwas litt. Sie schluchzte herzzerreißend, als sie mir ihre Geschichte erzählte.

Ihr Verlobter (mit dem sie inzwischen verheiratet war) und sie waren vor einigen Jahren in einer großen, konservativen Gemeinde in der Jugendarbeit tätig gewesen. Sie waren dort sehr beliebt gewesen und hatten einen sehr positiven Einfluss auf die Jugendlichen gehabt. Jeder hatte zu ihnen aufgesehen und sie bewundert. Einige Monate bevor sie heirateten, hatten sie dann begonnen sich sexuell näher zu kommen. Das allein hatte sie schon ziemlich belastet, doch dann hatte sie gemerkt, dass sie schwanger war. „Sie können sich nicht vorstellen, was für Folgen es gehabt hätte, das in unserer Gemeinde bekannt zu machen", sagte sie. „Wir predigten das eine und lebten das andere – das war furchtbar und in dieser Gemeinde hatte es noch nie einen Skandal gegeben. Wir hatten das Gefühl, sie könnten damit nicht umgehen. Und ehrlich gesagt hatten wir Angst vor der Schande! Und so trafen wir die grässlichste Fehlentscheidung unseres Lebens: Ich ließ das Kind abtreiben. Unsere Hochzeit war der schrecklichste Tag meines Lebens. Alle lächelten mich an und freuten sich. Doch wissen Sie, was mir durch den Kopf ging, als ich zum Altar schritt? Ich konnte nur eines denken: Du bist eine Mörderin! Du warst so stolz, dass du lieber dein Kind umgebracht hast, als die Schande und die Peinlichkeit zu ertragen, die die natürlichen Konsequenzen deines eigenen Verhaltens waren. Doch ich weiß, wer du bist, und Gott weiß es auch. Du hast ein unschuldiges Baby umgebracht!"

Sie schluchzte so sehr, dass sie nicht mehr sprechen konnte. Ich nahm sie in den Arm und ein Gedanke stand mir ganz deutlich vor Augen. Doch ich hatte Angst, ihn auszusprechen, weil er sehr zerstörerisch sein konnte, wenn er nicht von Gott kam. Ich betete also still um Weisheit, ihr zu helfen.

Sie fuhr fort: „Ich kann immer noch nicht glauben, dass ich so etwas Schreckliches tun konnte! Wie konnte ich ein unschuldiges Kind töten? Wie ist das möglich? Ich liebe meinen Mann, wir haben inzwischen vier süße Kinder. Ich weiß, dass in der Bibel steht, dass Gott alle unsere Sünden vergibt. Aber wie kann ich mir selbst jemals vergeben? Ich habe diese Sünde tausendmal bereut, aber ich fühle immer noch so viel Trauer und Scham. Der Gedanke, der mich am meisten verfolgt, ist die Frage, wie ich das bloß tun konnte!"

Ich atmete tief durch und sagte, was ich die ganze Zeit schon dachte: „Ich weiß eigentlich nicht, warum Sie das so sehr überrascht. Dies ist nicht das erste Mal, dass Ihre Sünde zum Tod eines Unschuldigen geführt hat." Sie starrte mich vollkommen verblüfft an. „Liebe Freundin", fuhr ich fort, „wenn Sie ans Kreuz sehen, sind wir alle Mörder. Religiöse und nicht religiöse Menschen, Gute oder Schlechte, Abtreiber oder Abtreibungsgegner – wir sind alle mitschuldig am Tod des einzigen Unschuldigen, der je auf der Erde gelebt hat. Jesus starb für unsere Sünden – vergangene, gegenwärtige und zukünftige. Denken Sie, dass es irgendwelche Sünden von Ihnen gibt, für die Jesus nicht sterben musste? Die Sünde des Stolzes, die dazu führte, dass Sie Ihr Kind abtreiben ließen, hat auch Jesus getötet. Es spielt keine Rolle, dass Sie damals vor 2.000 Jahren noch nicht dabei waren. Wir alle haben ihn ans Kreuz genagelt. Luther sagte, dass wir die Nägel in unseren Taschen tragen. Wenn Sie es also schon einmal getan haben, warum überrascht es Sie dann beim zweiten Mal so sehr?"

Sie hörte auf zu weinen und sah mich an. „Sie haben absolut Recht. Ich habe etwas viel Schlimmeres getan, als mein Baby zu töten. Meine Sünde hat Jesus ans Kreuz getrieben. Erkennen Sie die Bedeutung von dem, was Sie mir gerade gesagt haben, Becky? Ich bin zu Ihnen gekommen und habe Ihnen gesagt, dass ich die schlimmstmögliche Sünde begangen habe. Und Sie sagen mir, dass ich etwas viel Schlimmeres getan habe."

Ich verzog das Gesicht, weil es wahr war (wobei ich denke, dass meine Annäherung an dieses Thema unter seelsorgerlichen Gesichtspunkten betrachtet nicht gerade glorreich war!). Dann sagte sie: „Aber Becky, wenn das Kreuz mir zeigt, dass ich viel schlimmer bin, als ich dachte, dann zeigt es mir auch, dass meine Taten vergeben wurden. Wenn das Schlimmste, was ein Mensch tun kann – den Sohn Gottes zu töten! – vergeben werden kann, dann kann auch alles andere vergeben werden!"

Ich werde nie den Ausdruck in ihren Augen vergessen, als sie leise sagte: „Wirklich – seine Gnade ist erstaunlich!" Jetzt weinte sie nicht mehr aus Trauer, sondern aus Erleichterung und Dankbarkeit. Ich sah eine Frau vor mir, die durch ein neues Verständnis vom Kreuz tatsächlich verändert worden war!

Wie die Frau in dieser Geschichte müssen wir erst die schlechten Nachrichten vom Kreuz hören, bevor wir die

Gute Nachricht hören können. Und für Sünder wie dich und mich gibt es fast schon zu viele gute Nachrichten, es ist kaum zu fassen!

Jetzt wird's praktisch

Ich möchte dir jetzt drei tolle und sehr praktische Möglichkeiten zeigen, wie das richtige Verständnis von Gottes Tat am Kreuz eure Beziehung beeinflussen kann.

1. **Weil das Kreuz existiert, könnt ihr absolut sicher sein, dass Gott euch liebt und euch alle Fehler der Vergangenheit vergeben möchte**

Die Bibel sagt uns, wie wir die Gnade Gottes erlangen können. Zuerst müssen wir unsere Sünden bereuen und ihn um Vergebung bitten. Zweitens müssen wir daran glauben, dass Jesus an unserer Stelle gestorben ist und von den Toten auferstand.

Wenn du das getan hast – rate mal! Richtig, dann ist dir vergeben. Damit ist dann alles erledigt. In 1. Johannes 1,9 steht: „Wenn wir aber unsere Schuld eingestehen, dürfen wir uns darauf verlassen, dass Gott Wort hält: Er wird uns dann unsere Verfehlungen vergeben und alle Schuld von uns nehmen, die wir auf uns geladen haben." Es gibt keine Bewährungsfrist, keine Probezeit. Ja, vielleicht wirst du noch unter den Konsequenzen deiner Taten leiden, aber von Gott wirst du nicht bestraft. Jesus hat jeden kleinsten Tropfen von Gottes Zorn in sich aufgenommen.

Diese Vergebung ist real, ob du nun etwas davon spürst oder nicht. Vor kurzem habe ich an einer Video-Serie mitgewirkt, deren drei Kassetten „Searching for True Love" (Auf der Suche nach der wahren Liebe) heißen. In dem ersten Video, in dem es um Reinheit geht, bat ich meinen Freund Travis darum, seine Geschichte zum Thema „Vergebung sexueller Sünden" zu erzählen. Seine Story ist ein authentisches Zeugnis davon, wie das Kreuz das Gefühl des Verdammtseins überwinden kann.

183

„Wenn ich mich ansehe", sagte Travis, „dann gibt es keinen Zweifel daran, dass ich von meiner eigenen Unwürdigkeit überzeugt bin. Aber wenn ich mich daran erinnere, was Gottes Wort mir sagt und wie seine Zusagen aussehen – dass er treu ist, wo ich treulos war und dass seine Freundlichkeit und Gnade mir gegenüber nicht auf meinen Taten beruhen, sondern auf der Gerechtigkeit seines Sohnes –, dann kapiere ich, dass es wahr ist; ob ich es spüre oder nicht. Ich bin gerettet und mir ist vergeben!"

Travis muss sich ständig daran erinnern, dass es die Gute Nachricht von Gottes Gnade gibt. „Ich sehe oft meine Freunde und meine heutige Frau an und denke: *Herr, ich verdiene all das nicht!* Doch dann erinnert er mich daran: Es geht nicht um das, was du getan hast, sondern um das, was mein Sohn für dich getan hat!"

Das ist der Kern der Guten Nachricht. Sag sie dir jeden Tag vor. Ruh dich aus in der Sicherheit, die Gott dir in der Bibel gibt:

Wer mit Jesus Christus verbunden ist, braucht das Strafgericht Gottes nicht mehr zu fürchten. Denn das Gesetz, das durch den Geist und in der Verbindung mit Jesus Christus zum Leben führt, hat euch befreit vom Gesetz, das durch die Sünde in den Tod führt. (Römer 8,1)

Der Herr sagt: „Komm her, lass uns prüfen, wer von uns Recht hat, ihr oder ich! Eure Verbrechen sind rot wie Blut, und doch können sie weiß werden wie Schnee. Sie sind rot wie Purpur, und doch könnten sie weiß werden wie reine Wolle – wenn ihr mir nur gehorchen wolltet." (Jesaja 1,18)

Er straft uns nicht, obwohl wir es verdienten, er läßt uns nicht für unser Unrecht büßen. So unermeßlich groß der Himmel ist, so groß ist Gottes Güte zu den Seinen. So fern der Osten von dem Westen liegt, so weit entfernt er unsere Schuld von uns. (Psalm 103,10–12)

Im Licht des Kreuzes nehmen die Zusagen der Bibel eine ganz neue Leuchtkraft an, nicht wahr? Du bist rein und makellos vor Gott! Deine Schuld ist unendlich weit von dir entfernt worden!

Meine Lieblingszusage diesbezüglich steht in Jesaja 43,25, wo Gott sagt: „Ich bin dir zu nichts verpflichtet, und trotzdem vergebe ich deine Schuld und denke nicht mehr an deine Verfehlungen – weil ich es so will." Stell dir doch das nur einmal vor! Gott entscheidet sich ganz bewusst dazu, deine Vergangenheit zu vergessen. Jay Adams sagt, dies bedeutet, dass Gott diese Dinge nie wieder ansprechen, nie gegen dich verwenden und nie jemand anderem erzählen wird. Wenn du zu ihm kommst, bekommst du kein Schildchen aufgeklebt, auf dem die Worte „Sünder" oder „Ehebrecher" stehen – er sieht dich nicht als schmutzig oder unwürdig an. Vielmehr kleidet er dich in die Gerechtigkeit seines Sohnes und freut sich über dich.

Du bist sauber. Dir ist total vergeben. Du gehörst zu ihm. Deine Vergangenheit hat keine Macht mehr über dich, weil Gott dich neu gemacht hat. Vergiss das nicht! Zweifle es auch niemals an. Und hör nicht auf, dich über das Wunder von Gottes Gnade zu freuen!

2. Weil das Kreuz existiert, kannst du deinem Partner von den Sünden deiner Vergangenheit erzählen

Keine Frage – es ist verflixt schwierig, dem Mann oder der Frau deines Herzens von deinen Fehltritten zu berichten. Es kann auch bedeuten, dass du jetzt eine Lüge aufklären musst, die du ihm oder ihr vorher aufgetischt hast. Vielleicht stößt deine Beichte ihn oder sie ab und beendet sogar eure Beziehung. Wie kann die Wahrheit des Kreuzes da helfen? Die Antwort ist, dass das Kreuz die Dinge in die richtige Perspektive rückt.

Das größte Problem in deinem Leben ist nicht die Frage, ob ein bestimmter Mensch dich annimmt, sondern ob Gott dir vergibt. Das Kreuz zeigt, dass dafür bereits gesorgt ist. Das Vertrauen in Gottes Liebe kann dir den

Mut geben, deinem Partner alles zu gestehen, weil du weißt, dass Gott dir vergeben hat.

Für Shannon war es extrem schwer, mir ihre Geschichte zu erzählen. Doch sie schaffte es, weil sie wusste, dass Gott (den sie ja mit ihrem Verhalten am schlimmsten vor den Kopf gestoßen hatte) ihr vergeben hatte und weil sie wusste, dass unsere Beziehung auf absoluter Ehrlichkeit aufbauen musste. Wenn ich daraufhin unsere Beziehung beendet hätte, wäre sie zwar sehr traurig gewesen, aber sie hätte es überlebt, weil ihre ultimative Sicherheit nicht ich war, sondern Gott.

Wenn du den Punkt erreicht hast, an dem du weißt, dass Gott dir vergeben hat, und wenn du bereit bist, deinem Partner alles zu erzählen, solltest du dir noch ein paar schwierige praktische Fragen stellen:

1. Wann ist der richtige Zeitpunkt?
2. Wie viel solltest du verraten?

Die Entscheidung über das Wann basiert auf mehreren schwierigen Faktoren. Zuerst einmal sollte es dein Hauptmotiv sein, dem Anderen zu dienen. Er oder sie soll es früh genug wissen, damit er/sie sich nicht unter Druck gesetzt fühlt, weil er/sie dir schon weit reichende Versprechungen gemacht hat. Darum finde ich, dass man ernsthafte Dinge aus der Vergangenheit möglichst bald anschneiden sollte, aber auch erst dann, wenn die Beziehung eine gewisse Tiefe bekommen hat. Wenn ihr bereits verlobt seid, solltest du auf jeden Fall so schnell wie möglich reinen Tisch machen.

Das bedeutet nicht, dass du dazu verpflichtet bist, jedes intime Detail mitzuteilen, sobald du mit jemandem befreundet bist. Das ist erst dran, wenn sich die Beziehung ganz klar auf eine Ehe zu bewegt.

Die nächste Frage ist, wie viele Details du preisgeben solltest. Die Autoren des Buches *Preparing for Marriage* (Vorbereitung auf die Ehe) haben dazu einige hilfreiche Tipps:

- Mach dir zuerst eine Liste von dem, was du zu erzählen hast. Dies kann konkrete Ereignisse einschließen, falsche Entscheidungen oder Verletzungen. Du musst nicht total ins Detail gehen, aber erwähne alles, was eure heutige Beziehung betreffen könnte.

- Entscheide dich, welche Punkte auf dieser Liste du mit deinem Partner teilen solltest und warum. Shannon hat sich in dieser Frage an Julie gewandt, eine verheiratete Freundin aus ihrer Gemeinde. Julies Unterstützung und Tipps diesbezüglich waren sehr wichtig für Shannon.

- Macht eine Zeit und einen Ort aus, wo ihr absolut ungestört seid. Schließlich wollt ihr miteinander offen reden können. Bitte Gott vor diesem Treffen darum, dass er dir die richtigen Worte und deinem Partner seine Gnade schenkt, damit er oder sie liebevoll reagieren kann. Aber erwarte nicht, dass das einfach für ihn/sie wird! Bitte ihn/sie um Vergebung, aber mach keinen Druck. Wahrscheinlich braucht er/sie einfach Zeit, um das zu verarbeiten, was du erzählt hast.

- Erzähl nicht mehr, als der anderen Person dienlich ist. Erkläre deinem Partner, warum es deiner Meinung nach wichtig ist, dass er/sie diese Dinge aus deiner Vergangenheit weiß, aber vermeide es, mehr als nötig zu berichten. Zu viele Details können später ein Problem werden. Morbide Neugierde kann einen zwar dazu bringen, alles wissen zu wollen, aber sie ist nicht besonders förderlich. Shannon hat das sehr gut gemacht; sie hat mir alles gesagt, was ich wissen sollte, aber sie hat keine Details erzählt, die meine Phantasie später angeheizt hätten.

- Und schließlich: Hab Geduld! Gib deinem Partner Zeit, sich mit deinem „Geständnis" zu beschäftigen und darüber zu beten. Wahrscheinlich fällt ihm/ihr das ziemlich schwer und vielleicht braucht er/sie erst mal etwas Abstand von dir. Vielleicht beendet er/sie sogar die Beziehung. Wenn das passieren sollte, dann denk dran, dass es besser ist, wenn das jetzt passiert, als wenn es irgendwann in eurer Ehe rauskommt. Gott hat dir vergeben und wird dich nie verlassen. Und zur richtigen Zeit wird er jemanden in dein Leben bringen, der dich mit deiner Vergangenheit annehmen kann.

3. Weil das Kreuz existiert, kannst du deinem Partner seine Sünden vergeben

Wenn du derjenige bist, der von seinem Partner ein Geständnis zu hören bekommt, dann weiß ich genau, wie schwierig das sein kann – besonders wenn du dich sexuell aufgehoben hast. Ich wäre sicher nicht als „Jungfrau" in die Ehe gegangen, wenn ich nicht in einer christlichen Familie aufgewachsen wäre, und ich hatte mir schon vor unserer Aussprache gedacht, dass Shannon nicht mehr unberührt war. Trotzdem empfand ich tiefe Trauer, als sie mir von ihren früheren Beziehungen erzählte. Ich liebte sie. Die Sünde hatte uns etwas gestohlen, das man nicht ersetzen konnte. Das war für uns beide sehr traurig.

Wenn du dich gemeinsam mit deinem Partner durch dessen sexuelle Vergangenheit arbeiten musst, dann solltest du folgende Dinge bedenken:

1. Du hast die Gelegenheit, sozusagen das Sprachrohr von Gottes Gnade zu sein. Obwohl die begangene Sünde euer Zusammensein sicher beeinträchtigen wird und dir das Anhören schwer fällt, denk daran, dass es für deinen Partner vermutlich immer noch doppelt so schwer ist, es dir zu erzählen!

2. Lass nicht zu, dass dein durchaus berechtigtes Gefühl von Enttäuschung und Verlust in so etwas wie Selbstgerechtigkeit oder Bitterkeit umschlägt. Vielleicht bist du sexuell noch unberührt, aber auch du bist ein fehlerhafter Mensch, der nur durch Jesu Opfer gerettet worden ist.

   Die Sünde, die dein Partner begangen hat, richtete sich grundsätzlich nicht gegen dich, sondern gegen Gott. Er hat alles gesehen; er hat darüber getrauert. Am Kreuz hat Jesus dafür geblutet. Er liebt deinen Partner mehr, als du es je tun kannst, und er hat ihm oder ihr vergeben.

3. Obwohl du dem Mann oder der Frau deines Herzens vergeben solltest, heißt das noch lange nicht, dass du dich damit automatisch zur Heirat verpflichtet hast. Vielleicht sind da noch ernsthafte Zweifel und Fragen, die geklärt werden müssen. Diese sollten nicht von einem Ereignis wie dieser „Beichte", so wichtig sie auch ist, in den Hintergrund gedrängt werden. Ich kenne einige Paare, bei denen der „jungfräuliche" Teil einfach nicht mit der Tatsache leben konnte, dass der Partner bereits mit anderen Leuten intim gewesen war. Wenn du das nicht vergeben kannst, dann geh nicht davon aus, dass sich das Problem schon erledigen wird, wenn ihr erst einmal verheiratet seid. Lasst euch Zeit; holt euch Hilfe und Beratung. Wenn sich das Problem nicht lösen lässt, zieht auch in Erwägung, die Beziehung zu beenden.

4. Wenn ihr euch zu einer Heirat entschließt, dann stellt sicher, dass ihr euch gegenseitig so vergebt, wie Gott vergibt – er „wirft unsere Sünden ins äußerste Meer" und erinnert sich nicht mehr an sie. Weil wir alle nur Menschen sind, kriegen wir das nicht ganz so vollkommen hin, aber wir können uns immerhin dazu entschließen, nicht mehr an die Vergangenheit zu denken. Wenn sich solche Gedanken einschleichen wollen, kann man sie wegschubsen. Vergebung ist kein Gefühl, sondern ein Versprechen.

Wenn man einem anderen Menschen vergibt, macht man ihm das Versprechen, ihm seine Sünde nicht mehr vorzuhalten. Mein Vater hat mir vor der Verlobung mit Shannon folgenden Rat gegeben: „Du musst dir in deinem Herzen fest vornehmen, dass du niemals, unter keinen Umständen und auf gar keinen Fall ihre Vergangenheit als Waffe gegen sie benutzen wirst, nicht einmal mitten in einem hitzigen Streit." Und das habe ich mir auch so vorgenommen!

Trauern mit den Trauernden

Als Shannon mir von ihrem „vorchristlichen" Leben erzählte, hatte ich nie das Gefühl, unsere Beziehung beenden zu wollen. Ich liebte sie und ich wusste, dass Gott sie verändert hatte. Darüber hinaus wusste ich, dass Gott uns als Mann und Frau zusammen sehen wollte.

Doch nur weil ich ihr vergeben hatte und mir meiner Liebe zu ihr sicher war, heißt das noch lange nicht, dass ich nicht ganz schön an der Sache zu knabbern hatte. Nach unserer Verlobung hatte ich die härteste Zeit. Denn je näher der Moment heranrückte, an dem wir uns auch körperlich ganz nahe kommen würden, desto mehr wurde mir bewusst, was für uns verloren war. Außerdem hatte ich Angst, dass Shannon mich vielleicht mit ihren vorherigen Freunden vergleichen würde. Ich quälte mich ziemlich damit herum und brauchte dringend Bestätigung, die ich zum Glück auch bekam.

Ich erzähle dir das alles, um dich darauf vorzubereiten, dass es mit Beichten und Vergeben allein nicht getan ist. Denn mit Sicherheit werdet ihr eure ganz speziellen Versuchungssituationen haben. So hatte Shannon immer wieder mit dem Gefühl zu kämpfen, unwürdig und schmutzig zu sein. Sie brauchte mich, um sie daran zu erinnern, dass Gott ihr vergeben hatte – und ich auch. Und auf der anderen Seite musste sie mir immer wieder versichern, dass sie mich liebte und ihre vorigen Beziehungen für sie keine Bedeutung mehr hatten.

Das Wichtigste, was wir lernten, war aber das Wissen, dass die ultimative Bestätigung nur von Gott kommen kann. Wir brauchten einander und konnten uns in vielem gegenseitig helfen. Aber sooft Shannon auch „Ich liebe dich" oder „Die anderen Männer bedeuten mir nichts" sagte, es brachte mein Herz nicht völlig zur Ruhe. Nur Gott konnte uns Frieden geben und unsere Vergangenheit begraben.

Zwei Sünder vor dem Kreuz

In dieser Situation bekam ich den besten Rat von einem Freund, der eine ähnliche Situation erlebt hatte. Er sagte mir: „Gewöhn dich an das leichte Stechen; es wird mit der Zeit nachlassen. Es geht jedoch nie ganz weg und du wirst immer einen gewissen Verlust spüren. Irgendwann aber wird es immer weniger, bis du es beinahe nicht mehr merkst."

Er hatte Recht. Vor unserer Hochzeit gab es Tage, da waren meine inneren Bilder von Shannon mit ihren Liebhabern so schlimm, dass ich nur noch weinen und Gott bitten konnte, mir zu helfen. Es tat weh, aber es hat wirklich nachgelassen. Eigentlich sind sie sogar fast ganz verschwunden. Ich denke nur noch ganz selten daran und wenn, dann empfinde ich nur noch eine leichte Traurigkeit, die im Vergleich zu meiner Freude über unser Zusammensein absolut nichtig ist.

Für uns ist die Erinnerung an unsere schwierigen Gespräche eine bittersüße Sache. Bitter, weil Sünde wirklich zerstört; süß, weil wir nie zuvor die Gnade Gottes so real erlebt haben.

Ist es möglich, der Vergangenheit davonzulaufen? Nein. Aber wenn man die Vergebung und Gnade Gottes kennt, ist es möglich, ihr ohne Angst zu begegnen. Bei Shannon und mir klopft ab und zu noch mal die Vergangenheit an, aber wir öffnen ihr einfach nicht die Tür. Stattdessen wenden wir uns an unseren Retter und bitten ihn, sich darum zu kümmern.

Wir haben unsere Ehe voller Ehrfurcht vor Gottes Gnade begonnen und ich hoffe, dass das auch immer so bleiben wird – zwei Sünder vor dem Kreuz.

11. Bist du bereit für ein „Immer und ewig"?

Zehn Fragen, die du beantworten solltest, bevor du dich verlobst

Joanna Purswell. Ihr gefiel der Klang. *Joanna Marie Purswell.* Ja, das klang gut. Joanna spielte das Nachnamenspiel – kennen das nicht alle verliebten Mädchen? *„Hallo, ich bin Mrs. Purswell"*, übte sie lautlos in ihrem Kopf. *„Ich bin Joanna Purswell und das ist mein Mann Shawn."*

Shawn fuhr sie nach einem schönen gemeinsamen Abend nach Hause. Sie waren erst seit ein paar Wochen zusammen, aber Joanna hatte schon längst beschlossen Ja zu sagen, falls Shawn ihr einen Antrag machen würde. Shawn hatte so viele tolle Eigenschaften. Er war nett, fuhr ein Superauto und er war einfach so ... so süß! In einem schwarzen Frack würde er sicher umwerfend aussehen, wenn sie in ihrem weißen Hochzeitskleid neben ihm stand. Welche Farbe sollten die Kleider ihrer Brautjungfern haben? Rosa? Smaragdgrün?

Shawn befand sich währenddessen in seiner eigenen Traumwelt. Er sah zu Joanna hinüber und lächelte. Sie lächelte zurück. Das Dach des Cabrios war offen und die warme Sommerluft verwuschelte ihre Haare. Es gab so vieles an ihr, was er bewunderte ... ihr Haar, ihre tollen Beine. Vor zwei Tagen hatte er sie zum ersten Mal geküsst. Unbewusst fuhr er bei dem Gedanken daran, sie nachher beim Abschied wieder zu küssen, um einiges schneller. Wenn sie erst verheiratet waren, mussten sie sich nie mehr voneinander verabschieden. Wie würde wohl die Hochzeitsnacht verlaufen? Hmmm ...

Blaues Blinklicht und eine Sirene hinter ihm riefen ihn unsanft in die Realität zurück. „Oh nein, so ein Mist!", rief er wütend und hielt auf dem Seitenstreifen an.

„Warst du zu schnell?", fragte Joanna.

„Nein", grunzte Shawn, „glaube ich jedenfalls nicht." Er wühlte im Handschuhfach nach den Papieren und kurbelte das Fenster herunter. Und schon kam ein großer, ordentlich gekleideter Polizist von hinten heran.

„Äh, hallo", sagte Shawn. „Sir, ich glaube ehrlich gesagt nicht, dass ich zu schnell gefahren bin, und ..."

„Ich bin nicht hier, um mit dir über deine Fahrgeschwindigkeit zu sprechen, mein Junge", sagte der Polizist. „Lass uns lieber über das Tempo reden, mit dem du dieses Beziehung angehst."

„Wie bitte?", fragte Shawn.

„Du hast mich schon ganz richtig verstanden", sagte er und beugte sich in den Wagen. „Wie lange seid ihr beiden jetzt zusammen?"

Shawn und Joanna sahen sich mit offenen Mündern an.

„Ich bin von der Beziehungspolizei", sagte der Mann. „Es ist mein Job aufzupassen, dass Paare wie ihr nicht zu schnell unterwegs sind und dann in eine schlechte Ehe hineinsausen." Er nahm eine Taschenlampe vom Gürtel und leuchtete ihnen ins Gesicht. „Ah, wie ich es mir dachte! Rot unterlaufene Augen. Junger Mann, du hast vermutlich gerade an Sex gedacht. Und du, Mädchen, hast den glasigen Blick einer frühreifen Hochzeitsplanerin!"

Shawn und Joanna wurden blass.

„Seit wann seid ihr nun zusammen?", fragte der Polizist.

„Äh, ungefähr seit einem Monat", stammelte Shawn. Sein Mund fühlte sich trocken an.

„Und habe ich euch nicht vor kurzem erst auf dem Parkplatz vor dem Juwelierladen gesehen?", hakte der Polizist nach.

„Äh, na ja, ... ja", murmelte Shawn.

„Erzählt mir nicht, dass ihr schon nach Verlobungsringen Ausschau gehalten habt!"

„Nein, äh, wir ... wir haben uns nur mal umgeschaut", entschuldigte sich Shawn.

„Es war seine Idee", fiel ihm Joanna in den Rücken.

„Hey!", verteidigte sich Shawn. „Du wolltest auch gucken!"

„Es ist mir wirklich egal, wessen Idee das war", meinte der Polizist trocken. „Ich habe eure Akten eingesehen und sie sehen beide nicht besonders gut aus. Ihr habt beide schon eine ganze Reihe von vorschnellen emotionalen Abenteuern hinter euch. Jetzt seid ihr knapp vier Wochen zusammen und unsere Berichte zeigen eindeutig, dass eure bisherigen Gespräche oberflächlich und realitätsfern waren. Keine wirkliche Freundschaft, keine geistliche Gemeinschaft, keine ernsthafte Diskussion um Werte, Ziele oder Wünsche für eine Ehe. Und was noch schlimmer ist: Keine Beratung von anderen Menschen!"

„Könnten Sie uns nicht mit einer Verwarnung davonkommen lassen?", bettelte Shawn.

„Das glaube ich nicht", sagte der Mann streng. „Ich muss euch beide dafür belangen, dass ihr unter *Verknalltsheitseinfluss* gefahren seid und bereits eine Verlobung in Erwägung gezogen habt. Seid ihr euch der Gefahr bewusst, in die ihr euch gebracht habt, indem ihr in einem völlig überhöhten Tempo auf eine Ehe zugerast seid, während ihr romantisch betrunken ward?"

Joanna zog an Shawns Ärmel und jammerte: „Meine Mutter bringt mich um! Sie ist Mitglied bei MGDV, *Mütter gegen dumme Verlobungen*. Sie flippt aus, wenn sie das erfährt! Und du bist an allem schuld!"

Shawn sagte gar nichts mehr. Er war inzwischen total nüchtern ...

Höchste Zeit, um aufzuwachen

Beziehungspolizei? Na gut, ich geb's zu, das ist ziemlich schwachsinnig. Zum Glück gibt es so etwas nicht! Aber wenn es so wäre – würdet ihr dann auch rechts rausgewinkt? Wie würde eure Beziehung bei näherer Prüfung abschneiden? Solltet ihr euer Tempo in Richtung Heirat beibehalten oder steht ihr unter „Verliebtheitseinfluss"?

Der Zweck dieses Kapitels ist es, dir dabei zu helfen, bezüglich einer Heirat eine weise Entscheidung zu treffen. Wir werden gemeinsam viele Fragen klären und auf diese Weise feststellen, ob ihr weiter in Richtung Ehehafen steuern oder lieber den Kurs ändern solltet.

Das kann ganz schön ernüchternd sein! Wenn du in Gedanken einmal alle anderen Entscheidungen deines Lebens aufeinander stapelst – Berufswahl, Wohnort, welches Auto du kaufen oder welche Wohnung du mieten sollst –, dann sehen alle zusammengenommen neben der Frage, wen du heiraten sollst, ziemlich zwergenmäßig aus. Deine Ehe wird dich mit einer anderen Person „ein Fleisch" werden lassen. Sie betrifft jeden Bereich deines Lebens. Sie kann deine Einsatzfähigkeit für Gott verstärken oder behindern. Ja, sie kann dir ein Leben voller Freude bringen oder dich ins Unglück stürzen.

Darum müssen wir uns selbst an die wirklich wichtigen Fragen erinnern. Es geht nicht um Fragen wie: „Wollen wir Sex haben?" oder „Würde es uns Spaß machen, eine Hochzeit zu planen?" oder „Erwarten nicht alle von uns, dass wir heiraten?"

Die wirklichen Fragen sehen so aus: „Sind wir bereit, einander zu lieben, zu unterstützen und zu ertragen, auch wenn das manchmal gar nicht lustig ist?" und „Denken wir, dass wir Gott gemeinsam besser dienen können als jeder für sich?" und „Sind wir bereit für ein ‚Immer und ewig'?"

Viele Menschen sind unglücklich verheiratet, weil sie sich diese Fragen nicht gestellt haben. Statt ihre Beziehung nüchtern zu beurteilen, haben sie sich vom Thrill des

Augenblicks mitreißen lassen. Sie haben die Realität ignoriert – nur um dann in ihrer Ehe darüber zu klagen! Der
Schriftsteller Alexander Pope drückte es so aus: „Sie träu-
men in der Verlobungszeit und wachen im Ehebruch auf."

Nett fand ich den Ausspruch, den ich neulich gehört
habe: „Vor der Heirat sollte man die Augen weit offen halten; danach besser halb geschlossen ..." Die Augen weit
offen zu halten heißt nicht, dass man total hyperkritisch
sein sollte. Es bedeutet, nüchtern und ehrlich abzuwägen, ob man selbst, der Partner und die Beziehung dazu
angetan sind, eine Ehe einzugehen.

Fragen, die man sich stellen sollte, bevor man die Ringe aussucht

Die folgenden zehn Fragen könnten dich bezüglich des
derzeitigen Zustands eurer Beziehung wachrütteln. Viele
haben mit dem zu tun, was wir in den bisherigen Kapiteln besprochen haben. Außerdem habe ich großzügig
aus einem Artikel abgekupfert, der den Titel „Should we
get married?" (Sollten wir heiraten?) trägt und von einem
Eheberater namens David Powlinson stammt. Er und sein
Pastor, John Yenchko, verfügen über viel mehr Weisheit
und Reife als ich und sie haben mir großzügigerweise
erlaubt, sie zu zitieren.

Ich möchte dich ermutigen, dir die nun folgenden Fragen genau anzusehen und sie mit dem Wunsch zu beantworten, dass du mit ihrer Hilfe wächst. Wenn ihr euch als
Paar gemeinsam durch diese Fragen arbeitet, könnt ihr
miteinander eure Stärken und Schwächen entdecken
und so eine besser fundierte Entscheidung bezüglich
eurer Zukunft treffen.

Ist Gott der absolute Mittelpunkt eurer Beziehung?

Ist Jesus für jeden von euch der Boss? Eine glückliche Ehe
steht auf dem Fundament eurer Liebe zu Gott und eurer
Bereitschaft, euch von ihm verändern zu lassen. Seid ihr

dazu bereit? Sucht ihr beide euer Glück und euren Frieden letztendlich bei Gott? Wenn nicht, beginnt ihr die Ehe unter falschen Voraussetzungen. Kein Mensch, auch nicht euer wundervoller Traumpartner, kann alle eure Bedürfnisse befriedigen. Nur Jesus kann das und wenn ihr es von jemand anderem erwartet, kann das nur ins Auge gehen!

Entwickeln sich eure Freundschaft, eure Kommunikation, eure geistliche Gemeinschaft und eure romantischen Gefühle kontinuierlich weiter?

Verteilt Punkte für die vier Bereiche eurer Beziehung, die wir in Kapitel fünf und sechs besprochen haben.

Freundschaft: Macht es euch Freude, zusammen zu sein? Wenn ihr euch mal die Verliebtheitsgefühle wegdenkt, habt ihr dann eine solide freundschaftliche Basis? Habt ihr gemeinsame Hobbys und Neigungen? Wenn ihr beide vom gleichen Geschlecht wärt, wärt ihr dann Freunde?

Kommunikation: Seid ihr in eurer Fähigkeit weitergekommen, einander zuzuhören und euch zu verstehen? Natürlich gibt es immer noch viel zu verbessern, aber spürt ihr eine Entwicklung in die richtige Richtung?

Geistliche Gemeinschaft: Redet ihr über geistliche Themen? Könnt ihr miteinander beten? Seid ihr als Folge eurer Beziehung Gott näher gekommen?

Romantik: Wächst auch eure zärtliche Zuneigung zueinander? Nehmen die Gefühle zu? Wenn nicht, warum ist das wohl so? Versucht ihr, eine Beziehung am Leben zu erhalten, obwohl ihr nicht mit ganzem Herzen dabei seid?

Seid ihr euch über eure Rollen als Mann und Frau einig?

Habt ihr beide die gleiche Überzeugung davon, was es heißt, ein Mann oder eine Frau nach dem Herzen Gottes zu sein? Seht ihr die Sache mit der Rollenverteilung ähnlich? Als ihr Kapitel sieben gelesen habt, gab es da bestimmte Themen, die ihr übertrieben fandet oder wo ihr Meinungsverschiedenheiten hattet? Redet darüber!

Wenn du die Frau bist, frag dich ehrlich, ob dieser Mann jemand ist, den du respektieren, lieben und ehren kannst. Wenn du ihn nicht respektierst, wird es mit den beiden anderen Punkten wohl auch nichts werden!

Wenn du der Mann bist, wie sieht's dann mit deiner Initiative aus? Bist du in eurer Beziehung die treibende Kraft? Denkst du, dass du diese Frau ein ganzes Leben lang lieben und ihr dienen kannst?

Sehen andere Leute eure Beziehung in einem positiven Licht?

Bitte versucht nicht, alles allein zu entscheiden, sondern sucht auch die Meinung und den Rat von vertrauenswürdigen Leuten aus eurer Gemeinde, Familie oder eurem Freundeskreis.

David Powlison und John Yenchko schreiben zu diesem Thema: „Gute Beratung kann euch bei eurer Entscheidung helfen. Ein guter Berater stellt fest, ob eure Motive selbstbezogen sind oder ob ihr wisst, was selbstlose Liebe ist. Ein guter Berater hilft euch, potenzielle Problembereiche aufzudecken und schon jetzt an ihnen zu arbeiten."

Spielt eure gegenseitige sexuelle Anziehungskraft eine zu große (oder zu geringe!) Rolle bei eurer Entscheidung?

Sexuelle Experimente vor der Ehe können eure Entscheidungsfähigkeit ganz schön eintrüben. Jemand hat mal gesagt: „Lass dich nicht von einem Wirrkopf küssen oder von einem Kuss verwirren!" Hat euch eure körperliche Anziehung zu der Annahme verführt, dass eure Beziehung besser wäre, als sie wirklich ist? Oder ist die Vorfreude auf den Sex eine Antriebsfeder auf dem Weg zur Heirat? Natürlich ist Sex ein ganz wichtiger Teil der Ehe, aber er kann keine Schwächen überspielen, die in anderen Bereichen eurer Beziehung herrschen!

Sexuelles Verlangen sollte also keine zu große Rolle spielen, aber ganz fehlen darf es auch nicht! Es ist wichtig, dass du dich körperlich zu deinem Partner hingezogen fühlst. Mein Vater sagt immer, man sollte nicht versuchen, „päpstlicher als der Papst" zu sein, indem man jemanden heiratet, auf den man gar nicht „scharf" ist.

Habt ihr eine Geschichte von gut gelösten Konflikten hinter euch?
David Powlison und John Yenchko fragen: „Verhaltet ihr euch wie reife Erwachsene oder wie egoistische Kinder, wenn ihr vor Meinungsverschiedenheiten, Missverständnissen oder Entscheidungen steht? Schlechte Strategien, Probleme zu lösen, zeigen sich ziemlich schnell. Manipuliert einer von euch den anderen? Vermeidet ihr problematische Themen? Überspielt ihr Dinge und tut so, als sei alles bestens? Hortet ihr Groll und Verletzungen, anstatt zu vergeben?"

Wenn ihr in eurer Beziehung falsche Verhaltensmuster bemerkt, bedeutet das nicht, dass ihr euch trennen solltet, sondern dass ihr aufmerksam sein und diese Dinge ändern müsst. Gute Ehen bestehen nicht darin, niemals Probleme zu haben, sondern mit diesen gut umzugehen!

Wie löst man denn nun Probleme auf die biblische Art? Es beginnt mit einem gesunden Verständnis für biblische Lehren zu den grundsätzlichen Dingen des Lebens. Dann geht es darum, wie man ein schwieriges Thema aufbringt und darüber redet. Es bedeutet auch, um Verzeihung bitten zu können, und zwar ganz unabhängig davon, wie viel der andere zu dem Problem beigetragen hat.

Macht nicht weiter, bevor ihr in diesem Bereich eurer Beziehung nicht deutliche Fortschritte seht!

Seid ihr im Leben in dieselbe Richtung unterwegs?
„Wenn die Bibel von der Ehe spricht", schreiben David Powlison und John Yenchko, „kommen viermal die Begriffe *verlassen* und *anhangen* vor. Verlassen bedeutet, dass du nicht länger an die Richtung gebunden bist, die durch deine Eltern vorgegeben wurde. Anhangen heißt, dass du dich von nun an in dieselbe Richtung bewegen solltest wie dein Partner."

Die beiden stellen dabei jedoch heraus, dass sie sich

hier nicht der allgemeinen öffentlichen Meinung bezüglich der so genannten „Kompatibilität" anschließen, die besagt, dass eine Beziehung nur funktionieren kann, wenn Mann und Frau praktisch charakterlich identisch sind.

Zwei sehr verschiedene Persönlichkeiten können sehr wohl eine wunderbar funktionierende Ehe führen. Es gibt allerdings einige grundlegende Übereinstimmungen, zu denen ein Mann und eine Frau kommen sollten, wenn sie „einander anhangen" wollen. Jesus sagt, dass wir die Kosten unserer Entscheidungen bedenken müssen (Lukas 14,28–29). Und Amos fragte: „Gehen zwei Menschen miteinander denselben Weg, die sich nicht vorher einig geworden sind?" (Amos 3,3).

Habt ihr schon darüber gesprochen, was „verlassen und anhangen" für euch bedeuten wird, wenn ihr verheiratet seid? Die Freundschafts- und Verlobungszeit ist die richtige Zeit, um zu entscheiden, wie ihr euch als Paar gegenüber euren Eltern und Freunden verhalten wollt. Seid ihr beide bereit, einen großen Teil der individuellen Freiheit aufzugeben, die ihr als Singles hattet? Wie stellt ihr euch euer gemeinsames Leben vor? Habt ihr dieselben Wünsche bezüglich eures Glaubenslebens, eurer zukünftigen Kinder, eurem Umgang mit Geld etc.?

Habt ihr die kulturellen Unterschiede zwischen euch bedacht?
Derrick und Lindsey mussten sich erst durch ihre unterschiedliche Herkunft und Erziehung als Koreaner und Chinesin arbeiten. Cori und Kathy verlobten sich, ohne so richtig zu realisieren, welche Probleme es mit sich bringen würde, dass Cori schwarz ist und Kathy weiß. Wenn er mit Kathy spazieren ging, wurde Cori von anderen Farbigen als „Verräter" bezeichnet, und Kathy musste endlose Diskussionen mit ihren Eltern über sich ergehen lassen, die absolut gegen ihre Beziehung zu Cori waren. Die beiden lieben sich und glauben auch an ihre Ehe. Aber ihre extrem unterschiedliche Herkunft war und ist ein heikles Thema.

Natürlich muss sich das nicht nur auf Rassenunterschiede beziehen. Auch sehr unterschiedliche familiäre Hintergründe (zum Beispiel ein Einzelkind und ein Sprössling aus einer Großfamilie) oder religiöse Prägungen (ein sehr christlich erzogener Mensch und ein Kind von Atheisten oder Eltern, die einer anderen Religion angehören) können sich für eine Beziehung als problematisch erweisen.

Douglas Wilson schreibt dazu: „Die Tendenz ist, solche Unterschiede mit einem romantischen Weichzeichner zu betrachten und mit einem lässigen Winken abzutun, wenn jemand sie anschneidet (‚Oh, das haben wir schon bedacht und es ist für uns kein Problem!‘). Doch etwas zu *bedenken* oder etwas *durchzudenken* sind zwei ganz verschiedene Sachen!" Weiter rät er: „Kulturelle Unterschiede sollten nicht bedenkenlos übergangen werden. Die Unterschiede zwischen Mann und Frau sind schon groß genug! Wenn ein Paar dann noch mit anderen Grenzen und Problemen zu kämpfen hat, kann das wirklich schwierig werden."

Steckt einer von euch noch in komplizierten Bindungen aus vergangenen Beziehungen?

Wir leben in einer Zeit, in der viele Menschen eine Spur von alten Beziehungen hinter sich herziehen. Seid ihr bereit, diese Dinge im Sinne Gottes anzugehen? David Powlison und John Yenchko schreiben: „Es gibt legale Scheidungen, die Jesus trotzdem als nicht rechtmäßig ansieht (siehe Matthäus 19,1–9). Es gibt Zeiten, da fordert er uns auf, Versöhnung zu suchen statt eine neue Beziehung (siehe 1. Korinther 7,10–11). Es gibt aber auch Situationen, in denen Gott die Ehe als gebrochen ansieht und man frei ist, wieder zu heiraten (Matthäus 5,31–32; 1. Korinther 7,12–16; Römer 7,2–3).

Alle Pros und Kontras dieser Frage gehen über unser Thema hinaus. Aber wenn du Bindungen aus alten Beziehungen hast (zum Beispiel eine gescheiterte Ehe oder uneheliche Kinder), dann musst du dich sorgfältig mit dem auseinander setzen, was Gott dazu zu sagen hat. Such dir Rat und Hilfe von Menschen, die die Bibel sehr ernst nehmen. Idealerweise sollte deine Gemeinde entscheiden, ob du für eine Wiederheirat frei bist."

Möchtest du diesen Menschen wirklich von ganzem Herzen heiraten?

Das klingt jetzt wie eine blöde Frage, aber vielleicht hast du den Kinofilm „The Wedding Planer" mit Jennifer Lopez und Matthew McConaughey gesehen. Darin stehen zwei Paare bereits vor dem Traualter, als den Beteiligten endlich klar wird, dass sie eigentlich gar nicht heiraten *wollen*. Das eine Pärchen war schon so lange zusammen, dass eben einfach alle davon ausgegangen waren, dass sie nun heiraten würden. Das andere Paar wollte mehr den Eltern zuliebe heiraten. Im letzten Moment überlegen sie es sich anders und die Hochzeiten fallen aus. Ein Glück! Doch nicht nur aus Gewohnheit oder Gefälligkeit kann man so eine falsche Ehe in Erwägung ziehen, sondern auch aus vermeintlich geistlichen Gründen. Sowohl ich als auch David Powlison und John Yenchko haben schon so einige Paare gesehen, die ihre Entscheidung fürchterlich vergeistlicht haben. Sie erwägen dann eine Ehe mit einem Partner, den sie eigentlich gar nicht heiraten *wollen*, sie tun es nur, weil sie meinen, es sei Gottes Wille. Statt zu verstehen, dass Gott uns Weisheit gibt und uns unsere eigenen Entscheidungen treffen lässt, warten solche Paare auf irgendein mystisches Zeichen von oben, das ihnen sagt, was sie tun sollen. David Powlison und John Yenchko schreiben dazu:

„Wenn du heiratest, ist es *deine* Entscheidung! Du bist der- oder diejenige, der sagen wird: ‚Ja, ich will'. Niemand kann dir diese Entscheidung abnehmen."

1. Korinther 7,25–40 ist die längste Passage der Bibel, die sich explizit mit der Entscheidung für oder gegen eine Ehe befasst. Ständig tauchen Sätze auf wie: „Er kann tun, was er will, denn er sündigt nicht." „Wer aber innerlich so fest ist, dass er nicht vom Verlangen bedrängt wird und

sich ganz in der Gewalt hat, der soll sich nicht von seinem Entschluss abbringen lassen." „Sie kann heiraten, wen sie will. Nur soll sie einen christlichen Mann wählen."

Klarer geht es doch wohl nicht. Gott möchte, dass du deine Entscheidung triffst, und er verspricht, dich zu segnen und seinen Plan in deinem Leben zu verwirklichen.

Schließlich erinnern David Powlison und John Yenchko noch daran, dass man zu einer realen Person Ja sagt, nicht zu einer „Traumfrau" oder einem „Mann, der er einmal sein wird". Sie schreiben: „Frage dich selbst: ‚Bin ich bereit, diese Person genau so zu akzeptieren, wie er oder sie ist? Möchte ich diese Person heiraten?' Stell sicher, dass du nicht mit einer heimlichen ‚Umbauliste' in die Ehe gehst und erwartest, dass du deinen Partner noch total verändern kannst. Sagst du wirklich Ja zu dieser Person, mit ihren Schwächen und Stärken, Sünden und Begabungen?"

Das Beste wollen

Wenn zwei Leute verknallt sind, können die Fragen, die wir eben gestellt haben, ganz schön unromantisch sein. Sie zu lesen macht ungefähr so viel Spaß wie eine Kontrolle durch die „Beziehungs-Polizei". Trotzdem sind sie wirklich wichtig! Ich hoffe, dass ihr merkt, dass es ein Ausdruck von wahrer Liebe ist, wenn ihr euch sorgfältig durch diese Themen arbeitet. Es ist nichts Liebevolles daran, mit geschlossenen Augen in eine Ehe zu stolpern. Eine intensive Prüfung stärkt eine gesunde Beziehung!

Wollt ihr wirklich das tun, was das Beste für den anderen ist? Dann freut euch über die Möglichkeit, dieses Beste wirklich zu entdecken, auch wenn das bedeutet, auf einige unverhoffte Probleme zu stoßen.

Wenn die Antwort Nein ist

Nach dem Lesen dieses Kapitels bist du vielleicht zu dem Schluss gekommen, dass du deinen Partner eigentlich doch nicht heiraten willst. Miguel und Lena waren seit drei Monaten zusammen, als sie beschlossen, ihre Beziehung zu beenden. „Wir mochten uns schon sehr gern", erklärte Miguel. „Aber als wir immer mehr Zeit miteinander verbrachten, merkten wir, dass wir unheimlich unterschiedlich sind und irgendwie nicht zusammenpassten. Unsere Beziehung hat uns geholfen zu merken, dass wir eigentlich nicht mehr als sehr gute Freunde sein sollten."

Ich weiß, dass das sehr schwierig sein kann, aber wenn du Zweifel an eurer Beziehung hast, dann gib es bitte zu. Denk dran, du hast keine Verpflichtung zu heiraten. Eine erfolgreiche Beziehung ist eine, in der zwei Menschen sich mit Respekt und Ehrlichkeit begegnen und zu einer Entscheidung finden, ob sie heiraten sollen oder nicht.

Was solltest du tun, wenn du denkst, du solltest eure Beziehung besser beenden? Außer intensivem Gebet empfehle ich dir ein Gespräch mit einem vertrauenswürdigen christlichen Freund, der dir dabei helfen kann, deine Gedanken und Gefühle zu ordnen. Bitte ihn, dich nicht in eine bestimmte Richtung zu beeinflussen. Du brauchst einfach jemanden, der sich deine Bedenken anhört und dir sortieren hilft, warum du Zweifel an der Richtigkeit eures Zusammenseins hast.

Wenn dir dann klar wird, dass du wirklich nicht heiraten willst, sollte eure Beziehung enden. Jeder Tag, den sie weiter besteht, ist ein unausgesprochenes Statement, dass ihr beiden euch weiter in Richtung Ehe bewegt. Wenn einer von euch oder beide das Zutrauen in diese Ehe verliert, seid ihr es euch schuldig, die Beziehung zu beenden.

Wenn es dazu kommen sollte, dann denk daran, deine Gedanken und Gefühle mit dem Wunsch rüberzubringen, dem Anderen zu dienen. Bitte Gott um Hilfe, damit du die richtigen Worte findest. Vielleicht solltest du deine Gedanken auch erst mal aufschreiben, damit du dir richtig darüber klar wirst, was du sagen willst. Wenn es Dinge gibt, mit denen du deinen Partner verletzt hast, dann gib das zu und bitte ihn um Vergebung.

Es ist auch wichtig, dass ihr den Status eurer Beziehung ganz klar macht. Wenn sie zu Ende ist, muss das beiden Partnern deutlich sein. Es soll nicht der Eindruck entstehen, ihr würdet nur mal eine Pause einlegen. Mein Freund John war ein bisschen vage, als er die Beziehung zu seiner Freundin beendete. Über ein Jahr lang glaubte das Mädchen, sie würden irgendwann wieder zusammenkommen. John wurde schließlich klar, dass er sie ziemlich selbstsüchtig behandelt hatte, indem er sie noch so ein bisschen „in Reserve" halten wollte. Er entschuldigte sich bei ihr und machte diesmal ganz deutlich, dass sie in Zukunft nur noch Freunde sein würden und nicht mehr.

Schlimm, aber nicht das Ende

Was, wenn du derjenige bist, der verlassen wird? Was, wenn du gern weitermachen würdest, aber dein Partner will die Beziehung beenden? Wie kannst du damit fertig werden? „Das kann dich echt erschüttern", erzählt die 34 Jahre alte Pamela. „Aber glaub mir, dein Herz erholt sich wieder. Man kommt drüber hinweg. Gott ist der Herr und das ist nicht das Ende deines Lebens, auch wenn es dir im Moment so vorkommt."

Als Gary die Beziehung zu Evelyn beendete, hatte sie sehr mit Gefühlen wie Selbstmitleid und Enttäuschung zu kämpfen. Doch sie merkte auch, dass diese Gefühle ein Zeichen dafür waren, dass sie sich zu sehr auf diese Beziehung verlassen und zu viel davon erwartet hatte. Gott half ihr, bei ihm die Liebe zu finden, die sie suchte.

Obwohl es zuerst schwierig war, sind Gary und sie

schließlich doch „nur gute Freunde" geworden. „Mein größtes Gebetsanliegen nach unserer Trennung war: ‚Bitte, Gott, hilf mir, ihm gegenüber nicht bitter zu werden!'", erzählte Evelyn mir. „Es war schwer, aber heute sind wir wirklich gute Freunde. Ich glaube, das war überhaupt nur möglich, weil wir uns in unserer Beziehung nicht zu früh zu eng aneinander gebunden haben."

Das trifft auch auf Miguel und Elena zu. Beide sehen ohne Reue auf ihre Beziehung zurück: „Miguel hat mich die ganze Zeit respektvoll und behutsam behandelt", erzählt Elena. „Es war zwar schrecklich, als wir uns getrennt haben. Man hofft eben, dass die Beziehung gelingt, und dann ist es traurig, wenn es nicht klappt. Aber trotz aller Enttäuschung wussten wir, dass Gott einen guten Plan für jeden von uns hat. Miguel hat mir einmal gesagt: ‚Ich werde jubeln, wenn Gott dir deinen Ehemann zeigt!' Und ich wusste, dass er sich ehrlich für mich freuen würde. Das fand ich stark!"

Der Mut zu gehorchen

Hat dein Wunsch, deinen Partner zu heiraten, im Laufe dieses Kapitels zugenommen oder nachgelassen? Wie auch immer deine Lebensumstände aussehen, ich hoffe, dass du nach dem handelst, was du entdeckt hast!

Es braucht genauso viel Mut und Glauben, eine Beziehung zu beenden, wie eine zu beginnen! In einem Beitrag zu einem Buch über das Thema „Mannsein aus biblischer Sicht" schreibt Eva McAllaster: „Mara hatte den Mut. Sie trug bereits einen Verlobungsring mit Brillant, als ihr langsam klar wurde, dass Larry mit seinen wechselnden Launen zwar viele tolle Eigenschaften hatte, aber als Ehemann nicht besonders geeignet war. Auch als Vater konnte sie ihn sich nicht vorstellen. Sie hielt sich seine Stimmungsumschwünge und finsteren Launen vor Augen ... und brachte den Mut auf, sich von ihm zu trennen."

Ich bete, dass auch du diesen Mut hast und zu dem stehst, was Gott dir über eure Beziehung mitteilt. Lass dich nicht von anderen Menschen zu etwas zwingen. Lass dich nicht von deiner Angst beeinflussen, allein zu bleiben. Triff keine dumme Entscheidung! Nur Gott weiß, was das Beste für dich ist. Hör auf ihn und sei mutig!

Natürlich kann Mut auch bedeuten, den Schritt in die Ehe zu wagen. Auch dieser Weg kann ein großes Glaubensabenteuer sein. Vielleicht hat Gott längst seinen Segen für eure Beziehung gegeben, aber du hast Angst vor dem Ungewissen. Oder vielleicht sind deine Eltern geschieden und du hast das Gefühl, dass deine Ehe ganz bestimmt auch scheitern wird. Aber das stimmt einfach nicht! Mit Gottes Hilfe kann man seine Vergangenheit überwinden und eine erfolgreiche Ehe führen, auch wenn die Voraussetzungen nicht ideal sind!

Wenn du in diesem Kapitel die wichtigen Fragen ehrlich beantwortet hast und Gott dir grünes Licht für eine Heirat gegeben hat, dann lass dich nicht von der Angst bremsen!

Frag sie!

Wenn er dir einen Antrag macht, sag Ja!

Sei mutig!

Wenn du im Herzen weißt, dass du den Mann oder die Frau deines Lebens gefunden hast, dann kann es losgehen!

12. Der große Tag

Leben und Lieben im Hinblick auf die Ewigkeit

Mein Gesicht ist vom Lächeln total verkrampft. Mein Herz klopft, als hätte ich einen Waldlauf hinter mir. Doch ich stehe still und versuche mich aufrecht zu halten.

Ich warte.

Und dann setzt die Musik ein. Eine Tür hinten in der Kirche öffnet sich. Ich erhasche einen Blick auf etwas Weißes und wilde Vorfreude durchzuckt mich.

Dies ist der Moment!

Alle Köpfe drehen sich und die Gemeinde erhebt sich.

Da kommt Shannon. Sie stützt sich auf den Arm ihres Vaters und scheint von innen her zu leuchten. Wenn es doch nur eine Standbild-Taste gäbe, damit ich diesen Moment anhalten und in mich aufnehmen könnte! Ich möchte jede Sekunde genießen.

Heute ist mein Hochzeitstag. Meine Braut hat soeben die Kirche betreten.

Meine *Braut*. *Meine* Braut!

Das ist also das Kleid, das ich nicht sehen durfte. Es ist umwerfend. Wenn ich eine Frau wäre, könnte ich jetzt jedes Detail beschreiben. Ich weiß aber immerhin genug, um zu sehen, dass es aus Satin ist, einen Empire-Ausschnitt und eine meterlange Schleppe hat. Na ja, ich bin halt nur ein Mann. Aber das Kleid ist toll, weil Shannon drinsteckt!

Unter ihrem Schleier sehe ich ein Lächeln. Es ist nur für mich. Sie ist nur für mich!

Mein Gehirn fängt beinahe an zu rauchen, um nur ja

nichts zu verpassen. Wie schnell wird der Moment vorbei sein. *Oh Gott, ist sie schön!*

Der Anfang

Eine Hochzeit ist ein Anfang. Seitdem sind jetzt über zwei Jahre vergangen. Zwei Jahre, seit Shannon den Gang entlang auf mich zukam. Zwei Jahre, seit wir unsere Herzen und Leben vor Gott zusammengefügt haben.

„Wenn ihr denkt, dass ihr euch jetzt liebt", sagten uns damals erfahrenere Paare, „dann wartet nur ab! Es wird immer besser!" Sie hatten Recht – es wird wirklich immer besser. Und wir stehen immer noch ganz am Anfang. Es gibt so viel zu lernen. Manchmal kommen wir uns vor wie Kindergartenkinder. Völlig unerfahren und ahnungslos und jeden Tag entdecken wir neu, was wir alles nicht wissen. Aber wir sind froh, weil wir alles gemeinsam lernen können.

Eines wissen wir ganz sicher: Eine Ehe ist eine gute Sache. Gottes Plan „Aus zwei mach eins" ist genial. Selbst jetzt schon merke ich das an Tausenden von Kleinigkeiten. Wenn sich Shannons und meine Füße unter der Bettdecke begegnen. Vertrautheit pur. Wenn sie mit mir über einen Insiderwitz lacht, den nur wir verstehen. Wenn sie ein Problem bei mir anspricht, das niemand sonst kennt und das nicht mal ich bemerkt habe. Wenn ich abends nach Hause komme und weiß, dass sie mich erwartet.

Ja, die Ehe kann unheimlich gut sein.

Eine gute, gesegnete, gottgefällige Ehe – das ist „es"! Und wenn in eurer Beziehung das Potenzial zu so einer Ehe steckt, ist sie jede Mühe wert!

Doch das ist erst der Anfang! Ich möchte jeden Tag neu Shannons Herz gewinnen, ihr ein besserer Freund und ein fähigerer Liebhaber werden. Wir haben gerade erst angefangen!

Wann bin ich dran?

Du bist am Ende dieses Buches angekommen. Du hast viele Erfahrungen und Berichte gelesen. Wie sieht es bei dir aus? Wo steckst du in deiner ganz persönlichen Liebesgeschichte?

Vielleicht wartest du noch darauf, dass sie endlich anfängt. Vielleicht hast du all die Happy Ends als schmerzliche Erinnerung daran wahrgenommen, dass du immer noch alleine bist.

„Frosch trifft Prinzessin" – das ist bei dir noch nicht passiert. „Schön, dass du glücklich bist, Josh!", denkst du dir vielleicht. „Und was ist mit mir?"

Ich kenne deine Erfahrungen, Enttäuschungen und Hoffnungen nicht. Ich weiß nicht, was du erlebt hast und wie lange du schon wartest. Jeden Tag bekomme ich Post von Leuten, die weit länger warten mussten als ich und viel mehr Schmerz erlebt haben. Ich habe auch keine einfachen Antworten parat. „Alles, was ich je wollte, war zu heiraten", schrieb mir eine Frau. „Ich dachte, es würde inzwischen längst passiert sein!" Die Ehrlichkeit, mit der sie ihren Kampf beschrieb, war herzzerreißend:

Ich habe mich oft gefragt, was wohl mit mir nicht stimmt. Heute frage ich mich eher, was mit mir stimmt. Ich habe Gott tausendmal gebeten, mir meinen starken Heiratswunsch zu nehmen, wenn es nicht sein Wille für mich ist, aber er hat es nicht getan.

Ich habe das noch nie so zugegeben, weil es mir so peinlich ist, aber ich gehe nicht mehr auf Hochzeiten, weil ich dabei vor Neid fast platze. Bei der letzten Hochzeit war es ganz schlimm. Der Pfarrer sagte: „Sie dürfen die Braut jetzt küssen!" Der Bräutigam hob ihren Schleier und alle erwarteten, dass er die Braut küssen würde. Aber stattdessen nahm er nur ihr Gesicht in seine Hände und sie sahen sich lange in die Augen. Ich konnte ihre geheime Kommunikation fast hören. Dann lächelten sie sich an und küssten sich lange und hingebungsvoll.

An diesem Punkt war es um mich geschehen. Die Tränen liefen mir übers Gesicht und ich schaffte es kaum, dem Brautpaar noch ein paar nette Worte zu sagen. Natürlich dachten alle, ich würde aus Rührung weinen, aber es war reiner Neid.

Ich fuhr nach Hause und brach zusammen. „Wann bin ich endlich an der Reihe, Herr?"

Wenn auch du dir diese Frage stellst und zu Gott sagst: „Wann bin ich an der Reihe? Wann beginnt meine Geschichte?", dann lass dir eines von Gott ausrichten: Deine Geschichte hat schon längst begonnen! Dein Leben fängt ja nicht erst an, wenn du einen Ehepartner gefunden hast. Die Ehe ist wunderbar, aber sie ist einfach nur ein weiteres Kapitel deiner Lebensgeschichte. Sie ist grundsätzlich eine von vielen Möglichkeit, das zu tun, zu dem wir alle geschaffen sind: für Gott zu leben und ihn zu verherrlichen!

Gerade jetzt ist Gott dabei, dir alle Dinge in deinem Leben „zum Besten dienen zu lassen" (siehe Römer 8,28). Deshalb ist diese Zeit ein berechtigter Teil deiner Geschichte. Vielleicht ist sie nicht ganz das, was du dir wünschst, aber keine Sorge – Gott liegt noch voll in seinem Zeitplan! Er sieht dich dort, wo du bist. Er weiß genau, was er tut. Er hat dich keineswegs vergessen oder übersehen. Die Umstände, in denen du steckst, sind ein Teil seines Drehbuchs. Und glaub mir, es gibt ein Happy End!

Gott ist größer als deine Umstände. Mein Pastor, C. J. Mahaney, hat mal zu unserer Jugendgruppe (alles Singles) gesagt: „Euer größtes Bedürfnis ist nicht ein Partner, sondern ein Retter! Den hat Gott euch schon geschickt. Meint ihr nicht, ihr könnt ihm zutrauen, dass er dann auch noch die viel leichtere Aufgabe bewältigt, euch einen passenden Partner zu schicken?"

Ich habe, wie gesagt, auch keine schnellen Antworten parat. Ich kann dich nur ermutigen, auf Gott zu vertrauen! Er ist souverän; er kennt deine Geschichte und sein Plan für dein Leben ist unumstößlich. Er hat alles unter Kontrolle!

Seiner Weisheit kannst du vertrauen. Wenn eine Ehe sein Wille für dich ist, dann weiß er auch schon genau, was für einen Partner du brauchst. Er weiß, wann du soweit bist, und sein Timing ist immer perfekt!

Und du kannst auch Gottes Liebe vertrauen. Hat er nicht seinen Sohn für dich geopfert, damit die Sünde keine Macht mehr über dich hat? Hat er seine Liebe für dich nicht dort am Kreuz der ganzen Welt gezeigt? Wenn er derart große Dinge für dich tun konnte, dann kann er auch deine wesentlich geringeren Bedürfnisse stillen. Glaub mir, auch deine gegenwärtigen Einsamkeitsgefühle gehören zu seinem liebenden Plan für dein Leben. Und was immer Gott für deinen nächsten Tag geplant hat, es wird ein perfekter Ausdruck seiner Liebe sein!

Schau ihm in die Augen

Ich habe eine Freundin namens Kimberley, die mit ihren Eltern in Indien lebt (die Eltern sind Missionare). Sie möchte eines Tages heiraten und Kinder haben. Obwohl sie Indien und die Menschen dort liebt und genau weiß, dass Gott sie dort haben will, hat sie oft mit Zweifeln zu kämpfen. Hält ihr Einsatz in Indien sie davon ab, einen Mann zu finden? Hat Gott alles im Griff?

Neulich hat sie mir in einer E-Mail von einem Traum berichtet, der ihren Glauben an Gottes Fürsorge neu bekräftigt hat:

Ich habe gesehen, wie die Hand des Schöpfers mich gemacht hat. Dieselben Hände, die die Sterne und den Himmel geformt haben, schufen nun voller Sorgfalt mich! Ich war voller Dankbarkeit und Staunen.

Ich war unheimlich gerührt, als ich mich – nun als junge Frau – in seiner Handfläche sitzen sah, die Augen ganz auf ihn gerichtet, mein Ein und Alles. Ich war nur auf ihn konzentriert. Und er sah so glücklich und zufrieden aus, genauso wie auch ich mich glücklich und zufrieden fühlte!

Sehr lange saß ich so da und dann sah ich aus dem Augen-winkel seine zweite Hand, die sich in mein Blickfeld schob. Und in dieser Hand war ER ... ich wusste sofort, wer er war. Gleich-zeitig sprangen wir auf und sahen den Meister an.

„Ist er das?", fragte ich. „Der, auf den ich schon so lange warte? Ist er's?"

Ich konnte hören, wie er dieselbe Frage in Bezug auf mich stellte. Unsere Stimmen klangen dünn vor Aufregung. Doch Gottes Stimme war voller Freude, als er sagte: „Ja!" Er führte seine Hände und damit uns zusammen ..."

Kimberley erzählte, dass ihr dieser Traum unheimlich viel Frieden gebracht hätte. Für sie war es die Bestätigung und Erinnerung daran, was sie wusste: Gott hatte sie geschaffen (Psalm 119,73), er kannte sie durch und durch (Psalm 139,2). Und vor allem anderen wünschte sich Gott ihre ungeteilte Aufmerksamkeit (Psalm 42,1).

Kimberley erzählte einigen Freunden von ihrem Traum und alle fragten dasselbe: „Wie hat dein Mann ausgesehen?"

„Das weiß ich nicht", sagte Kimberley. „Sein Gesicht konnte ich nicht klar erkennen. Aber das ist okay, weil ich das Gesicht Gottes kenne, und das ist das Einzige, was zählt!"

An diesem Tag ...

Ja, das ist das Einzige, was zählt. Und auch nach der Hei-rat wird das so sein. Wenn eine Ehe von dem Wunsch angetrieben wird, Gott zu gefallen, dann lenkt sie uns nicht von Gott ab. Eine gottgefällige Ehe sieht so aus: Ein Mann und eine Frau, Seite an Seite in der Hand Gottes, die zu ihm aufsehen.

Stell dir den Tag vor, an dem du Jesus ins Gesicht sehen wirst. Meinst du, dass du dann seinen Plan für dein Leben in Frage stellen wirst? Wirst du Grund haben, ihn der Ver-nachlässigung zu bezichtigen? Wirst du dich darüber beschweren, dass du so lange auf einen Ehepartner warten musstest oder überhaupt nicht geheiratet hast?

Das wird wohl eher nicht zutreffen, denn im Himmel werden wir begreifen, wie perfekt Gottes Plan für unser Leben war. Dann ist es vorbei mit der grauen Theorie. Es ist dann auch keine vage Zusage in der Bibel mehr. Du wirst es als unbestreitbare Tatsache sehen. Was du Jesus an diesem Tag sagen wirst, ist wohl eher Dank für seine Treue und für die gute Wahl, die er für dich getroffen hat – und die du auch getroffen hättest, wenn du alles wüsstest, was er weiß.

Die Bibel berichtet uns, dass die Geschichte der Menschheit in einem großen Hochzeitsfest kulminieren wird (Offenbarung 19,7). Wir, die Gemeinde, werden Jesu Braut sein, und bei dieser Feier wird es keine Reue, keine Trauer und keine schlechten Gedanken geben. Kein Mann und keine Frau wird von ferne zusehen und sich fragen, wann denn nun endlich seine oder ihre Zeit gekommen ist. Dieser Moment wird *unser* Moment sein – das Ereignis, für das wir geschaffen wurden. Wir werden jeder unsere individuelle Geschichte feiern, die Gott mit uns geschrieben hat. Und wir werden sehen, dass dies das Hochzeitsfest ist, von dem alle irdischen Hochzeiten nur ein schwacher Abklatsch waren. Dies ist der Bräutigam, nach dem unsere Herzen sich immer gesehnt haben.

Glaubst du daran, dass es diesen Tag geben wird? Dann kannst du Gott auch heute schon vertrauen.

Stell dir selbst folgende Fragen: Wie würde es aussehen, wenn ich im Licht dieses kommenden Tages leben würde? Wie würde mein Leben aussehen, wenn ich radikal an Gottes Güte glauben würde? Was würde ich anders machen, als ich es jetzt gerade mache?

Würdest du aufhören, dir Sorgen zu machen?

Würdest du aufhören, dich zu beschweren?

Würdest du „sie" anrufen?

Würdest du den Hörer abnehmen?

Würdest du eure Beziehung von Weisheit leiten lassen?

Würdest du den Lügen der Lust nicht mehr glauben?

Würdest du eine Beziehung beenden, von der du weißt, dass sie falsch ist?

Würdest du mutiger sein?

Würdest du Ja sagen?

Stell dir dein heutiges Leben im Licht dieses Tages vor. Deine Geschichte hat schon längst begonnen, doch heute könnte ein Wendepunkt sein. Glaubst du von ganzem Herzen an Gott und sein Wort?

Unsere Geschichte ist seine Geschichte

Shannon und ich erzählen unheimlich gern unsere Liebesgeschichte. Nicht, weil sie die romantischste Story überhaupt wäre, sondern weil es eben *unsere* persönliche Geschichte von Gottes Gnade ist.

Es ist die Geschichte, wie er uns gerettet und quer durch das ganze Land zueinander geführt hat. Wie er unsere Gebete gehört und beantwortet hat. Wie er ganz klar durchgeblickt hat, als die Zukunft für uns noch unklar war. Wie er am Werk war, als wir einen Stillstand erlebten.

Wir staunen gern über Gottes Souveränität. Er sah mich in der Kirche sitzen, als Shannon ihre Geschichte erzählte. Ich hätte mir das nicht vorstellen können, aber Gott wusste, dass wir zwei Jahre später in derselben Kirche heiraten würden.

Gott sah Shannon in den schwierigen Monaten, als sie mit ihren Gefühlen für mich zu kämpfen hatte und nicht wusste, was kommen würde. Sie konnte es nicht wissen, aber Gott wusste bereits, dass sie ein Jahr später als meine Frau durch die Kirchentür schreiten würde.

Wir wussten es nicht, aber Gott schon.

Auf den Einladungen zu unserer Hochzeit druckten wir ein Zitat von Mike Mason ab:

Wahre Liebe ist immer schicksalhaft. Sie ist vor Anbeginn der Zeiten arrangiert worden. Sie ist der sorgfältig geplanteste Zufall. „Schicksal" ist natürlich nur ein säkulares Wort für den Willen Gottes und „Zufall" für seine Gnade.

Unsere Liebesgeschichte ist, wie alle wahren Liebesgeschichten, von Gott arrangiert worden. Und die „Zufälle", die sie möglich gemacht haben, waren Zeichen seiner Gnade. Unsere Geschichte war seine Geschichte.

Es würde mich nicht überraschen, wenn im Himmel viele Liebesgeschichten erzählt würden. Doch dann werden die Storys nicht einfach Liebesgeschichten, sondern Zeugnisse für Gottes Gnade und Liebe sein.

Gerade Wege

Mein Ziel mit diesem Buch war es nicht, eine „einfache Methode" für gelingende Beziehungen zu beschreiben. Ich möchte dich auch nicht zu einem bestimmten Verhalten gegenüber dem anderen Geschlecht bringen. Was ich hoffe, ist, dass ich dich mehr für Gott begeistern konnte und dass du mehr Vertrauen in seine Güte gewonnen hast.

Ich bin kein Experte. Wenn du Single bist, dann bin ich dir nur wenige Schritte voraus. Aber ich möchte dir etwas Ermutigendes zurufen: Gottes Weg ist wirklich der beste. Sein Timing ist perfekt und es lohnt sich, auf ihn zu warten.

Ich kenne die speziellen Herausforderungen und Probleme nicht, vor denen du stehst. Deine Story wird sich vermutlich ganz anders entwickeln als meine. Aber in Sprichwörter 3,5–6 steht ein Versprechen, das für jeden von uns gilt: „Verlass dich nicht auf deinen Verstand, sondern setze dein Vertrauen ungeteilt auf den Herrn! Denk an ihn bei allem, was du tust; er wird dir den richtigen Weg zeigen."

Dieses Versprechen hat sich in meinem Leben immer wieder als wahr erwiesen. Auch Shannon hat das so erlebt. Obwohl unser Vertrauen nicht vollkommen war, hat Gott uns bewiesen, dass er dieses Vertrauen verdient hat.

Mit diesem Ring ...

Nachdem wir unser Eheversprechen abgegeben und die Ringe getauscht hatten, gab es nur noch eins zu tun. Es hatte so lange gedauert, doch endlich hörte ich unseren Pastor sagen: „Joshua und Shannon, ihr habt vor Gott und dieser Gemeinde einen Bund geschlossen. Ich erkläre euch hiermit zu Mann und Frau!"

Er machte eine Pause und lächelte.

„Joshua und Shannon, ihr habt so lange auf diesen Augenblick gewartet. Es ist mir ein Vergnügen, Joshua, dich jetzt dazu einzuladen, die Braut zu küssen!"

Und das tat ich auch.

Es ist eigentlich eine ganz simple Geschichte. Zwei Menschen lernen, Gott zu vertrauen. Zwei verschlungene Pfade, die Gott gerade gemacht hat. Zwei gerade Wege, die sich seinem Timing gemäß genau zur richtigen Zeit kreuzten.

Gott möchte dasselbe für dich tun.

Ja, für dich!

Der Erfinder der Romantik, der Schöpfer, der die allererste Begegnung zwischen Mann und Frau ersonnen hat, ist immer noch bei der Arbeit!

Anhang

Kapitel 3
Eugene Peterson: „Introduction to Proverbs", in:
 The Message, Navpress, 1993

Kapitel 4
John Calvin: Calvin Institutes of the Christian Religion,
 Westminster Press, 1960
C. S. Lewis in: *Finding the Will of God* von Bruce Waltke,
 Vision House Publishing, 1995
Kim Hubbard: „Lack of Pep" in Abe Martin:
 Hoss Sense and Nonsense, 1926
L. M. Montgomery: *Anne of Avonlea*, Harper & Row, 1985

Kapitel 6
Matthew Henry: Commentary on Genesis, in:
 Counsel on Biblical Manhood and Womanhood Newsletter,
 Libertyville
Elisabeth Elliot: *The Mark of a Man*, Fleming H. Revell,
 1981
John Stott, in Alexander Strauch: *Men and Women Equal
 Yet Different*, Lewis and Roth Publishers, 1999

Kapitel 7
Gary and Betsy Ricucci: *Love that Lasts*,
 PDI Communications, 1992

Kapitel 8
„All in a Day's Work", aus: *Reader's Digest*, Oktober 1999

Kapitel 9

Douglas Jones: „Worshiping with Body", *Credenda Agenda*
Vol. 10, Nr. 2
John MacArthur, „Commentary on Hebrews",
aus *Credenda Agenda*, Vol. 2, Nr. 11
Deborah Belonick: „Safe Sex Isn't Always Safe For The
Soul", www.beliefnet.com
John White: *Eros Defiled*, Intervarsity Press, 1977
Bethany Torode: „(Don't) Kiss Me", www.boundless.org

Kapitel 10

Joni Eareckson Tada und Steven Estes: *When God Weeps*,
ZondervanPublishingHouse, 1997
Rebecca Pippert: *Hope Has Its Reasons*, Guideposts, 1989
John Stott: *The Cross*, Intervarsity Press, 1986
Jay Adams: *From Forgiven To Forgiving*, Calvary Press 1994
David Boehi, Brent Nelson, Jeff Schulte und
Lloyd Shadrach: *Preparing for Marriage*, Gospel Light,
1997

Kapitel 11

David Powlison und John Yenchko: „Should We Get
Married?", in: *Journal of Biblical Counseling* 14,
Frühjahr 1996. Siehe auch www.ccef.org
Douglas Wilson: „Choosing a Wife", *Credenda Agenda*
Vol. 10, Nr. 1
Eva McAllaster in: *Recovering Biblical Manhood and
Womanhood*, herausgegeben von John Piper und
Wayne Grudem, Crossway Books, 1991

Kapitel 12

Mike Mason: „The Mystery of Marriage" in:
As Iron Sharpens Iron, Multnomah Books, 1985

Dank

An Apple Computer für das PowerBook G3, mit dem ich dieses Buch geschrieben habe.

An alle Leser von „Ungeküsst und doch kein Frosch", die es gelesen haben, ob es ihnen nun gefallen hat oder nicht. Danke für eure Offenheit. Ich fühle mich geehrt!

An alle Beter bei *Celebration*.

An alle Cafés und Restaurants, die mir „Büroräume" zur Verfügung gestellt haben: Flower Hill und Rockville Starbucks, Ahnich Khalid in der „Corner Bakery", Barnes & Noble, Das Pfannkuchenhaus, Pho 75, der India Grill und natürlich Einstein's!

An David Sacks für seine Freundschaft und die tollen Fotos. Danke auch an Kevin und Megan, die Models auf dem Buchcover!

An alle, die sich in unser Wohnzimmer gequetscht haben, um mit uns zu diskutieren. Danke für eure Ehrlichkeit!

An Carolyn McCulley, Jon Ward, Cara Nalle, Eric Hughes, Jeff Purswell, John Loftness, Marie Silard, Janelle Mahaney und all die anderen, die etwas zu diesem Buch beigetragen und mich ermutigt haben.

An Rich und Christy Farris für die Erlaubnis, ihre erstaunliche Liebesgeschichte zu erzählen.

An Travis und Jonalee Earles für ihr gutes Beispiel.

An David Powlison und John Yenchko für die Genehmigung, ihren Artikel zu zitieren. Auch für das Essen bei Taco Bell und die Beratung.

An Bob und Julie Kauflin und an Kerrin, Megan und

Russell, die mir Einblick in ihr Leben gaben. Bob, danke, dass du immer Zeit für mich hast!

An meine Assistentin und Freundin Nicole Mahaney, die mir unendlich geholfen hat. Ich bin dir ewig dankbar!

An meine Assistentin bei New Attitude, Debbie Lechner – eine wahre Freundin und Schwester, die überhaupt erst möglich macht, was ich so tue.

An Don Jacobson, Kevin Marks und die anderen bei Multnomah, denen der Inhalt dieses Buches wichtiger war als der Erscheinungstermin. Danke, dass ihr meine ständigen Verschiebungen ausgehalten habt!

An meinen Lektor und Gebetspartner David Kopp. Gott hat bestimmt gelächelt, als er dich über meinen Weg schickte. Danke, dass du immer an mich geglaubt hast. Auch Heather Kopp danke ich für ihre hilfreichen Zettel. Vielen Dank auch an Judith St. Pierre und Jennifer Gott, die Korrektur gelesen haben.

An Rebecca St. James. Vor vier Jahren habe ich dich gebeten, ein Vorwort zu „Ungeküsst und doch kein Frosch" zu schreiben. Diesmal habe ich dich um einen Song gebeten. Shannon und ich sind sehr dankbar für deine Freundschaft und für das Lied *Wait for me*. Es ist einfach perfekt.

An C. J. Mahaney. Deine Vision und dein Vertrauen in die Wichtigkeit dieses Buches haben mir oft weitergeholfen. Danke!

An meine Eltern Gregg und Sono, die den ersten Entwurf gelesen und mir gesagt haben, dass er grottenschlecht ist. Das stimmte leider!

An meine Tochter, Emma Grace, das schönste Geschenk Gottes, die mitten im Schreiben dieses Buches auf die Welt kam. Hoffentlich liest eines Tages ein junger Mann dieses Buch und ist dir dann ein besserer Ehemann. Dann hätte sich alles gelohnt!

An Shannon, meine Liebste und meine beste Freundin. Nur Gott weiß, was du für dieses Buch alles geopfert hast. Danke für deine Unterstützung. Ich liebe dich!

An Jesus – wie kann ich dir danken? Du hast jedes

Gebet gehört und ich möchte mit allem, was ich schreibe, deine Gnade bekannter machen. Danke!

Besuch Josh auf seiner Website: www.joshharris.com oder schreib ihm, was du von seinen Büchern hältst:

Joshua Harris
P.O.Box 249
Gaithersburg, MD 20884-0249
USA

E-Mail: DOIT4JESUS@aol.com

EIN FUNDAMENT FÜR IHRE PARTNERSCHAFT

Ute Horn:

ICH WILL DIR TREU SEIN

Partnerschaft, die ein Leben lang hält.

Treue scheint in unserer Gesellschaft nicht mehr besonders in zu sein. Ja, dieser Begriff hat mittlerweile sogar einen regelrecht faden und altmodischen Beigeschmack bekommen. Denn er steht in direktem Gegensatz zum Zeitgeist, der uns einreden will: „Du kannst alles haben, worauf du Lust hast, und das zu jeder Zeit." Dem gegenüber steht jedoch das Bedürfnis vieler Paare, ein festes und dauerhaftes Fundament für ihre Beziehung zu finden.

In diesem Buch finden Sie konkrete Anregungen, wie Sie bestimmte Krisenpunkte in Ihrem gemeinsamen Leben vermeiden können. Sie lernen, die Bedürfnisse Ihres Partners besser zu verstehen und auf sie einzugehen. Und Sie bekommen Hilfen, mögliche Verletzungen in Ihrer Vergangenheit heilen zu lassen, um so zu einer lebendigen und treuen Partnerschaft zu gelangen.

Dabei ist eines ganz sicher: Treue ist nicht von einem Gefühl abhängig, sondern von der klaren Entscheidung: „Ich will treu sein."

Paperback, 180 Seiten, Bestell-Nr. 815 747